Sin red

Sin red

MEREDITH WILD

- SERIE HACKER 2 -

TITANIA

Argentina • Chile • Colombia • España
Estados Unidos • México • Perú • Uruguay • Venezuela

Título original: *Hardpressed – The Hacker Series: Two*
Editor original: Forever an imprint of Grand Central Publishing – Hachette Book Group, New York
Traducción: Catalina Freire Hernández

1.ª edición Enero 2016

Copyright © 2013 by Meredith Wild
All Rights Reserved
© de la traducción 2016 *by* Catalina Freire Hernández
© 2015 *by* Ediciones Urano, S.A.U.
    Aribau, 142, pral. – 08036 Ba
    www.titania.org
    atencion@titania.org

ISBN: 978-84-16327-05-8
E-ISBN: 978-84-9944-941-8
Depósito legal: B-25.718-2015

Fotocomposición: Ediciones Urano, S.A.U.
Impreso por Romanyà Valls, S.A. – Verdaguer, 1 – 08786 Capellades (Barcelona)

Impreso en España – *Printed in Spain*

Para Jonathan

1

—No puedo creer que esté haciendo esto otra vez —me quejé, suspirando.

Blake me pasó un brazo por los hombros, apretándome contra su costado, y me dejé consolar por ese calor tan familiar. Salimos de su oficina y caminamos durante unas cuantas manzanas.

—Nada de tejemanejes esta vez, lo prometo.

Se inclinó para darme un tranquilizador beso en la mejilla y reí, levantando los ojos al cielo.

—Ya, claro, eso me consuela mucho.

La verdad era que casi podía creerlo. Las últimas semanas habían sido muy intensas, y algo había cambiado entre nosotros. Podía tomarle el pelo, pero Blake contaba con mi confianza. Después de tantas protestas, y tantos intentos desesperados de luchar contra mis sentimientos por él, al fin le había dejado entrar en mi vida más de lo que había dejado a nadie, y estaba encantada.

Blake esbozó una traviesa sonrisa.

—No te preocupes. Habría sido imposible convencer a Fiona para que te la jugase otra vez.

Con un pantalón capri blanco y una camisa de seda azul marino, la hermana de Blake, Fiona, nos esperaba en la puerta de un pintoresco café, bajo un rótulo grabado que decía MOCHA.

Un joven cliente abrió la puerta, llevando con él un aroma a chocolate y café recién molido que hizo sonar campanitas de felicidad por todo mi cuerpo. Casi había olvidado para qué estábamos allí cuando Fiona señaló un portal al lado del café.

—Vamos.

Nos llevó por una angosta escalera hasta el segundo piso.

—¿De quién es el edificio?

Lo había preguntado como si no tuviera importancia, pero sabiendo que no iba a engañar a nadie. Que estuviéramos a un paso de una fuente de cafeína era un gran atractivo, pero Fiona sabía que no estaba dispuesta a alquilar una propiedad de Blake o de cualquiera de sus socios.

Confiaba en él, pero sabía que estaba decidido a involucrarse en todos los aspectos de mi vida, además de en mi negocio, a la menor oportunidad.

Blake Landon era un amasijo de contradicciones. Podía ser dulce e increíblemente tierno un momento y ponerme histérica con su actitud dominante al minuto siguiente; supervisar mi negocio durante el día y follarme hasta hacerme perder la cabeza en cuanto entrábamos en casa por la noche.

Sí, bueno, reconozco que a veces necesitaba las dos cosas, pero aún no sabía cómo lidiar con ese deseo de controlar mi vida. Tirar las barreras del todo me asustaba, aunque estaba empezando a ser más abierta y a confiar en él todo lo posible.

Pero una parte de mí, la que necesitaba autonomía e independencia, quería estar absolutamente segura de que no iba a enredarme otra vez.

—Te aseguro que Blake no es propietario de este edificio —respondió Fiona.

¿Debía creerla? Poco tiempo atrás me había alquilado un precioso apartamento reformado que no solo pertenecía a Blake sino que estaba justo debajo de su residencia habitual. La tenue línea entre el negocio y nuestras vidas personales ya era suficientemente borrosa y estaba decidida a mantenerme firme.

—Me alegro.

Fiona sacó una llave del bolso y, a pesar de mis recelos, debo confesar que estaba emocionada. Abrió la puerta y entramos en la oficina. Era muy pequeña, al menos comparada con la de Blake. Aunque olía a humedad y necesitaba una limpieza urgente, el espacio tenía posibilidades.

Detrás de mí, Blake suspiró.

—Fiona, en serio, ¿esto es lo mejor que has encontrado?

Ella hizo un gesto de fastidio.

—Erica tiene un presupuesto limitado y, para esta zona y con este tamaño, es un buen estudio. Evidentemente habrá que hacer algún cambio, pero debes admitir que tiene potencial.

Miré alrededor, imaginando las posibilidades. Había estado tan ocupada contratando y trabajando desde mi apartamento que no había tenido oportunidad de emocionarme al pensar que Clozpin tendría una oficina de verdad, pero empezaba a pensar que sería divertido.

—Me encantan los suelos de madera.

—Están sucios.

Blake pasó la suela del zapato por el piso, dejando una marca sobre el polvo.

—Ten un poquito de visión, hombre. Con una buena limpieza y alguna pequeña reforma podría ser un despacho muy agradable.

—Es muy viejo —insistió él, arrugando la nariz.

Riendo, le di un golpe en el hombro.

—Enséñame un edificio en Boston que no sea viejo.

—El ladrillo visto nunca pasa de moda —añadió Fiona.

Aquel sitio no podía compararse con las modernas y reformadas oficinas del grupo Landon, pero mis expectativas eran modestas y realistas. El estado del local en ese momento dejaba mucho que desear, pero con un poco de trabajo podría servir.

Nos detuvimos frente a una gran ventana desde la que se veía la calle y experimenté una oleada de emoción. Que mi negocio tuviese una dirección sería un gran logro. Todo lo que habíamos conseguido hasta el momento parecería más real.

Me volví para ver la reacción de Fiona.

—Creo que me gusta. ¿Qué te parece?

Ella miró alrededor, frunciendo los labios.

—El precio es razonable y el contrato de alquiler te da opciones para estar aquí el tiempo que quieras. Tomando eso en consideración, yo diría que es una apuesta segura. ¿Te ves trabajando aquí?

—Sí, me veo —dije y sonreí, mi fe en Fiona renovada.

Lo que necesitábamos era una oficina cómoda y económica para el nuevo equipo de Clozpin, la red social de moda en la que llevaba todo un año trabajando.

—Voy a ver si consigo que rebajen un poco el alquiler. Porque Blake tiene razón, esto está muy sucio. Además, si vas a hacer alguna reforma podremos negociar —Fiona sacó el móvil del bolso y salió al pasillo, dejándonos solos.

—No me has preguntado qué me parece —dijo Blake y esbozó una sonrisa traviesa.

—Porque ya sé lo que piensas.

—Yo podría ofrecerte una oficina más grande y no tendrías que salir del edificio para verme. Además, te haría un buen precio por ser mi novia y en una zona mucho mejor.

Impedir que Blake se inmiscuyera en todos mis asuntos era una causa perdida. Sí, era dominante, compulsivo y persistente como el demonio, pero en realidad me ayudaba a solucionar muchos problemas. Cuando la gente que le importaba necesitaba algo, él acudía al rescate sin reparar en gastos.

—Agradezco la oferta, en serio, pero no se puede poner precio a la independencia.

Habíamos tenido aquella conversación muchas veces y seguía firme. Tenía que confiar en mi capacidad para resolver los problemas por mí misma y esa confianza funcionaba en ambos sentidos.

—Puedes ser todo lo independiente que quieras. Lo pondremos por escrito.

—Hasta el momento, poner las cosas por escrito solo me ha comprometido a depender de tus múltiples recursos.

Blake ya me tenía atada a un contrato de alquiler de un año en el apartamento, aunque aún no había cobrado ninguno de mis cheques, algo sobre lo que tendríamos que hablar muy seriamente.

—Llámalo renta fija. Podría ofrecerte la tarifa de novio… digamos a veinte años, y empezar a negociar a partir de ahí.

Me envolvió en sus brazos, apretándome contra su torso, sus labios a unos centímetros de los míos. Y mi corazón se aceleró. Aquello iba más allá de las habituales bromas en las que intentábamos quedar por encima del otro. ¿Solo llevábamos juntos unas semanas y ya estaba pensando en una relación a largo plazo?

Intenté llevar oxígeno a mis pulmones. Las palabras de Blake y su proximidad hacían que me diese vueltas la cabeza. Nadie me había afectado de ese modo y, poco a poco, estaba aprendiendo a disfrutar de aquella montaña rusa.

—No vas a convencerme —murmuré.

Él emitió un gruñido, inclinando la cabeza para buscar mis labios, que reclamó con suave urgencia, acariciándome con la punta de la lengua.

—Me vuelves loco, Erica.

—¿Ah, sí?

Respiré, tratando de no dejar escapar un gemido al soltar el aire.

—En todos los sentidos. Vámonos de aquí. Si vas a alquilar este cuchitril, Fiona se encargará de solucionar el papeleo.

Me agarró por las caderas, aplastándome entre su cuerpo, duro como el acero, y la pared detrás de mí. No sabía por qué siempre le daba por apretarme contra superficies duras, pero me encantaba. Deslicé las manos por su pelo y le devolví el beso, olvidándome de todo. ¿Qué hora era? ¿Dónde tenía que ir después?

Repasé mentalmente los posibles obstáculos entre ese instante y el momento en que pudiera estar desnuda con Blake. Su muslo encontró espacio entre mis piernas, ejerciendo la presión perfecta para que el tiro de los tejanos se me clavase en el sitio adecuado.

—Ay, Dios…

—Te juro que si hubiera una superficie limpia en este sitio te follaría ahora mismo.

—Mira que eres perverso.

Sus ojos se oscurecieron.

—No tienes ni idea.

—Ejem…

Fiona estaba apoyada en el quicio de la puerta, intentando disimular una sonrisa. Blake dio un paso atrás, dejándome mareada y confusa por un momento, y por primera vez vi que se ruborizaba mientras se pasaba una mano por el pelo, avergonzado porque su hermana pequeña lo había pillado metiéndome mano.

—Si habéis terminado… he conseguido que rebajaran doscientos dólares. ¿Puedes tomar una decisión ahora o quieres ver más oficinas en otras zonas de la ciudad?

Me aparté de Blake para reunirme con ella, sabiendo que cuanto más lejos estuviera de él con más claridad podría pensar.

—Ya he tomado la decisión. ¿Dónde hay que firmar?

—¿*E*res nueva en el barrio?

La atareada pelirroja que estaba sirviendo dos *macchiattos* interrumpió mis pensamientos mientras leía mis correos de manera obsesiva.

—Algo así. He alquilado una oficina arriba.

—Estupendo. Yo llevo aquí un par de años —me contó—. Abrí el café con mis padres, pero se han jubilado y ahora lo llevo sola con un par de camareros.

—Enhorabuena. No sabía que fueras la propietaria.

La había visto varias veces mientras exploraba el barrio, haciendo la ruta del apartamento a la nueva oficina. La verdad es que estaba deseando empezar a trabajar y los deliciosos aromas que salían del Mocha me habían llevado allí en varias ocasiones.

—La mayoría de la gente no lo sabe. Se llevan una sorpresa cuando piden hablar con el gerente y les digo que soy yo.

Le ofrecí mi mano, riendo.

—Me llamo Erica.

—Simone. Hoy invito yo.

—Genial, gracias.

—De nada.

Volvió a la barra, con unas curvas que hasta yo envidiaba. Simone tenía mucha presencia y hacía un *macchiatto* fabuloso, de modo que era la estrella del local. Los clientes la siguieron con la mirada hasta que se metió detrás de la barra.

Liz, mi antigua compañera de habitación en la universidad, entró en ese momento en el café.

—¡Qué morena estás! —exclamé, admirando la habilidad de mi amiga para parecer una modelo sin hacer un gran esfuerzo.

Su corta melenita rubia parecía más clara que la última vez que nos vimos. En cambio, yo llevaba el pelo en un recogido despeinado, un par de viejísimos, rotos y adorados tejanos y una camiseta desteñida sin mangas, dispuesta a limpiar la oficina antes de que llegasen los muebles.

—Gracias. Barcelona me ha encantado, tienes que ir algún día. Mis padres alquilaron una casa y me he pasado los días en la playa. Una maravilla.

—Qué suerte.

—Bueno, ¿y qué has hecho tú? —Liz tomó un sorbo de café.

—He conseguido los fondos que necesitaba para mi negocio y he alquilado una oficina. Ahora mismo estoy haciendo reformas y contratando personal.

—¿En serio? ¡Enhorabuena!

—Gracias.

—¿Qué tipo de personal necesitas?

—Tenemos un par de programadores nuevos, pero no encuentro un director de marketing. Nadie me ha emocionado hasta el momento, pero necesito uno y pronto. No puedo llevar ese departamento y todo lo demás a la vez.

—Esto es genial. Creo que conozco a la persona perfecta. —Liz empezó a buscar algo en su bolso.

—¿De verdad?

—Mi amiga Risa ha trabajado para una empresa de marketing los dos últimos veranos. Se graduó con nosotras y ahora mismo está buscando trabajo. Le vuelve loca la moda, seguro que te encantará.

Enarqué una ceja. A mí no me volvía loca la moda precisamente. Sí, dirigía una red social de moda, pero era un negocio. La obsesión por la moda era cosa de Alli, pero como mi amiga era precisamente la persona a la que tenía que reemplazar, tal vez sería buena idea hablar con esa chica.

—Estoy intentando reemplazar a mi antigua socia, que se ha mudado a Nueva York, así que tendría que asumir muchas responsabilidades por un salario más bien escaso. No es precisamente un trabajo de ensueño, la verdad.

Liz sacudió la cabeza, sin desanimarse.

—A mí me parece perfecto. Deberías hablar con Risa. Podría equivocarme sobre lo que está buscando, pero no pierdes nada por hablar con ella. Nunca se sabe.

Me encogí de hombros.

—Muy bien, pero no puedo hacer ninguna promesa.

—Claro que no. Le tengo aprecio, pero no somos súper amigas y si no sale bien no pasará nada.

—De acuerdo.

Esperé que me enviase la información al móvil y luego empecé a pensar en todas las cosas que tenía que hacer antes de poder abrir la oficina.

—Me alegro mucho de que hayamos vuelto a vernos, Erica —dijo Liz y sonrió, devolviéndome al presente.

—Yo también.

—He pensado mucho en lo que dijiste mientras estaba en Barcelona. —Sus facciones se suavizaron—. Debería haber sido más comprensiva con tu situación. No tenía nada con lo que compararla y seguramente no reaccioné como tú esperabas. Siento mucho no haber podido ayudarte, pero me gustaría intentar ser mejor amiga… si no es demasiado tarde.

Había bajado la voz, aunque el café estaba lleno de clientes concentrados en sus propias conversaciones.

—No, claro que no. No te preocupes.

Intenté quitarle importancia al asunto, a la disculpa y las emociones que conjuraba. Para empezar, una de las razones por las que nos habíamos distanciado era el constante recordatorio de ese momento tan difícil en mi vida, durante el primer año de carrera. Me gustaría darle otra oportunidad a nuestra amistad, pero de verdad esperaba que eso no significara revivir el pasado cada vez que nos encontrásemos.

—Estamos hablando de algo que ocurrió hace mucho tiempo. Es historia, Liz. Yo he seguido adelante y no me interesa recordarlo. Tengo un millón de cosas en las que pensar ahora mismo.

—Sí, te entiendo. La verdad, no sé cómo lo haces. No me imagino llevando un negocio. Ni siquiera sabría por dónde empezar.

—Aprender lleva un tiempo, te lo aseguro, pero eso ocurre con todo en la vida. Bueno, ¿qué tal tu trabajo?

Ya debía de haber empezado a trabajar en la empresa de inversiones de la que me habló cuando nos encontramos en verano.

—La verdad es que muy bien, aunque ahora mismo vivo en un infierno de hojas de cálculo. Pero estoy aprendiendo mucho y creo que me gusta. Además, hay toneladas de tíos buenos en la empresa, así que no me puedo quejar.

Reí, recordando que Liz estaba obsesionada con los chicos cuando compartíamos habitación. De hecho, su obsesión por los chicos y las fiestas podría haber sido lo que nos llevó a esa fraternidad la fatídica noche…

Sacudí la cabeza, intentando apartar el terrible recuerdo de lo que pasó con Mark.

Ahora que conocía la identidad del hombre que me violó estaba aún más decidida a no dejar que esa experiencia me marcase para siempre. Era más fuerte que el dolor con el que me dejó y había llegado demasiado lejos como para lamentar la inocencia que me había robado.

—Me encantaría ver tu nueva oficina algún día.

—Sí, claro, en cuanto estemos instalados puedes ir a verme. Por cierto, será mejor que me vaya. Los muebles llegan mañana y tengo por delante muchas horas de trabajo para dejarlo todo limpio.

—Muy bien. Me alegro mucho de verte, Erica.

—Lo mismo digo —le contesté y la abracé sonriendo.

Salí del café y corrí escaleras arriba hasta el segundo piso. No había visto el estudio desde que tomé la decisión de alquilarlo y estaba deseando hacerlo mío, aunque eso implicara ensuciarme un poco.

Me detuve frente a la puerta, que no se parecía nada a la vieja puerta de unos días antes. La madera estaba pintada de un gris satinado, con un panel de cristal esmerilado y la silueta transparente del logotipo de la empresa en el centro. Metí la llave en la cerradura y giré el brillante pomo.

El suelo de madera brillaba, recién acuchillado y pulido. Las paredes estaban pintadas, con vistosas molduras blancas alrededor de las ventanas. Un nuevo ventilador de techo y luces de carril habían llevado la oficina al siglo XXI.

Saqué el móvil del bolso y llamé a Fiona.

—Hola, Erica.

—¿Tienes algo que decirme?

—¿Qué? Ah.

—Pensé que lo había dejado claro.

Intentaba no levantar la voz, pero ¿cuándo iba a entender que no quería que Blake se metiera en mis asuntos?

—Erica, es mi hermano mayor. ¿Qué esperabas que hiciera? Blake quería ayudarte y ya sabes cómo es.

Sí, claro que sabía cómo era y también que era casi imposible decirle que no, especialmente cuando algo se le metía en la cabeza.

Entré en el estudio, admirando la transformación. No podía imaginar nada mejor. Lo único que podía hacer era planear cómo y dónde iba a colocar los muebles. Blake había hecho el resto. Maldito fuera.

—Bueno, pues está genial. Es perfecto.

—Lo sé. Fui a echar un vistazo antes de darte las llaves. Ha hecho un trabajo estupendo, justo lo que yo había imaginado.

El temor de Fiona ante mi reacción había desaparecido y parecía tan contenta como yo.

Suspiré, golpeando el suelo con el pie. Qué demonios, yo también estaba emocionada.

—Muy bien, pero sigo enfadada contigo, que conste —le advertí, aunque sabía que no sonaba muy convincente.

—Te invitaré a una copa cualquier día de estos y te olvidarás del asunto.

—Normalmente necesito más de una copa para olvidar.

Fiona rió.

—No voy a discutir. Bueno, disfruta de tu oficina y enhorabuena.

—Gracias. Hablaremos después.

Dejé en el suelo la bolsa que llevaba, llena de productos de limpieza que ya eran innecesarios, y me senté con las piernas cruzadas en medio de la habitación, mirando alrededor. Cada pasito que habíamos dado en esas últimas semanas me había parecido abrumador, pero Blake siempre era capaz de subir la apuesta.

Justo en ese momento la puerta se abrió y él apareció en el umbral. En las manos llevaba una botella de champán, una manta y una bolsa de papel. Y una sonrisa de complicidad en los labios.

—¿Cómo está mi jefa favorita?

—No puedo quejarme —respondí, admirando su impresionante figura.

Blake extendió la manta, se sentó y dio una palmadita en el suelo para que me sentara a su lado.

—¿Qué es todo esto?

—Se me ha ocurrido que podríamos hacer un pícnic en la oficina para celebrar las reformas.

Sonreía mientras descorchaba la botella y servía dos copas que sacó de la bolsa.

Nuestras miradas se encontraron. Estaba intentando descifrar mi estado de ánimo porque no las tenía todas consigo.

—¿Estás enfadada?

—Tal vez —mentí.

Afortunadamente, había hecho un trabajo tan fabuloso en la destartalada oficina que ya le había perdonado; a él y a su cómplice.

Blake elevó las cejas como si estuviera esperando mi reacción y me perdí un poco en sus ojos. Sus preciosos ojos pardos rodeados de largas y espesas pestañas negras en un rostro que me dejaba sin aliento con alarmante regularidad. El mentón cuadrado, la piel naturalmente bronceada y esos labios generosos, sensuales, que me recordaban las cosas maravillosas que podía hacer con ellos...

Podría estar mirándolo durante horas y jamás me cansaría. Estaba poseída y obsesionada. Jamás me había sentido tan deseada o tan embelesada por otro ser humano. Blake lo tenía todo. Era guapísimo, enloquecedor, y yo estaba loca por cada centímetro de ese cuerpo.

Suspiré, esperando que no se diera cuenta.

—Acepto que estás loco.

—Buena chica.

Blake se relajó visiblemente y esbozó una sonrisa cuando me senté a su lado en la manta y tomé la copa de champán que me ofrecía.

—¿Te gusta?

—Me encanta —tuve que admitir.

A pesar de sus recelos sobre el emplazamiento, parecía haber tenido visión después de todo.

—Eso esperaba.

—¿Por qué has cambiado de opinión?

Blake frunció el ceño.

—¿Qué quieres decir?

—Dejaste bien claro que este estudio te parecía horrible.

—Porque quería que estuvieses más cerca, pero si esto es lo que quieres… Tú aceptas que estoy loco, como has dicho muchas veces, y yo acepto que tú eres obstinada.

Lo miré un momento. No podía discutir con esa definición.

—Algunos podrían llamarlo un progreso.

La sonrisa de Blake me hizo pensar que nadie había logrado llegar tan lejos con él. No habíamos hablado de ello, pero estaba segura de que lo suyo no era llegar a compromisos. Francamente, yo tampoco, pero de algún modo estábamos encontrando la forma de hacerlo. Reformar la oficina sin decirme nada era pasarse, pero aceptar mi decisión era un paso en la dirección correcta.

Tomé un sorbito de champán, en silencio.

—Tienes que dejar que me esfuerce un poco, ¿eh?

Él enarcó una ceja.

—Es broma, ¿no?

—No, Blake. Tengo muchas cosas que aprender y no podré hacerlo si tú intervienes antes de que pueda enfrentarme a los problemas. Quiero tener la oportunidad de cometer errores y solucionarlos. Si no, iré dando tumbos en un mundo de fantasía en el que tú lo solucionas todo antes de que pueda mover un dedo.

Él exhaló un largo suspiro.

—Muy bien, de acuerdo. ¿Hasta dónde dejarías que me involucrase?

—¿Qué tal si dejas que te pida ayuda cuando la necesite?

—Nunca lo harías.

Puse los ojos en blanco, aunque en realidad tenía razón; soy bastante cabezota y no suelo pedir ayuda a nadie.

—Oye. —Blake me levantó la barbilla con un dedo—. Estoy orgulloso de ti.

—¿Por qué? ¿Por haberte sacado cuatro millones de dólares?

Él soltó una carcajada.

—Si eso era parte de tu diabólico plan, entonces sí, estoy muy orgulloso porque no me di ni cuenta.

Tuve que sonreír, a mi pesar. Habría hecho lo que fuera para no tener que aceptar su dinero y él lo sabía.

—No, en serio, este es un gran paso. Quiero que recuerdes que debes disfrutar del momento.

Y eso es lo que hice. Estar con Blake hacía que cada momento fuese más dulce. Mucho más dulce. Hacía que todo fuese tan maravilloso que me preguntaba cómo había sobrevivido a la tediosa existencia que llamaba mi vida antes de que él apareciese y lo pusiera todo patas arriba.

—Estoy disfrutando gracias a ti.

Me incliné hacia delante y él tomó mi cara entre las manos, obligándome a abrir los labios con la punta de la lengua.

—¿No vas a preguntar qué llevo en la bolsa?

Me aparté un poco, sin aliento y un tanto mareada, como me pasaba siempre después de un beso. Ese olor limpio, viril, tan únicamente Blake.

Se volvió para sacar el contenido de la bolsa y dejó sobre la manta un envase con fresas, nata y una jarrita con crema de chocolate.

—¿Qué clase de merienda tenías en mente?

Él levantó la jarrita.

—Es del café de abajo. La sirven en el *macchiatto* con chocolate y no está a la venta, pero cuando le expliqué a la dueña que pensaba lamerlo de tu cuerpo desnudo para bautizar la nueva oficina me lo vendió encantada.

Reí, intentando imaginar esa conversación imposible entre Simone y él. Blake levantó la tapa de la jarrita y me la ofreció. Metí un dedo y me lo llevé a la boca. El chocolate se deshacía en mi lengua, exquisito, divino, el placer incrementado por la certeza de que Blake cumpliría su palabra en poco tiempo.

—Pensé que te oponías a los magreos en la oficina.

—Esta es tu oficina y las reglas son diferentes.

—Te lo estás inventando —le solté y volví a meter el dedo en la jarrita de chocolate, pero antes de que pudiese chuparlo Blake se lo metió en la boca para lamerlo de modo sugerente.

—Quítate la camiseta y túmbate —dijo después.

Sonreí mientras me incorporaba un poco para hacer lo que me pedía.

—Hoy estás muy mandón.

Blake sacó de la bolsa una máscara negra de seda y me tapó los ojos con ella.

—No solo hoy, cariño, yo soy así. Y será mejor que lo recuerdes.

Sentía su aliento acariciando mi clavícula y contuve la respiración, esperando el roce de sus labios, pero me sorprendió deslizando una mano por mi espalda. Desabrochó hábilmente el sujetador y oí que la prenda caía al suelo. Con los pechos desnudos y helada en la fría habitación, me sentía vulnerable.

—Túmbate y no me hagas repetirlo.

Dejé escapar el aliento que había estado conteniendo, resentida por la orden y el tono autoritario. Estuve a punto de discutir, pero esa inclinación fue rápidamente aplastada por el deseo de dejar que Blake tomase el control de mi cuerpo durante el tiempo que quisiera.

Me tumbé de espaldas, apoyando las palmas de las manos sobre la manta, fría en contraste con mi ardiente piel. Blake desabrochó mis tejanos y tiró de ellos hacia abajo, deteniéndose en el hueso pélvico.

Empezó a besar mi vientre con los labios abiertos, tirando hacia arriba de mis caderas.

—Me encanta esta parte de ti —susurró—. Me gusta todo tu cuerpo, Erica… eres tan sexy.

—Tócame.

—Pienso hacerlo, pero tendrás que esperar. Deja de moverte.

—Me estás torturando —protesté.

—No, para nada —dijo Blake y rió despacito.

Después de eso se apartó, creando una desagradable distancia entre los dos. La habitación se volvió helada de nuevo. ¿Dónde estaba y qué estaba haciendo?

Sentí un escalofrío al notar la primera gota de líquido deslizándose por mi ombligo. Después roció mis pechos, empapando mis pezones, que se levantaban como con vida propia.

—¿Te gustan las fresas?

—Sí —respondí, sonriendo.

—Estupendo. Voy a darte una.

El fresco aroma de las fresas se mezclaba con el del chocolate cuando depositó la fruta sobre mi labio inferior. Abrí la boca, pero Blake la apartaba. Me incorporé para buscarla con los labios hasta que, por fin, me dejó clavar los dientes en ella y saborear la nueva experiencia de combinar mi obsesión por Blake con mi amor por la comida. Y no tenía intención de decirle que eran demasiadas cosas buenas al mismo tiempo.

Blake me dio un inesperado beso en la garganta, seguido de un mordisco, y deslizó los labios por mis clavículas, pasando entre mis pechos, rozando mis pezones con la lengua. Chupaba y lamía mi torso con lentas y aterciopeladas caricias, poniendo toda su atención en cada centímetro de piel hasta que de mi garganta escapó un gemido de gozo. El roce de su lengua me atormentaba y me excitaba como nunca. Entonces metió una mano bajo mis tejanos y acarició mi sexo por encima de las bragas húmedas.

—Voy a follarte, Erica. ¿Quieres que lo haga?

Sentir su aliento sobre los húmedos pezones hizo que se me pusiera la piel de gallina.

Mi respuesta fue un gemido entrecortado. Me dolían las manos de apretar la manta para controlarme y, a punto de explotar, las aparté para buscar su pelo, agarrando los sedosos mechones que se deslizaban entre mis dedos mientras besaba mis pechos. Lancé un grito cuando me dio un mordisco.

—Oye...

Blake me sujetó las muñecas y levantó mis brazos por encima de mi cabeza.

—No te muevas.

Oí que sacaba algo de la bolsa y, un segundo después, me ataba las muñecas con una tela sedosa, pero haciendo un fuerte nudo para que no pudiera desatarme.

Me desnudó de cintura para abajo y oí cómo su ropa caía al suelo antes de que se colocara sobre mí.

Moví las muñecas en un vano esfuerzo, ya que no era capaz de liberarme. Mi corazón se había vuelto loco y estaba un poco asustada. Me había inmovilizado antes, pero sin vendarme los ojos. Esto era diferente. No podía verlo. Me sentía impotente, ciega. El pánico se apoderó de mí y Blake fue reemplazado por una pesadilla, el más angustioso recuerdo de mi vida.

—Blake…

Apenas encontraba mi voz, teñida de una angustia que no podía controlar. No sabía si podría seguir.

Él puso una mano sobre mi corazón. Mi pecho subía y bajaba rápidamente mientras intentaba llevar oxígeno a mis pulmones.

—Cariño, no pasa nada —murmuró.

Volvió a reclamar mi boca con un beso tierno y lleno de amor que atenuó mis miedos. Siguió besando mi mentón y la sensible piel del cuello, bajo mi oreja.

—¿Me sientes? Soy yo, cariño. Solo yo.

Con esas palabras, me relajé por fin. Abrí los puños y me concentré en sus caricias, que no se parecían a ningunas otras. Nadie me había tocado como lo hacía él, como si conociese mi cuerpo mejor que yo.

El pánico iba desapareciendo a medida que me acariciaba, su voz devolviéndome al momento, nuestro momento.

—He estado duro todo el día pensando en ti. ¿Tienes idea de lo imposible que es trabajar en ese estado? Pensar en tu coñito tan estrecho, temblando debajo de mí, lista para mí.

Me excité aún más cuando se apoderó de mi boca con un beso húmedo y ardiente. Su voz me acompañaba, indicándome cada movimiento, cada uno de sus planes para mí. Mis caderas se movían en círculos, al ritmo de sus dedos, que se deslizaban sobre mis húmedos pliegues y dentro de mí, una promesa de lo que estaba por llegar.

Estaba totalmente concentrada en ese contacto, jadeando, preguntándome tontamente cuánto tiempo podría aguantar. Dios, a este hombre le encantaba torturarme.

—¿Estás bien?

Me sujetó las muñecas suavemente, deslizando luego los dedos por la cara interna de mis brazos.

Tuve que hacer un esfuerzo para responder a la pregunta. Ya no tenía ningún miedo y solo podía pensar que pronto lo tendría dentro de mí.

—Más que bien. No pares.

Abrió mis piernas y las enredó en su cintura, rozando mi entrada y empujando tan despacio que me volvía loca. Contuve el aliento hasta que estuvo dentro del todo, enterrado en mí, ensanchándome. Entonces se apoderó de mi boca con un beso profundo y respiré su aliento mientras me clavaba las caderas, recordándome lo profundamente que podía poseerme en todos los sentidos. Un incendio se extendió por mis venas, calentándome entera mientras enredaba los talones en sus muslos, empujándolo hacia mí; el deseo de tenerlo dentro casi insoportable.

Deslizó un brazo por mi cintura y puso una mano en mi coxis para protegerme del duro suelo mientras se enterraba en mí del todo. Dejé escapar un gemido de alivio y de éxtasis.

Me embestía una y otra vez, buscando el ritmo. Entre besos, me decía al oído:

—Te quiero, cariño. Estar dentro de ti, controlar tu placer... necesito esto.

Me susurraba las cosas que quería hacerme, cómo lo hacía sentir cuando estaba dentro de mí para que nunca olvidase quién me estaba haciendo el amor.

—Blake... Ay, Dios...

Solo existía su voz y su polla enterrándose en mí. Ninguna distracción, solo el fiero empuje de su cuerpo sobre el mío. Mis labios temblaban y la tensión se volvía incandescente.

—Ahora vas a correrte para mí, alto y fuerte para presentarme a los vecinos.

Tomó mis manos con una de las suyas, sujetándolas con fuerza sobre mi cabeza mientras con la otra agarraba una de mis caderas. Se apartó unos centímetros para volver a enterrarse del todo, tocando con su polla ese sitio escondido que hacía que todo se fundiese en negro.

Su nombre salió de mis labios en un grito ronco. Mil colores explotaron tras mis párpados cerrados mientras mi cuerpo se cerraba a su alrededor, la sacudida precipitando un orgasmo interminable.

—Dios, Erica… joder, así, justo así.

Se me doblaron los dedos de los pies mientras las últimas embestidas, más fieras, nos llevaban a los dos al precipicio. Blake sujetó mis caderas con fuerza para enterrarse una última vez, dejando escapar un grito ronco.

Cayó sobre mí, su cuerpo sudoroso y ardiente, y moví las manos deseando tocarlo y acariciarlo mientras aún sentía los últimos espasmos del clímax. Por fin, Blake desató el nudo con destreza para liberarme. La luz que entraba por la ventana me obligó a guiñar los ojos cuando me quitó la máscara.

El rostro de Blake estaba relajado, pero sus ojos eran oscuros y serios. Acarició mi cara con gesto reverente, apartando mechones de pelo mientras intentábamos encontrar el aliento.

—He echado de menos tus ojos. La próxima vez quiero verlos mientras hacemos el amor… todo el tiempo, hasta el final. Quiero que veas lo que me haces sentir.

2

—*M*e encanta la moda.

No lo dudaba. Con un elegante vestido negro de diseño y unos tacones de los que yo me caería en un segundo, Risa Corvi tenía una pinta estupenda. Casi demasiado perfecta, diría yo. No era una belleza natural como Alli, pero todo estaba en su sitio, desde el pelo negro azabache cortado a media melena hasta la manicura francesa.

Tenía aspecto de mujer cara, de las que se gastaban una fortuna en productos de belleza. Seguro que se hacía la cera en las cejas todas las semanas. Tristemente, a mí me vendría bien aprender algo de ella, pensé mientras leía su currículo. Siendo candidata para un puesto de nivel bajo, había hecho algunos trabajos impresionantes, pero aún no estaba convencida de que fuese buena idea contratar a la amiga de una amiga.

—Ya lo veo. Háblame de las campañas en las que has trabajado.

Risa sacó una carpeta con material impreso organizado por campañas. Todas las páginas estaban ordenadas y el contenido era igualmente profesional. Había muchas fotos de modelos con perfectas y falsas sonrisas… porque sus cuentas corrientes les hacían sonreír, claro. No era una estrategia precisamente novedosa y no tenía nada que ver con Clozpin.

—Está muy bien, pero si quieres que sea sincera, son muy convencionales. Necesitamos una estrategia convencional, pero con un toque diferente que nos dé un aire juvenil, exclusivo y moderno.

—Lo entiendo perfectamente. Estas campañas son muy… seguras, digamos. Evidentemente, estaba limitada por los deseos del cliente, pero podría explorar más opciones con Clozpin. Podríamos hacer algo atrevido, limpio y elegante. Ya sabes, sencillo, pero sexy.

Hablaba muy bien, debía reconocerlo, pero ¿podría hacer lo que prometía? Eché un vistazo al resto de la carpeta y luego la estudié a ella un momento.

—¿Podrías crear redes de contactos y ventas? Conseguir nuevas cuentas es lo más importante en este puesto. Te puede gustar la moda más que nada en el mundo, pero hay que saber venderla.

—Estoy de acuerdo, pero es muy difícil vender algo que no te gusta. Puedo encargarme de ese departamento y si tengo que acudir a eventos a cualquier hora para crear contactos, para mí no sería un problema.

Me eché hacia atrás en la silla, sopesando sus palabras. Tenía ganas, eso no podía negarlo. En las últimas dos semanas de entrevistas no había encontrado a nadie que destilase tanta pasión como Risa.

Aún no teníamos una auténtica cultura de empresa, y no sabía cómo se llevaría con Sid y su nueva tropa de tecnoadictos. Y, sobre todo, cómo se llevaría conmigo. Pero estábamos a punto de poner en marcha los nuevos planes y tenía que tomar una decisión. Contratarla inmediatamente parecía un poco apresurado, pero Risa parecía… en fin, perfecta.

—Mira, entiendo que este negocio es tu niño bonito, Erica. No nos conocemos, pero tengo la impresión de que trabajaríamos a gusto y que podría aprender de ti. La decisión es tuya, por supuesto, pero de verdad me encantaría formar parte del equipo.

Clavó sus ojos azules en mí, esperando la siguiente pregunta de la entrevista, sin la menor duda.

—¿El sueldo te parece bien?

—Desde luego —dijo e hizo un gesto con la mano, como para enfatizar su conformidad.

Golpeé la mesa con el bolígrafo, como si estuviera pensándomelo, aunque ya había tomado una decisión.

—Muy bien.

—¿Muy bien?

—Estás contratada.

Risa sonrió de oreja a oreja.

—¿De verdad? Qué alegría, te aseguro que no lo lamentarás.

Me levanté para estrechar su mano y noté que temblaba ligeramente. Vaya, ¿tan nerviosa estaba?

—Puedes empezar el lunes. Nos encargaremos del papeleo a primera hora.

—Genial, muchísimas gracias.

La sonrisa que iluminaba su rostro no iba a desaparecer en todo el día, estaba segura.

*A*lli se tendió sobre la manta, a mi lado, mientras yo tiraba miguitas de pan a los patos del estanque. Hacía un día precioso y el parque, a unos metros de mi apartamento, estaba lleno de familias, turistas y gente como nosotras.

Había salido temprano de la oficina para ir a buscarla y habíamos decidido que lo primero en la agenda de ese fin de semana era tomar un poquito de sol.

—Casi había olvidado cuánto me gustan los veranos en Boston.

Sus ojos parecían nublados y melancólicos, como si estuviera a mi lado y muy lejos al mismo tiempo.

—¿Ya echas de menos Boston?

Alli se apoyó en los codos.

—Creo que sí. Nueva York es un torbellino que te traga. A veces me cuesta imaginar mi vida fuera de allí, pero debo admitir que estoy disfrutando del cambio. Necesitaba un respiro.

Las últimas semanas habían sido de adaptación para las dos. Después de tres años compartiendo habitación en la universidad, estar a cientos de kilómetros de distancia había hecho que nuestra amistad se resintiera. Pero, en mi fuero interno, sabía que no era la distancia lo que podría romper lo que había entre nosotras.

—Lo entiendo. ¿Alguna noticia de Heath?

—Está bien.

—Pensé que irías a verlo en lugar de venir a verme a mí.

Me alegraba de que no fuera así, claro. Después de contarle todo lo que había pasado entre Blake y yo, y la repentina aparición de Mark, estábamos de acuerdo en que teníamos que vernos lo antes posible.

—Las amigas primero, guarra —soltó sonriendo, y me dio un empujoncito con el hombro.

Se lo devolví tirando unas migas a su perfecta y larga melena castaña.

—¿Crees que irás a verlo en Los Ángeles?

—No —respondió Alli—. Heath necesita estar solo y, francamente, yo también necesito un descanso. Por fin he encontrado apartamento y la mudanza ha sido extrañamente liberadora. Cuando vivíamos juntos estaba con él o esperándolo todo el día. Ahora, por fin, va a empezar mi vida en Nueva York, sin estar pensando en él o en nosotros todo el tiempo.

Asentí, sabiendo lo importante que puede ser la independencia en una relación que acaba de empezar. Mantenerme alejada de Blake era una lucha continua porque lo único que quería era sentirme protegida en la seguridad de su controlado mundo. El mundo de Blake era seguro, pero no siempre real.

—Te entiendo. ¿Cuándo termina la cura de desintoxicación?

—Dentro de un mes más o menos. Aún no es seguro.

—¿Y qué harás entonces? ¿Vas a intentarlo de nuevo?

—Creo que sí. Aún no hemos decidido nada, pero… —Alli se tumbó sobre la manta para mirar los árboles.

—¿Qué?

—Es que lo echo de menos.

Me quedé pensativa. No quería decir nada que la influyese de un modo o de otro. Alli estaba pasándolo mal por la separación, pero yo no estaba convencida de que Heath fuese bueno para ella. Aunque fuera el hermano pequeño de Blake.

—Sé que todo el mundo nos juzga.

Me encogí un poco, rezando para que no hubiese leído mis pensamientos.

—Piensan que estoy malgastando mi vida con alguien como Heath —siguió Alli—. Todos mis amigos, incluso tú, creen que es una complicación y admito que tiene problemas, pero no puedo romper con él. Sé que merece otra oportunidad —dijo y apartó una lágrima antes de que rodase por su mejilla.

Me tumbé a su lado en la manta, esperando que se calmase un poco. Descubrir que Heath tenía un problema con las drogas había sido una sorpresa, pero era evidente que estaban locamente enamorados. Nunca había visto a Alli tan radiante y eso era culpa de Heath. Esperaba que él sintiera lo mismo y que eso fuera suficiente para dejar una adicción que podría destruir cualquier posibilidad de futuro.

—Alli, te quiero mucho y deseo que seas feliz. Si crees que te juzgo es porque me preocupa tu felicidad, no por criticarte. Cuestiono el valor de Heath como persona. Sé muy bien que ninguna relación es perfecta. Él tiene problemas, pero no hay que perder la esperanza. No está todo perdido, estoy segura.

Alli giró la cabeza, esbozando una débil sonrisa.

—Gracias.

—Si es capaz de dejar esa mierda, aún puede que lo vuestro funcione, pero tienes que usar la cabeza. Eso es lo único que te pido.

—Estoy intentándolo, pero parece que pierdo la cabeza cuando me enamoro.

—Tal vez esta separación sea buena para los dos. Él necesita superar sus problemas y, además, así tendréis tiempo para pensar en vuestra relación sin tanta... intensidad.

—Tienes razón. La verdad es que cuanto más tiempo estamos separados más claras tengo las cosas. —Alli tomó aire—. Bueno, dejemos a un lado mis problemas. ¿Qué pasa contigo y con Blake? ¿Sigue volviéndote loca?

—Ya sabes que sí.

—¿En el buen sentido o en el malo?

—Las dos cosas, pero estamos intentando solucionarlo.

—Yo creo que Blake ha encontrado la horma de su zapato contigo.

Alli sonrió.

—¿Ah, sí?

—Estoy segura de que tú no aguantas sus tonterías. El multimillonario de internet seguramente no puede soportar que le pongas en su sitio.

La imagen que pintaba me hizo reír. Tal vez tenía razón. No podía imaginar a mucha gente plantándole cara a Blake como hacía yo. Lo hacía por instinto de supervivencia, no por capricho, pero la guerra que había entre nosotros nos volvía locos. En general, locos en el buen sentido.

—Me obliga a estar alerta y supongo que él diría lo mismo de mí. No nos aburrimos nunca, eso desde luego.

Sonreí para mí misma y mi corazón dio un saltito al pensar en él. Blake era un reto continuo. Nunca sabía qué podía esperar, pero debo confesar que esa parte de la relación me encantaba; la emoción, las continuas negociaciones, y cuando la ocasión lo merecía, la dulce rendición.

—Muy bien, tu expresión está empezando a darme náuseas.

—Lo siento —respondí, riendo.

—No lo sientas, es que estoy amargada y sola. En fin, defiende tu terreno. Sé que lo harás, pero los Landon pueden ser muy convincentes.

Una sonrisa iluminó su rostro y las dos soltamos una carcajada.

A veces, cuando entraba en la oficina aún me sorprendía. El estudio tenía un aspecto fantástico con las luces suaves y las mesas de trabajo brillantes. Sid estaba hablando con los dos nuevos miembros del equipo y cuando me apoyé en el escritorio en el que estaban reunidos, todos levantaron la mirada.

—¿Qué tal va todo, chicos?

Chris tenía diez años más que yo. Aquel no era su primer trabajo en una empresa de nueva creación, así que aportaba una experiencia de la que los demás carecíamos. Era un tipo fornido, con un pelo rojo y largo que le llegaba hasta los hombros. A juzgar por su atuendo durante la última semana, parecía tener pasión por las camisas hawaianas.

Al otro lado del espectro estaba James, nuestro nuevo diseñador y desarrollador de aplicaciones, un tipo de persona totalmente diferente. Con una melena negra un poco desaliñada, piel bronceada y brillantes ojos azules, era el más abierto y expresivo del grupo. Alto y atlético, con un toque de chico malo gracias a los tatuajes que asomaban por las mangas de su camisa, resultaba muy agradable a la vista.

—Buenos días, Erica.

Su alegre sonrisa me pilló desprevenida. Me sorprendía ser recibida con tanto entusiasmo a esas horas de la mañana.

«He hecho bien en contratarlo», pensé.

Sid dejó escapar un suspiro. Aparentemente, no compartía la alegría matinal de su compañero.

—Estamos intentando poner en marcha las actualizaciones de las que hemos hablado, pero es un poco difícil con esta pandilla de degenerados intentando hundirnos veinticuatro horas al día.

—Ah, ya.

Me encogí un poco porque no sabía cómo arreglar el problema, aparte de pedirle a Blake que hiciese su magia. Había sido frustrantemente vago sobre su asociación con el M89, pero, evidentemente, debido a lo que hubiera hecho para cabrearlos como monos, los hackers no estaban dispuestos a dejarnos en paz.

—En fin, ya encontraremos la solución. No te preocupes.

Sid se concentró en el monitor, apartando la mirada de vez en cuando para tomar notas.

—¿Puedo hacer algo?

—No.

Su respuesta fue previsiblemente cortante. Para el Sid que yo conocía, que solía estar de mal humor debido a su errático horario de sueño, tener que enfrentarse con tantos problemas a las diez de la mañana era inaceptable. Puse los ojos en blanco y entonces pillé a James sonriendo.

—Ya me contarás cómo va.

Me aparté del escritorio y desaparecí tras el bastidor chino que separaba mi despacho del resto de la oficina.

Debido al tamaño del estudio, y a nuestro humilde presupuesto, había decidido renunciar a la privacidad que me daría una pared, y agradecía que Blake hubiera respetado ese deseo al encargar la secreta reforma. Estaba lo bastante apartada como para hacer mi trabajo en paz, y lo bastante cerca como para ver lo que hacían Sid y su equipo. Además, Risa se uniría pronto al grupo y tendríamos que comunicarnos a menudo. Por suerte, ella y yo hablábamos el mismo idioma.

Cuando la reunión informal terminó, le pedí por Skype que viniese a hablar conmigo. Entró, mirándome desde su altura, y después de unos segundos se sentó frente a mí.

—¿Qué te pasa, Sid? Estamos en el mismo equipo.

—Ya lo sé, pero me estoy cansando de remendar agujeros en un barco que se hunde.

—¿Nos estamos hundiendo?

Mi socio dejó escapar un suspiro.

—No, pero estar constantemente poniendo parches y arreglando las mierdas que ellos se cargan mientras intento implementar nuevos programas está empezando a ser insoportablemente tedioso, joder.

Me eché hacia atrás en el sillón, sorprendida. Sid rara vez decía palabrotas, de modo que debía estar más nervioso de lo habitual. Cuando yo estaba nerviosa gritaba en la privacidad de mi habitación o canalizaba mi rabia siendo obsesivamente productiva. Cuando Sid estaba nervioso, todos sufríamos.

—¿Qué hacemos? Quiero ayudar, pero no sé cómo.

—Habla con tu novio. ¿No tiene Blake todas las respuestas?

—En general sí, pero no tiene una varita mágica para arreglar esto. La verdad es que estoy perdida.

Por el momento, la estrategia de Blake había sido lograr que la página fuese impenetrable, pero me había negado a dejar que su equipo de programadores se hiciera cargo de todo y, por lo tanto, la responsabilidad había recaído exclusivamente sobre los hombros de Sid. Aunque ahora Chris y James compartían esa carga.

—Tendríamos que empezar desde cero para hacer mejoras significativas. De todas formas, en algún momento tendríamos que reorganizar la página para acomodar un crecimiento a gran escala. Lo único que se me ocurre es hacer eso en lugar de actualizar continuamente. Así al menos estaremos trabajando con una base más sólida ya que, por lo visto, los ataques no van a cesar en un futuro inmediato.

—Sid, me estás asustando. ¿Crear la página desde cero? Tiene que haber otra manera. Estamos a punto de darle un impulso de marketing muy importante.

—No estoy aquí para decirte lo que tú quieres escuchar. Sugiero que hables con Blake. No sé lo que hizo para provocar esta situación, pero él debería saber cómo solucionarlo porque yo no estoy aquí para esto.

Esa respuesta fue como un puñetazo en el estómago.

—Muy bien. ¿Qué tal si le dices a los chicos lo que tienen que hacer y te tomas el día libre? Así volverás más fresco y, con un poco de suerte, tendré alguna respuesta mañana.

Hablaba con tono amable, pero firme, aunque me hubiera gustado decirle que a ver si espabilaba de una vez. La vida laboral estaba llena de desafíos. Yo me había echado encima la responsabilidad de la empresa, dejándole a él solo con la tarea de concentrarse en lo que le interesaba: el desarrollo de la página. Y, sin embargo, iba por ahí como si el mundo entero estuviese en su contra. Sí, bueno, un pequeño grupo de hackers nos tenía en su punto de mira, pero estaba poniéndose demasiado dramático.

Resoplando, Sid salió de mi despacho, o lo que pasaba por ser mi despacho, le dijo algo a los chicos y se dejó caer sobre su sillón.

Sonreí. En el fondo era tan obstinado como yo y no estaba dispuesto a rendirse. Teníamos eso en común.

3

Alli estaba poniéndose polvos bronceadores con una brocha mientras nos arreglábamos en mi cuarto de baño. Me había prestado una falda ajustada con estampado de leopardo que me quedaba como un guante y que ella se había tomado la libertad de emparejar con un top negro de hombro caído. Tenía la impresión de que Blake me lo quitaría con los dientes en un par de horas. Y cuánto deseaba que lo hiciera, por Dios.

Después de pasar dos días juntas, Alli había decidido salir a cenar y tomar una copa con unos amigos para que Blake y yo pudiésemos vernos. Y lo echaba tanto de menos que me dolía.

Habíamos sobrevivido a otros breves periodos de separación, pero normalmente era cuando yo estaba cabreada y eso ayudaba a controlar la insoportable atracción que sentía por él. Lo único que sentía por Blake en este momento era un deseo incontrolable, especialmente después del fabuloso revolcón en la oficina unos días antes.

Me encantaba estar con Alli y no me importaba dejar de ver a Blake si eso suponía revivir la amistad que habíamos forjado tres años antes, pero los hermanos Landon nos tenían en estado de alerta constante. Yo le había contado todo lo que había pasado en ese tiempo, desde que Blake se cargó mi acuerdo con Max, a la angustiosa y sorprende aparición de Mark, mi peor pesadilla.

Heath aparecía en nuestras conversaciones con una frecuencia que me hacía cuestionar si de verdad Alli estaba aprovechando ese tiempo para reflexionar. Esa noche, sin embargo, había estado muy callada.

—¿Todo bien?

Ella sonrió, pero la sonrisa no era muy convincente.

—Sí, claro.

Terminé de arreglarme y cuando salí de la habitación Blake estaba sentado en el sofá que acababa de comprar. Con una camisa blanca remangada hasta los codos y tejanos oscuros resultaba tan atractivo que, por un momento, estuve a punto de sentarme a horcajadas sobre él allí mismo.

Cuando nuestras miradas se encontraron noté que se quedaba boquiabierto. Y el sentimiento era mutuo.

—¿Estás lista?

Alli apareció entonces, interrumpiendo mi total concentración en el asombroso cuerpo de Blake. Él se levantó para saludarla con un beso en la mejilla.

—Estás muy guapa. Me alegro de verte.

—Lo mismo digo.

La sonrisa de Alli era más bien tensa, como si quisiera esconder sus emociones.

Intenté descifrar su lenguaje corporal. ¿Estaba nerviosa o avergonzada por ver a Blake después de lo que había pasado con Heath en Nueva York?

—Bueno, nos vamos —dije en voz baja para romper la tensión que, con un poco de suerte, solo yo percibía.

Blake pasó una mano por mi espalda y me empujó suavemente hacia la puerta. El poder y la sugestión de su roce me hacían temblar, todas mis terminaciones nerviosas en alerta. De repente, renegaba de los planes de ir a cenar cuando lo único que deseaba era llevármelo arriba, a su apartamento, y hacerle perder la cabeza hasta el amanecer.

*S*alimos del apartamento y Blake me llevó hacia la escalera, entrelazando sus dedos con los míos.

—¿Has olvidado algo?

Antes de que pudiera responder entramos en su apartamento y el olor a comida casera asaltó mi nariz. ¿Había cocinado sin mi ayuda?

—No me lo creo

La cocina era un desastre, pero en la mesa del comedor, con un perfecto mantel blanco, había varias bandejas de porcelana con pasta, ensalada y pan. La iluminación era suave, el ambiente íntimo acentuado por la luz de las velas, que había colocado por todas partes.

—He pensado que sería mejor cenar aquí —murmuró.

—Pero me he arreglado —dije y sonreí, dejando que me abrazase.

—Me alegro, estás guapísima. Tendremos suerte si podemos terminar de cenar.

La cena había dejado de interesarme. Blake era el elemento más apetitoso del menú, pero necesitaba combustible si iba a hacerle el amor durante toda la noche.

—Todo tiene una pinta estupenda. No puedo creer que lo hayas hecho tú solo.

—Espero que te guste.

Nos sentamos a la mesa y, mientras él abría una botella de vino, yo me servía un plato de los que, según él, pronto serían «los famosos espagueti a la boloñesa de Blake Landon». Me quedé agradablemente sorprendida cuando los probé. No era fácil cargarse un plato de espagueti, pero Blake tenía muy poca experiencia en la cocina y estaba preparada para lo peor.

Comimos en un agradable silencio, pero yo seguía pensando en Alli.

—¿Cómo van las cosas con Alli? —me preguntó, como si hubiera leído mis pensamientos.

Mordí un trocito de pan de ajo antes de responder. Mi amiga, con el corazón roto por su turbulenta relación con Heath, no estaba pasándolo bien, pero no sabía hasta dónde podía contarle.

—Creo que está un poco estresada con lo de Heath… y la mudanza.

—¿La mudanza?

—Se ha ido del apartamento.

—Espero que no lo haya hecho por mí. —Blake me miró a los ojos.

Negué con la cabeza, recordando cuánto había insistido en que me distanciase de Alli mientras estuviera con Heath. Yo me había negado, por supuesto, y afortunadamente, ese había sido el fin de la discusión. Con todo lo que estaba pasándome en ese momento, lo último que necesitaba era alejarme de las pocas personas que podían apoyarme.

—No, yo creo que necesita espacio para pensar y tomar decisiones ahora que Heath no está. No ha tenido oportunidad de ser independiente desde que se mudó a Nueva York.

Vacilé después de esta última frase. Debía ser cauta. Blake y Heath tenían sus problemas, pero eran hermanos, y no quería causar problemas entre Heath y Alli si él no sabía que se había mudado.

Blake se limitó a asentir.

—¿Qué tal el trabajo?

—Bien y mal.

—¿Qué es lo bueno?

Seguí comiendo espagueti mientras intentaba elegir bien mis palabras.

—He contratado a una directora de marketing. Empieza el lunes y Alli me va a ayudar a ponerla al día.

—¿Y lo malo?

—Me preocupa la seguridad de la página. Sid está tirándose de los pelos y no sé qué decirle.

Me arriesgué a mirarlo, interrogante, porque sabía que ese era un tema del que no quería hablar.

Blake se echó hacia atrás y tiró la servilleta sobre la mesa.

—No me das acceso al código, Erica. ¿Qué demonios quieres que haga?

—No es por desconfianza. Tenemos que controlar el código y tú lo sabes. Sin embargo, seguimos sin saber por qué estamos siendo inexplicable y despiadadamente atacados por ese grupo de hackers.

Cuando él apartó la mirada para no ver el ruego que había en mis ojos, se me hizo un nudo en el estómago. Sus secretos me comían viva, como una vez me habían comido los míos, antes de que le abriese mi corazón. Revelarle mi pasado había atenuado la carga, pero no sabía qué hacer para que él confiase en mí del mismo modo.

—Quieres mi confianza, Blake, pero es por esto por lo que me cuesta dártela. Me escondes cosas.

—Te aseguro que no te doy esa información por tu propio bien.

—¿Y eso no puedo decidirlo yo? Por favor, que no soy una niña.

Mascullando una palabrota, se levantó para ir al salón y se dejó caer en uno de los sofás. Yo me senté en el otro, enfrente. No sabía cómo seguir con la conversación, pero si quería sacar algo en claro sería mejor poner cierta distancia.

—Dijiste que lo solucionarías, me lo prometiste. Sé que no es fácil para ti, pero merezco saber qué es lo que pasa. Además, tal vez podría ayudar.

Él exhaló un suspiro, apoyando la cabeza en el respaldo del sofá.

—Ya sabes que fui miembro del M89 cuando era un adolescente.

—Sí —asentí en voz baja.

Blake se echó hacia delante para apoyar los codos en las rodillas, sin mirarme.

—Lo que no sabes es que dirigía el grupo con otra persona.

—¿Quién? —pregunté en tono suave, tanteándolo.

No quería darle ninguna razón para que no me contase las cosas que tanto quería, necesitaba, saber.

—Su nombre era Brian Cooper.

—¿Era?

Vi que apretaba el mentón mientras levantaba una mano para apartar el pelo de su frente. Le había crecido desde que nos conocimos y me habría gustado tocarlo, pero no quería interrumpirlo.

—Se suicidó.

—Dios mío. —Me llevé una mano al corazón. Era lógico que no quisiera hablar de ello—. ¿Cuándo?

—Cuando descubrieron que habíamos pirateado las cuentas bancarias nos detuvieron a todos, pero yo llevaba semanas apartado de la operación. Cooper había sido un amigo y, en un principio, yo estaba de acuerdo en joder a los tipos de Wall Street, pero él quería piratear cuentas individuales, gente normal que había invertido su dinero y sus esperanzas de jubilación, pero que no tenían conexión alguna con esos estafadores. No podía apoyarlo, así que dejé el grupo. Nuestra amistad se rompió y, por supuesto, había mala sangre entre nosotros. Cuando los federales me interrogaron…

Cuando dejó de hablar se me encogió el corazón. Blake estaba atado de manera inextricable a las circunstancias que habían llevado a su amigo al suicidio.

—Joder, no lo sé. Era muy joven, estaba cabreado y todo ocurrió tan rápido —me soltó, frotándose los ojos con el canto de una mano, como intentando borrar la visión que sus palabras conjuraban.

—No pasa nada, cuéntamelo —dije y me levanté para sentarme a su lado. Me preocupaba lo que pudiera decir, pero necesitaba saberlo.

—Les conté la verdad y me dejaron ir, pero empezaron a presionar a Brian. No estaba intentando salvarme a mí mismo, Erica, solo quería explicarme. No me importaba hundirme con el barco, pero dejando claro que había cosas que no estaba dispuesto a hacer.

—Cariño… —La emoción me atenazaba y no sabía qué decir.

El dolor oscurecía su mirada. Años de remordimientos habían impedido que me contase la verdad la primera vez que atacaron la página.

—No llegaron muy lejos con él porque se suicidó y eso dio por finalizada la investigación —siguió Blake—. Se devolvieron los fondos y nosotros recibimos una seria reprimenda. Todos éramos menores de edad, así que no tenemos antecedentes. Por eso la mayoría de las cosas que has leído sobre mí son simples rumores; solo un puñado de personas sabe la verdad sobre lo que pasó.

—¿Cómo siguió activo el grupo después de todo eso?

—No siguió activo, pero alguien lo resucitó hace un par de años.

—¿Uno de los antiguos miembros?

—Lo dudo, pero la verdad es que no lo sé. Ya no me muevo en esos círculos, pero como han sido un persistente coñazo, quien esté detrás de esta nueva generación del grupo lo hace por Cooper. Seguramente lo adoran como si fuera un maldito mártir de la causa. Qué causa es esa sigue siendo un misterio para mí.

—¿Has intentado ponerte en contacto con ellos?

—No, yo no negocio con terroristas.

Su dolida expresión se transformó en una mueca de cólera, algo que ocurría cada vez que hablaba de los hackers. Blake era un hombre poderoso, inteligente y lleno de talento, pero esa gente lo inquietaba. Y eso me daba miedo porque podría ser mi única defensa contra ellos.

—¿No te parece una postura demasiado rígida, considerando que tienen intención de arruinar cualquier cosa que toques?

—Conocemos sus estrategias. Son previsibles y mi equipo ha encontrado maneras eficaces de evitar que toquen mi negocio. Aunque son unos vándalos, cuando sabes de qué van puedes ir por delante de ellos. Pero no puedo hacer lo mismo por ti hasta que me lo permitas.

—Pero esa no es la raíz del problema.

Blake suspiró.

—Sean quienes sean, ven a Cooper como un mártir y a mí como a un traidor. Y eso no cambiará.

—Creo que se te escapa lo más importante.

—Hablaré con Sid por la mañana, ¿de acuerdo? Ya está, vamos a dejarlo.

El tono seco hizo que frunciese el ceño. La inseguridad había desaparecido, expertamente escondida tras una mueca de rabia, pero yo lo conocía bien. Cooper y él habían sido amigos una vez y su muerte debía pesar en su conciencia.

Blake parecía sentirse personalmente responsable por todos los que le rodeaban y había visto el brillo de sus ojos mientras hablaba de Cooper, pero tan rápido como se había abierto había vuelto a cerrarse.

Quería besarlo para despertar al hombre al que amaba y calmar el dolor con el que convivía. Alargué una mano para tocar su cara y él giró la cabeza para besarla.

—No te enfades conmigo —susurré.

—No me enfado, es que no me gusta hablar de esto.

—Puede que te sintieras mejor si lo hicieras.

Blake puso los ojos en blanco y noté que la mera sugerencia hacía que se distanciase. Metí la mano bajo su camisa para acariciar los abdominales con la punta de los dedos. Estaba decidida a ponerlo de buen humor. Nada me hacía olvidar mejor la cacofonía de mis pensamientos que estar desnuda con Blake y sospechaba que a él le pasaba lo mismo.

—Te echo de menos.

Sonrió entonces, aliviado, y acarició mi cara con ardor, dejando un rastro desde la mejilla al mentón. Antes de que pudiese decir nada más se apoderó de mis labios. Suave y tierno, el beso enseguida se volvió apasionado... pero de repente se interrumpió.

—¿Qué?

Blake apartó la mirada.

—No puedo hacer esto ahora.

—¿Qué quieres decir?

Me senté sobre él a horcajadas, con la falda subiéndose indecentemente por mis muslos. Incliné la cabeza para besarlo, apretándome contra su torso, sin dejar espacio entre los dos, ansiosa de sus caricias. Pero en cuanto lo agarré del pelo, Blake sujetó mis manos.

—Erica, para. Necesito… calmarme un poco.

Me dio una palmadita en el muslo antes de levantarse para ir a la cocina y ponerse a limpiar. Me reuní con él con intención de ayudarlo, pero una vez más me lo impidió.

—No hace falta, puedo hacerlo solo.

—¿Se puede saber qué te pasa?

Se apoyó despreocupadamente en la encimera, pero a mí no me engañaba.

—Mira, tengo trabajo que hacer y parece que tú también. ¿Te importa si lo dejamos aquí por esta noche?

Lo miré a los ojos buscando una respuesta, pero parecía más frío y cerrado que nunca. Seguí mirándolo, atónita y sin palabras, tragando saliva mientras intentaba disimular mi decepción. ¿Había insistido demasiado? ¿No entendía Blake mis razones para querer saber la verdad?

Todo lo que se me ocurría sonaba triste, desesperado. «¿Por qué no quieres estar conmigo?» «¿Por qué no puedo quedarme?» Pensar que pudiera responder a esas preguntas con sinceridad me asustaba. No estaba segura de querer saber por qué no me deseaba esa noche.

Mi apartamento estaba vacío y solitario, sin señales de Sid o Alli para consolarme de mi soledad y del dolor que sentía. Blake nunca me había apartado así de su lado. Me había vestido especialmente para él y sabía que tenía la resistencia de un corredor de maratón, de modo que lo del trabajo era una excusa.

¿Habíamos sobrevivido los últimos días sin acostarnos y ahora me apartaba de su lado?

Dejé mi bolso en la encimera y me quedé inmóvil en la oscuridad, intentando entender por qué la confesión de Blake sobre su pasado había abierto esa brecha entre nosotros. Fui al dormitorio y me miré en el espejo, sintiéndome fatal. Blake no solo se había cargado una noche de sexo fabuloso sino mucho más. Su rechazo me dolía en el alma, dejándome con una sensación angustiosa y enfermiza.

No. No podía dejarlo así.

Tomé las llaves y salí del apartamento.

Unos segundos después entré en el de Blake, pero no estaba en el salón. Cuando me dirigía a su dormitorio oí el ruido de la ducha y vacilé en la puerta que llevaba al cuarto de baño. A través del cristal podía ver a Blake con las manos apoyadas en la pared, el agua cayendo sobre su ancha espalda.

A pesar de la tristeza que nos había envuelto de repente, me parecía tan hermoso. Di otro paso adelante y él giró la cabeza.

Me quedé inmóvil, esperando su reacción. Cerró el grifo y me quedé sin aliento al verlo salir de la ducha. En circunstancias normales era un espectáculo de hombre. Ahora, completamente desnudo y chorreando, no podría ser más impresionante; un espécimen masculino de primera clase.

Tenía la piel de gallina, pero su polla estaba dura como el acero, sobresaliendo de su formidable chasis.

«¿Qué coño?»

—Blake —dije, mi voz era apenas un susurro.

—¿Qué quieres, Erica?

Su tono era seco y me miraba sin expresión, como si fuera una extraña, mientras se secaba metódicamente con una toalla.

—Yo…

No sabía qué decir. Mi gran plan de volver para seducirlo y no aceptar una negativa como respuesta se había ido a la porra. Aquella era una batalla perdida.

—Vete a casa, Erica. Ya te he dicho que tengo trabajo.

—Una mierda. ¿Quieres explicarme por qué llevas diez minutos bajo una ducha fría y ahora, con la erección más grande que he visto en mi vida, me echas de tu lado?

—No quiero pelearme contigo. ¿Podemos dejarlo así?

Pasó a mi lado en dirección al dormitorio, pero lo seguí, decidida a arrancarle una respuesta.

—No, no podemos dejarlo así. Si no quieres saber nada de mí, al menos dime por qué, coño. —Me temblaba la voz. Estaba perdiendo la calma y se me ocurrían las cosas más horribles—. ¿Estás viendo a otra mujer? —le pregunté, incrédula.

¿Qué había ocurrido desde la última vez que estuvimos juntos en mi oficina? ¿Había hecho algo mal?

Él apretó los puños, con el entrecejo fruncido.

—Por el amor de Dios, no. ¿Quieres dejarme en paz?

Sus palabras me dolieron tanto que lo odié en ese momento. ¿Cómo podía hacerme sentir tan insignificante con su indiferencia cuando estaba prácticamente suplicándole intimidad?

—Tienes razón. No necesito esta mierda.

Blake suspiró.

—Cariño…

Me di la vuelta para salir, pero antes de que pudiese hacerlo llegó a mi lado y cerró la puerta delante de mí.

—¿Qué quieres de mí, Erica? —gritó, tomándome del brazo.

Respiraba con dificultad. Mi corazón latía de rabia, mezclada con un creciente deseo. No podía decidir qué emoción ganaría o cuál quería yo que ganase, pero no estaba allí para pelearme con él.

—Quiero que me folles.

No dijo nada, pero apretó mi brazo con tal fuerza que me hizo daño.

—¿Por qué no me deseas?

Mi voz era débil, casi irreconocible. Me temblaban las piernas y la rabia dio paso a otra emoción; una descarnada vulnerabilidad que Blake había dejado al descubierto.

Antes de que me diera cuenta, levantó mi falda y me arrancó las bragas de un violento tirón para después aplastarme contra la puerta. Y, de repente, estaba dentro de mí, enterrándose tan profundamente que lancé un grito de dolor y de sorpresa. Pero el dolor se esfumó enseguida, dando paso al alivio. Estaba conmigo otra vez, por fin.

Empujó de nuevo y grité, derritiéndome a su alrededor.

Dejé de respirar cuando se detuvo, inquietantemente inmóvil. Abrí los ojos y me encontré con su intensa e interrogante mirada.

Dios, qué hermoso era. Y era mío, pero por alguna razón durante las últimas dos horas lo había perdido. Tenía que retenerlo, demostrarle que lo necesitaba con desesperación.

—No pares, por favor —le supliqué.

Pasé los dedos por su pelo húmedo, agarrando los mojados mechones mientras enredaba las piernas en su cintura. Empujé hacia delante, intentando ponerlo en movimiento. Estaba tan húmeda que solo necesitaba la más ligera fricción para llegar al orgasmo. Blake apenas se movió cuando un gemido escapó de mis temblorosos labios. Apreté mis músculos internos para oprimir su polla, mi mirada clavada en la suya.

Blake abrió ligeramente los labios, sus ojos nublados de emoción.

—Vas a matarme, te lo juro.

Lo besé apasionadamente.

—Termina lo que has empezado. No me hagas suplicar —susurré sobre su boca.

—Que Dios me ayude, nunca lo había deseado tanto. Tú... esto...

Se apartó un poco para enterrarse de nuevo y mascullé una palabrota, gritando con cada castigadora embestida. Una cegadora mezcla de placer, dolor, rabia y amor se apoderó de mí, llevándome de un orgasmo a otro. Incapaz de contener un frenesí que me hacía estremecer, me agarré a él desesperadamente, mi boca sobre su hombro.

Estaba tenso, rígido, y clavé los dientes en su carne, arañando su brazo hasta el codo. Mi coño se cerró alrededor de su polla una vez más y él gruñó mientras aumentaba el ritmo.

—Mírame —musitó, su voz tensa de deseo—. Necesito verte.

Hice acopio de fuerzas para levantar la mirada. Tener esa belleza tan cerca me convertía en masilla entre sus brazos. Daba igual lo que yo le hiciera, esto era lo que él me hacía a mí.

No dejó de mirarme a los ojos mientras me empotraba contra la puerta, empujando con todas sus fuerzas.

Inspiré profundamente.

—¡Blake!

—Siénteme. Quiero que me sientas del todo, Erica —susurró.

Exhaló un gemido estrangulado mientras se vaciaba dentro de mí, liberando mi último orgasmo.

Nos quedamos así un momento antes de caer al suelo. Blake se tumbó de espaldas sobre la alfombra oriental y caí sobre él, exhausta, pero deseando el contacto, deseando saber que seguíamos unidos, juntos.

Nos quedamos en silencio, inmóviles, hasta que levantó un poco mi falda para acariciar el moratón que había dejado en el muslo al arrancarme las bragas de un tirón.

Blake me apretó el culo con fuerza.

—Mañana también tendrás moratones ahí.

Miré hacía atrás y me encontré con su boca transformada en una rígida línea.

—No me importa.

—Tal vez debería importarte.

Puse una mano sobre su torso.

—No sé qué te pasa por la cabeza y necesito saberlo. Si de verdad no quieres contármelo lo aceptaré, pero no me alejes de ti, no puedo soportarlo.

—¿Esto es lo que llamas «apartarme de ti»? ¿Invadir tu cuerpo como un ariete?

Tan descarnada descripción hizo que frunciese el ceño. Sí, había sido un poco brusco y seguramente lo notaría por la mañana, pero cada vez que estábamos juntos significaba algo importante para mí.

Me coloqué a horcajadas sobre sus muslos, poniendo las manos a cada lado de su cuerpo. Intenté adivinar lo que estaba pensando, pero él me hurtaba la mirada, concentrado en acariciar el interior de mis muslos.

Sonriendo, me quité el top y el sujetador.

—¿Qué haces?

—Conseguir tu atención.

Vi una sombra de deseo en sus ojos.

—Ya la tienes.

—Me gusta cuando pierdes el control, Blake. No lo conviertas en algo sucio, no lo es.

Su polla se endureció bajo mis muslos.

—¿Y si lo fuera? Hacerte cardenales… asustarte, portarme como un cavernícola.

—¿Es por eso por lo que te has dado una ducha fría, para evitarme?

—Lo que siento por ti… a veces es demasiado intenso. Siento como si fuera a destrozarnos a los dos. Quería que esta noche fuese diferente, de verdad. —Cerró los ojos un momento—. Tú mereces ser adorada, querida.

Sacudí la cabeza, intentando entender por qué mi amante, siempre dominante, estaba alejándose de mí.

—Me siento querida. Me gusta despertar con el recuerdo de tus manos sobre mí, aunque tenga algún cardenal. Es nuevo para mí, debo admitirlo.

—Pero antes te he asustado. —Blake me sostenía la mirada, como retándome a negarlo.

—A veces me asustas, pero confío en ti. —Hice una pausa—. Me gustan las cosas que hacemos.

—Ni siquiera he empezado, Erica. Tú no sabes las cosas que me gustaría hacerte.

Me quedé sin aire, pero no perdí el tiempo pensando en el miedo que sentía en la boca del estómago.

—Entonces vamos a profundizar más.

Dudaba de lo que decía mientras pronunciaba esas palabras, mi corazón aleteando como loco. Blake estaba tirando unas barreras que no sabía que hubiera levantado. Hasta entonces había aguantado bien, pero ahora, sabiendo que sus deseos eran tan vastos y desconocidos, no podía dejar de sentirme un poco abrumada.

—No —dijo en un tono suave, pero firme.

—¿Por qué? —pregunté en voz baja, esperando enmascarar mis dudas.

—Porque no está bien. No debería querer… presionarte o controlarte después de lo que tuviste que pasar. Me di cuenta de eso la última vez. Fui demasiado lejos. En cuanto te até las manos lo lamenté.

—Entonces, ¿por qué no paraste?

Blake no respondió.

—Dímelo.

—Porque sabía que podía tranquilizarte, enseñarte a disfrutarlo.

—Y así fue.

—Eso da igual. No debería haberlo hecho, es demasiado para ti.

—Me gustan los retos, Blake. Si esto es algo que tú quieres, yo también.

—No, no va a ser así, quítatelo de la cabeza. No vas a pasar por esto solo porque yo... te violaron, por el amor de Dios. Mi deseo de control cuando estamos follando es lo último que necesitas. Tú no eres la persona adecuada para ese tipo de juegos.

Fue como una bofetada y sentí que mi corazón se detenía durante una décima de segundo. ¿Y si no podía ser lo que él quería, lo que necesitaba? En una sala de juntas podía hacer el papel a la perfección, pero el anhelo que sentía por el amor de Blake había echado raíces en mi corazón sin que pudiese controlarlo.

—¿Qué quieres decir?

Blake se sentó en el suelo, apretándome contra su torso y acariciando mi espalda.

—Quiero decir que debo entender lo que me pasa y solucionarlo por ti, por los dos. Pero no sé cómo controlarlo más que evitándote cuando puedo. Esta noche ha sido...

—Hablar de Brian Cooper te ha sacado de quicio.

Ese nombre hizo que torciese el gesto por un momento, pero después me besó dulcemente.

—Tú lo eres todo para mí, cariño. No quiero volver atrás, no quiero recordar el pasado y toda esa mierda que no puedo controlar.

—Pero tener control sobre mí hace que te sientas mejor —susurré.

Blake asintió con la cabeza.

—Y eso tiene que cambiar.

—¿Y si yo no quisiera que cambiase?

4

Mi barista favorita estaba preparando nuestros cafés para llevar mientras Alli tamborileaba con las uñas sobre la mesa.

—¿Qué tal anoche? —le pregunté.

—Bien. Tomé unas copas con la pandilla. ¿Y tú?

—Bien.

Miré alrededor para esconder mis ojos. Blake había conseguido evitar una nueva discusión follándome hasta que perdí el sentido. Aunque estaba escondiéndome algo, su estrategia había dado resultado. No recordaba cuándo me quedé dormida, demasiado exhausta y feliz como para pensar en nada.

Pero no sabía cómo salvar la distancia que había entre nosotros. Blake había sido un misterio para mí en muchos sentidos, pero cuanto más lo conocía más me enamoraba. Teníamos que encontrar la forma de solucionar la situación y apartarse de mí no serviría de nada.

Miré a Alli de nuevo. Parecía cansada. Le faltaba esa energía que destacaba su belleza natural, y tenía los ojos hinchados.

—¿Va todo bien?

—Sí, todo bien —respondió, animándose un poco.

—¿Te acostaste muy tarde?

—No, la verdad es que volví pronto al apartamento.

Sacudí la cabeza, desconcertada, esperando que siguiera.

Alli se acomodó indolentemente en la silla, la fatiga evidente en sus facciones una vez más.

—Ayer Heath no me llamó y estoy preocupada.

—Seguro que no pasa nada.

—Hablamos todos los días desde que se marchó y ayer estuve esperando, pero nada.

—Llamará hoy. No te preocupes.

Ella asintió, mordiéndose los labios.

—¿Quieres que dejemos la reunión para más tarde? Así podrás descansar un poco.

Puse mi mano sobre la suya, deseando ver resurgir a mi feliz y exuberante amiga. Apenas la reconocía en ese estado.

—No, estoy bien. Y tienes razón, seguro que no pasa nada —dijo Alli intentando esbozar una sonrisa.

Simone nos trajo nuestros cafés y añadí una generosa propina a la cuenta. Riendo, mi camarera favorita nos despidió con la mano.

Cuando subimos a la oficina, Risa ya estaba allí. Miré el reloj. Había llegado temprano y nos saludó con una energía que a las dos nos faltaba. Llevaba un pantalón pitillo estampado y un top negro abotonado que le daba un aspecto impecable y profesional. En cambio yo, con tejanos oscuros y una blusa *portofino* que Alli me había prestado, había decidido aprovecharme del código de atuendo informal que los chicos habían instaurado en la oficina.

—Alli, te presento a Risa Corvi, nuestra nueva directora de marketing.

Risa le ofreció la mano.

—Encantada de conocerte. Me alegro mucho de que podamos vernos.

—Yo también.

Nos sentamos frente a la pequeña mesa de juntas al otro lado de la oficina y empecé con la reunión.

Llevábamos en ello casi una hora cuando Blake apareció, metro ochenta y cinco de hombre cañón. Me quedé sin aire, como si su entrada se hubiera llevado todo el oxígeno de la habitación y estuviera esperando que me diese permiso para respirar. Cuando dejé de mirarlo vi que Risa también se lo comía con los ojos.

—¿Interrumpo algo importante?

Blake esbozó una sonrisa torcida mientras se acercaba, con las manos en los bolsillos del pantalón. Llevaba su habitual uniforme de trabajo: tejanos azules y una camiseta ajustada con el logo del congreso en Las Vegas en el que habíamos estado. Ese había sido un buen viaje.

Risa estuvo a punto de tirar la silla cuando se levantó de un salto para estrechar su mano, los ojos brillantes de evidente admiración.

—Usted debe ser el señor Landon. Soy Risa Corvi.

—Llámame Blake.

—Estábamos repasando números, si quieres unirte a nosotros… —intervine rápidamente.

—Sí, claro, pero antes déjame hablar un momento con Sid.

Asentí, observándolo mientras se alejaba para hablar con mi socio, con ese estupendo culo bajo los tejanos que se ajustaban a sus muslos.

«Cálmate, Erica, estás trabajando». ¿No había tenido suficiente la noche anterior? Por Dios, ¿qué me pasaba?

Sacudí la cabeza para volver a la realidad. La mirada de Risa estaba clavada donde había estado la mía un segundo antes y me aclaré la garganta para llamar su atención.

Ella se volvió hacia mí rápidamente.

—Lo siento, es que… vaya. —Suspiró mientras miraba sus notas.

Alli puso los ojos en blanco y yo tuve que morderme la lengua, irracionalmente posesiva y celosa. Golpeé la mesa con el bolígrafo mientras se me ocurrían un par de cositas que decirle a Risa. Por desgracia, no podía decir ninguna en voz alta y me volví a moder la lengua porque no quería que su primera reunión consistiera en ver a su jefa con los ojos fuera de las órbitas, advirtiéndole que el inversor con el que estaba saliendo era suyo y solo suyo.

Tomando aire, intenté concentrarme en mis notas. Blake era un hombre que hacía girar la cabeza a todas las mujeres. Tampoco iba a condenarla por eso.

—¿Dónde estábamos? —preguntó Alli interrumpiendo mis pensamientos, como deseando terminar de una vez.

Pero antes de que pudiese retomar la reunión, mi móvil empezó a sonar.

—Perdonad un momento. Seguid vosotras.

Me coloqué tras el bastidor y busqué el móvil en el bolso. Me quedé helada al ver el número en la pantalla, pero intenté recuperarme antes de responder.

—Hola, Daniel —dije y lo saludé a toda prisa, esperando que no hubiese cortado la comunicación.

No había hablado con él desde que me fui de su casa en Cabo Cod hace un par de semanas, por circunstancias de las que él no sabía nada, y no estaba segura si el lapso de tiempo había sido tan incómodo o raro para él como lo había sido para mí.

—Erica, ¿cómo estás?

Sonreí al escuchar esa voz profunda y segura.

—Bien, estoy bien. ¿Y tú?

—Bueno, ya sabes, muy ocupado con la campaña. Pero quería preguntarte qué planes tienes para el miércoles. Mi bufete patrocina la gala *Spirit* este año y tengo algunas entradas. Habrá mucha gente importante, tal vez incluso un par de famosos. Podría ser una buena oportunidad de hacer contactos.

—¿Estás seguro? La verdad es que me encantaría.

—Claro que sí. Además, me gustaría volver a verte.

—Lo mismo digo. Quería llamarte, pero…

En realidad, no sabía si Daniel querría seguir en contacto conmigo. Sí, era mi padre biológico, pero acababa de descubrirlo y apenas nos conocíamos. Aparte de haberme topado con su hijastro, Mark, que era mi pesadilla, nuestro encuentro había sido agradable e importante para mí. Quería mantener una relación con él, pero entre su campaña para el puesto de gobernador y la máquina empresarial que era su vida, no estaba segura de que hubiera un sitio para mí. Además, habíamos acordado no contarle a nadie que era su hija ilegítima.

—No te preocupes, te enviaré un mensajero con las entradas. Invita a Landon y a quien creas que puede hacer contactos para tu empresa.

—Estupendo. Muchas gracias.

—Estoy deseando verte, Erica.

Había tanto afecto en su voz. Después de cortar la comunicación me quedé mirando el teléfono hasta que Blake apareció a mi lado y me envolvió en sus brazos.

—¿Todo bien? —murmuró, besando suavemente mi cuello.

Enredé los brazos en su cintura. Quería mantenerlo cerca por si se le ocurría marcharse abruptamente. No iba a resultarle fácil librarse de mí.

—¿Qué planes tienes para el miércoles por la noche?

—Acostarme contigo.

Lo miré a los ojos, riendo.

—Eso puede arreglarse, pero Daniel nos ha invitado a una gala importante que patrocina su bufete.

—¿Me estás pidiendo una cita?

Sonreí, pensando en la «cita» de la noche anterior, consistente en cocina casera y una intensa frustración sexual, pero decidí morderme la lengua.

—¿Estás interesado? Si no, seguramente podría encontrar a alguien que lo estuviese —bromeé.

—Por encima de mi cadáver.

Me apretó contra su torso, haciendo que me derritiera.

—Es una gala de etiqueta. ¿Crees que podrás olvidar las camisetas y adecentarte un poco?

—¿Tú qué crees?

Mi corazón se aceleró al imaginar a Blake con esmoquin. Lo que eso podría hacerme era aterrador.

—Creo que estoy deseando verte.

—Tengo que volver al trabajo, pero deberíamos cenar con Alli porque es su última noche en Boston.

—Me parece muy bien.

—Te enviaré un mensaje cuando salga de la oficina.

Blake se apartó, pero agarré el bajo de su camiseta, como si pudiera retenerlo gracias a ese trocito de tela.

No quería que se fuera. La noche anterior había sido muy intensa y necesitaba saber que seguía conmigo, tan cerca como habíamos estado, desnudos emocionalmente. Pensar que pudiese apartarme otra vez, algún día, me daba pánico. No quería volver a sentir lo que había sentido por la noche.

—¿Qué?

—Quiero retenerte un poquito más. ¿Eso es malo?

—No pienso discutir.

Sus ojos se oscurecieron mientras, deslizando las manos por mis brazos, se inclinaba para besarme.

Aunque no estábamos solos, me preparé para el asalto de sensaciones que solo él provocaba. Era un momento robado y estaba dispuesta a disfrutarlo. Sus labios se encontraron con los míos, cálidos, medidos… y entonces se apartó.

—No, otra vez no —protesté.

Él respondió a mi mohín con una sonrisa, acariciando mi labio inferior con el pulgar.

—Ah, eres fetichista. Te gusta el sexo en la oficina —susurró.

—Tú eres mi fetiche, Blake. El sitio no importa.

Él rió, el sonido ronco reverberando por todo mi cuerpo. Me mordí los labios para reemplazar el escalofrío que provocaba con una punzada de dolor.

—El sentimiento es mutuo, pero eso no soluciona nuestro problema. Me gustaría tirarte sobre el escritorio y follarte hasta hacerte gritar, pero como tú me recordaste una vez irónicamente, algunos de nosotros tenemos que trabajar.

—Cállate.

Lo agarré por la camiseta y tiré de él, buscando su boca mientras dejaba escapar un rugido salvaje. Blake apretó mi trasero con fuerza, aplastándose contra mí y recordándome los esfuerzos de la noche anterior. Su cuerpo, su presencia, me abrumaban con tal facilidad. Una oleada de deseo embriagaba mis sentidos, haciendo que me olvidase de todo salvo de lo que sentía estando a su lado, con sus manos sobre mí, su lengua dentro de mí. Quería más. Siempre era así.

Oí el repiqueteo de unos tacones acercándose y me aparté de él. Cuando pillé a Risa mirándonos, boquiabierta, me sentí envuelta por una oleada de pura confianza femenina.

«Muérete de envidia, guapa.» Blake era mío y no podía haberlo dejado más claro. Si quería intentar algo con él tendría que ponerse a la cola.

Blake parecía estar esperando mi reacción y sonreí después de darle un rápido beso.

—Adiós, cariño.

Había un brillo de comprensión en sus ojos. Era muy astuto y sabía lo celosa que yo podía ser. Sí, era una reacción exagerada, pero Risa entendió el mensaje.

Blake me devolvió la sonrisa y se alejó, saludándola amablemente con la cabeza antes de salir.

—Lo siento, no quería… —empezó a disculparse Risa.

Me miraba con gesto compungido y, de inmediato, lamenté lo que había pasado. Después de todo, aquel era su primer día.

—No pasa nada. Además, quería hacerte una pregunta.

—Sí, claro, dime.

—Tengo entradas para la gala *Spirit* el miércoles por la noche. ¿Te interesaría ir en representación de la compañía? Puedes llevar un acompañante.

—No, prefiero no hacerlo.

Enarqué una ceja, sorprendida.

—No, quiero decir… me encantaría, pero prefiero ir sola. Hacer contactos es más fácil de ese modo.

—Ah, bueno, como quieras. Si cambias de opinión, dímelo.

—Estupendo.—Sonrió de oreja a oreja mirando el cuaderno que tenía en la mano—. Alli ha respondido a casi todas mis preguntas, pero quería que te consultara un par de cosas de las que no estaba segura. ¿Tienes un momento?

—Sí, claro. Siéntate, vuelvo enseguida.

Fui a buscar a Alli, que parecía tan inquieta como esta mañana, mirando el teléfono sobre la mesa de juntas.

—¿Habéis terminado?

Ella asintió con la cabeza.

—Creo que sí. Si no te importa, me voy a casa. Tengo que hacer el equipaje y solucionar algunas cosas del trabajo.

—Pero si estás de vacaciones.

—Desgraciadamente, no del todo. No me dejan en paz.

—Muy bien, nos vemos esta noche. Podemos cenar con Blake, si te apetece.

—Sí, claro.

Después de darme un rápido abrazo, se despidió de Sid y salió de la oficina.

*E*n la terraza del restaurante, sentadas sobre sendos taburetes tomando martinis de pera, Alli y yo esperábamos que Blake se reuniera con nosotras.

Hacía un tiempo estupendo. El sol estaba poniéndose y una brisa cálida soplaba sobre nosotras. Días como este hacían soportable el largo invierno de Boston. Todo parecía posible y solo desearía que Alli estuviese más animada. Tenía mejor aspecto, un poco más descansado, pero algo no iba bien.

—No puedo creer que te marches tan pronto. Es como si acabases de llegar.

Alli había decidido trabajar en Nueva York mientras yo había decidido quedarme en Boston. Nuestras vidas estaban echando raíces, pero me gustaría pedirle que volviese. Con los fondos que habíamos conseguido para Clozpin podría hacerlo y ella lo sabía tan bien como yo, pero no dije nada. No quería confundirla o hacer que se sintiera culpable, además de los problemas con los que tenía que lidiar en este momento.

—Lo sé. Yo tampoco quiero irme.

—Tal vez pueda ir a verte pronto.

Eso la animó.

—Me encantaría. Quiero que veas mi nuevo apartamento.

—Yo también. Bueno, ya veremos cómo va todo. Seguramente tendré mucho trabajo durante estos primeros meses, hasta que todo el mundo esté asentado y tengamos una rutina.

—Ya, claro.

—¿Qué te parece Risa?

No habíamos tenido oportunidad de hablar sobre la persona que iba a reemplazarla en la empresa desde la reunión de esa mañana.

Alli tomó un trago de martini.

—Es inteligente y parece muy decidida, como tú. Creo que lo hará bien.

Tan seca descripción hizo que me preguntase si estaría un poquito celosa. Había temido que así fuera, pero Alli era una chica estupenda y, al final, apoyaría cualquier decisión que fuese buena para el negocio.

—Me alegra que pienses eso. No es Alli Malloy, pero parece una chica lista. Después del curso rápido de esta mañana, espero que se ponga a trabajar como una loca y nos ayude a levantar Clozpin.

—Yo también. ¿Tú qué piensas de ella?

Su sonrisa me decía que entendía por qué lo preguntaba.

—Sé lo que estás pensando y no, no le voy a arrancar el pelo por comerse a Blake con los ojos. El resto de mi vida sería muy triste si empezase a hacer eso. Te juro que si tuviese un dólar por cada mujer que lo mira no necesitaría fondos de nadie.

—El resto de tu vida, ¿eh?

Fruncí el ceño.

—Solo es una expresión.

Ella empezó a reír, pero dejó de hacerlo abruptamente. Estaba mirando algo a mi espalda y se había puesto pálida.

—¿Qué ocurre?

—Dios mío —susurró.

Me giré en el taburete para ver a Blake dirigiéndose hacia nosotras con… su hermano.

Alli parecía estar viendo un fantasma, pero Heath tenía mejor aspecto que nunca, con color en las mejillas y unos ojos brillantes que estaban clavados en ella. Me quedé transfigurada mirándolos, como lo estaban el uno con el otro.

Alli, que había recuperado el color de la cara, bajó del taburete y se colocó el pelo detrás de las orejas con una mano temblorosa. Dio un par de tímidos pasos en su dirección y él llegó a su lado en dos zancadas. De repente, mi amiga lanzó un grito y Heath esbozó una sonrisa mientras la abrazaba.

Ella le echó los brazos al cuello para besarlo mientras él la estrechaba contra su pecho. Se quedaron así durante lo que me pareció una eternidad. Cuando se apartó, sus ojos estaban llenos de lágrimas. Besó a Heath y él le devolvió el beso con el mismo fervor, como si estuviera hambriento.

No deberíamos estar allí, o ellos no deberían estar aquí, pero el hecho de que así fuera no parecía importar a ninguno de los dos. Le hice un gesto a Blake y él asintió con la cabeza.

—Vamos a ver si está lista nuestra mesa.

Nos alejamos para darles un poco de intimidad y el camarero nos llevó a la mesa mientras yo seguía alucinando.

—¿Qué ha pasado?

Estaba encantada por Alli, pero no entendía que Heath hubiera salido tan pronto de la clínica de desintoxicación.

—Ha vuelto —respondió Blake simplemente.

—¿Para siempre?

—Mientras no se meta en líos.

Miré hacia la puerta del restaurante, donde estaba la pareja. Alli reía mientras Heath no dejaba de besarla para secar sus lágrimas. Parecían tan increíblemente felices. En un momento, la nube de dudas y tristeza que flotaba sobre mi querida amiga había desaparecido y la alegría que sentía por ella superaba las preocupaciones que aún abrigaba sobre su relación.

—¿Cómo ha podido recuperarse tan pronto?

—Hablé con el juez y llegamos a un acuerdo, así que Heath tomó el primer avión.

Alli y Heath se reunieron con nosotros entonces, su felicidad palpable. Mi amiga parecía otra persona; los dos parecían distintos.

—Erica, me alegro de verte.

Me levanté para darle un abrazo que Heath me devolvió, y luego sonrió como si estuviera intentando comunicarme algo sin palabras. Tal vez lamentaba haberle hecho tanto daño a Alli en las últimas semanas. En fin, yo era incapaz de mantener mis reservas en presencia de tan contagiosa alegría.

—¿Cómo estás?

Me encogí por dentro. ¿Era la pregunta adecuada para alguien que acababa de salir de una cura de desintoxicación?

—Genial. Nunca había estado mejor.

El entusiasmo y la confianza que había en esa respuesta apaciguó mi preocupación y todos nos sentamos a la mesa. Parecía tan diferente. No solo más sano sino más real, más auténtico.

Pedimos unas copas antes de la cena, pero Heath insistió en tomar agua mineral y me sentí culpable por querer un segundo martini.

—Vamos a brindar —dijo Heath en cuanto llegaron las copas.

—Sí, claro —asentí.

—¿Por qué brindamos? —preguntó Alli.

—Por las segundas oportunidades. —Heath miraba a Alli y ella lo miraba a él con expresión soñadora.

No había nada más que decir. Cualquier pregunta sobre el estado de su relación después de esas semanas de ausencia había sido respondida. Solo conocía a otras dos personas tan locamente enamoradas, y no quería ni pensar en lo desolada que me sentiría si tuviera que estar dos semanas sin Blake. Estaría tan atontada como estos dos.

—Bueno, has llegado justo a tiempo —empecé a decir—. Alli vuelve a Nueva York mañana, así que podríais volver juntos.

Heath se aclaró la garganta mientras miraba a Blake y luego a mí.

—En realidad, voy a quedarme en Boston durante un tiempo.

Alli palideció de nuevo.

—¿Qué? ¿Por qué?

—Es algo que ha decidido el juez. Blake consiguió que me dejara salir antes de lo previsto, pero tengo que quedarme aquí durante el tiempo que debería haber estado en el centro de Los Ángeles para terminar el tratamiento.

—Pero…

Alli no terminó la frase. No había ningún pero. Heath tenía suerte de poder estar a su lado en ese momento.

—No lo sabía —dijo por fin, apartándose un poco.

—Lo arreglaremos, ¿de acuerdo? —dijo él en voz baja, apretando su mano.

Alli tragó saliva y asintió con la cabeza.

—Muy bien —respondió con una sonrisa en los labios.

El resto de la noche transcurrió sin incidentes. Charlamos de todo y de nada, compartiendo anécdotas. Heath me preguntó cosas sobre mi negocio, revelando que estaba al tanto de todo. Que Blake le hubiese hablado de mí, a pesar de la distancia y las circunstancias, era importante. Que hubiera hecho posible esta reunión, mucho más.

Unas semanas antes, que los cuatro estuviéramos juntos parecía imposible. Blake no quería que me relacionase con Alli y mucho menos con Heath, con todos los problemas que había llevado a su vida, pero parecía haber cambiado de opinión. No lo entendía, pero me alegraba mucho de que así fuera.

Alli y Heath caminaban delante de nosotros mientras volvíamos a casa. Mi amiga reía, apoyándose en su hombro, y yo casi esperaba que salieran corriendo hacia el dormitorio más próximo. La última vez que estuvimos juntos no podía soportar tantas carantoñas, pero esto era diferente. Ya no estaba intentando superar una bronca con Blake como en Nueva York y, de alguna forma, su amor engrandecía el nuestro.

Me apoyé en Blake y cuando él me pasó un brazo por los hombros enganché el pulgar en las trabillas de su pantalón. Me encantaba cómo encajábamos.

—Gracias —murmuré.

Las cosas no eran perfectas, pero Alli era feliz, yo era feliz y Blake era el responsable de esa felicidad.

*M*e hundí un poco más en la bañera. Otro centímetro y mi nariz quedaría sumergida bajo el agua.

El agua caliente me relajaba y Blake acariciaba las plantas de mis pies con dedos sabios. No sabía qué había hecho en una vida anterior para merecer un momento tan absolutamente perfecto, pero no iba a protestar.

Cuando terminó el masaje me levanté para colocarme de rodillas, con una pierna a cada lado de sus poderosos muslos.

Seguí la dura línea de su mentón con un dedo, admirando esas facciones que me volvían loca.

—Eres demasiado bueno conmigo.

—No es verdad —murmuró, besando suavemente mis labios.

—Pero me mimas demasiado.

—Tú mereces que te mimen.

Me derretí, claro. Su rostro estaba relajado, feliz, un reflejo del momento. Casi sentía que no lo merecía, aunque no sabría decir por qué.

Por la herencia de mi madre tal vez. Había tenido algo con lo que muchas personas solo podían soñar, pero no recordaba la última vez que había recibido mimos de alguien que sentía tanto cariño por mí, aparte de Marie. Una pequeña parte de mí no podía aceptarlo del todo.

—¿Cómo sabes que lo merezco?

Intenté leer sus preciosos ojos pardos, pero él esbozó una sonrisa que provocó un cortocircuito en mi cerebro.

—Yo lo sé todo.

Sonriendo, incliné a un lado la cabeza para estudiarlo.

—Ah, se me había olvidado que eras un Amo Del Universo.

Aprovechándose de la postura, Blake me dio un beso en la garganta.

—Ahora empiezas a entenderlo. —Su cálido aliento hacia que se me pusiera la piel de gallina.

—¿Crees que Heath y Alli resolverán sus diferencias?

Enredé un mechón de su pelo entre mis dedos y Blake asintió con la cabeza. Compartíamos la preocupación por el futuro de Alli y Heath, aunque seguramente ellos estarían pasándolo en grande en el piso de arriba mientras hablábamos.

—¿Qué va a hacer tu hermano ahora?

—Se quedará conmigo durante un tiempo, hasta que tomemos una decisión. Mientras tanto, intentaré involucrarlo en el trabajo. Tiene que tomárselo en serio de una vez por todas. Lleva demasiado tiempo metiendo la pata porque yo he dejado que así fuera, pero lo que necesita ahora mismo es algo o alguien del que sentirse responsable.

—No puedo creer que hayas hecho esto por ellos. No parecías muy optimista hace unas semanas.

—No lo era.

—¿Y qué ha cambiado?

Blake se apartó un poco, como si necesitara espacio para lo que iba a decir. Se mojó el pelo con el agua jabonosa mientras yo pasaba las manos por sus pectorales.

No había nada más sexy que Blake mojado, pero dejé de hacer inventario mental de sus atributos para seguir presionándolo.

—Cuéntame.

Él suspiró.

—No lo sé. Supongo que he empezado a ser más comprensivo con su problema. No con las drogas. Está claro que no puedo ser comprensivo con eso, pero la desesperación que había en su voz cuando hablaba de Alli... era como si no pudiese respirar sin ella, como si todo lo que le quedaba, lo que lo mantenía vivo, que seguramente no era mucho, estuviera disipándose día a día por no estar a su lado.

Metió las manos bajo el agua y empezó a acariciar mis caderas con los pulgares.

—Está enamorado de ella —dije entonces, más convencida que nunca de esa realidad.

—Sí, es verdad. Lo que ha sentido Heath es lo que yo siento cuando te alejas de mí. Y no se lo deseo a nadie.

Mi corazón dio un vuelco al pensar en las veces que lo había apartado por miedo, por instinto de supervivencia o por pura y justificada rabia. Pero cada vez que lo hacía se me rompía el corazón; sentía un dolor profundo que me debilitaba. Quería conservar una línea divisoria entre los dos, mantenerlo a una distancia segura de mi vida profesional, pero tanta pelea me había dejado hecha pedazos.

—Lo siento. —Mi voz estaba cargada de emoción.

Blake me abrazó, apretándose contra mí con todas sus fuerzas. Mojados, resbalábamos el uno sobre el otro, pero estábamos tan cerca. Sentí una punzada de deseo en el vientre que aumentaba con cada roce, pero nuestros movimientos eran lentos, deliberados, mientras nos tocábamos con infinito cuidado. Me atormentaban las potentes emociones que se apoderaban de mí en su presencia.

Tal vez Marie tenía razón. Ya no tenía sentido seguir solos. Lo que éramos juntos se había convertido en algo tan poderoso, una fuerza de la naturaleza que me dejaba sin aliento y hacía que todo lo demás fuera secundario. Por mucho que odiase admitirlo, Blake Landon estaba convirtiéndose en lo más importante de mi vida.

Con cada beso, con cada roce, mi corazón se llenaba de amor, de confianza. Cuando mis caricias se volvieron urgentes, Blake pareció intentar controlarse, aunque el fiero deseo que compartíamos el uno por el otro debería haberlo vuelto más posesivo. Me aparté, decidida a que esta noche fuese diferente.

—Quiero que lleves el control.

Blake me miró a los ojos.

—Control total. Lo que necesites. —Mi voz sonaba firme, aunque no sabía dónde me estaba metiendo y eso me preocupaba.

Noté que se ponía tenso.

—Erica, no vamos a hacer eso.

—Te quiero y estoy dispuesta a hacerlo por ti. Confío en que me lleves hasta donde creas que puedo llegar. Yo... no puedo prometer nada porque no sé qué deseas en realidad, pero quiero intentarlo.

—Déjalo, Erica.

Cuando se apartó para salir de la bañera el pánico se apoderó de mí.

—No, espera, por favor.

Suspiré, llevándome los dedos a las sienes, odiando lo que estaba a punto de admitir.

—Una parte de mí... incluso cuando estoy luchando contra ti a cada paso, hay una parte de mí que quiere cederte el control. Sumisión real. —Me encogí por dentro al pronunciar esas palabras—. Dejarme llevar... mentiría si dijese que no es una idea tentadora, embriagadora. Llevo tanto tiempo cuidando de mí misma.

Cuando pasó los nudillos por mi mejilla sentí que me envolvía una oleada de calor. Estaba escuchándome, me entendía. Quería creer que podía entenderme, sentir el peso que había llevado sobre mis espaldas, con tan poca gente apoyándome.

—Sé que tú cuidas de la gente y que puedo confiar en ti. Soy capaz de reconocer eso y, sin embargo, luchar contra ello porque me da pánico. No puedo darte tanto control sobre mi vida, Blake. Pero con el sexo... creo que podría darte el control que quieres.

—¿Y cómo vas a hacerlo, pulsando un interruptor?

—Creo que puedo...

—¿Después de lo que te pasó? ¿Cómo puedes pensar que las cosas que deseo son sanas para ti?

—No sé lo que quieres, Blake. Muéstramelo y te lo diré.

Él suspiró pesadamente.

—Eres una mujer fuerte e independiente. No te pareces a nadie a quien haya conocido antes. Me lo demuestras cada día, por difícil que te lo ponga. Y no quiero arrebatarte eso ni obligarte a hacer cosas que no quieres hacer.

—¿Y cómo sabes lo que no quiero?

Blake sacudió la cabeza.

—¿Y si llevo las cosas demasiado lejos y llegamos a un punto sin retorno?

—Confío en ti.

Lo besé, deleitándome en la sedosa fricción de nuestros cuerpos bajo el agua. Estaba duro… tal vez ya tenía planes. Pues bien, le demostraría que podía adaptarme a sus necesidades, fueran las que fueran…

Pero entonces se me ocurrió un pensamiento aterrador.

«Sophia.»

No sabía que había dicho ese nombre en voz alta hasta que la expresión de Blake se volvió helada.

—No, cariño. No sigas por ahí.

—No, espera. ¿Ella sí estaba dispuesta a aceptar esa sumisión que tanto te excita?

Blake vaciló.

—Dímelo —insistí. No quería que me diese largas.

Se quedó en silencio durante largo rato y después asintió con la cabeza, evitando mi mirada.

En cuanto lo reconoció deseé que no lo hubiera hecho. Sophia. La odiaba en ese momento más que nunca, tanto que los celos casi me paralizaban. Ser comparada físicamente con una novia exmodelo era horrible, pero saber que ella le había dado todo lo que él deseaba en la cama era más de lo que podía soportar.

El agua estaba enfriándose rápidamente y me encogí a un lado de la bañera.

Él me miró.

—No era cuestión de que ella «estuviese dispuesta». Sophia quería ser sumisa conmigo, fue idea suya. No tengo que decir que hacer un papel dominante con ella no me resultó muy difícil. Las cosas que quería que le hiciera podían ser a veces hasta peligrosas y no es eso lo que quiero contigo, Erica. Pero teniendo una relación así durante el tiempo que estuvimos juntos…

—¿Eso es lo que quieres? —lo interrumpí, sabiendo que era verdad antes de que él lo confirmase.

—A veces, sí.

—Y las cosas que hemos hecho hasta ahora… ¿estabas poniéndome a prueba para ver hasta dónde podía llegar?

—En cierto modo te he empujado. Creo que los dos sabemos eso.

—Y las veces que yo he tomado el control…

Blake apoyó la cabeza en el borde de la bañera.

—Ha sido difícil para mí. He intentado tener cuidado contigo, Erica. No tienes ni idea.

—Dime lo que quieres, Blake.

—No, ya no tiene sentido.

—Merezco saberlo. —Contuve el aliento, esperando su respuesta.

—Sumisión total. Control total sobre tu placer y dolor. —Su tono era seco, directo, como si estuviéramos negociando un acuerdo comercial y esos fueran sus términos.

Dejé escapar el aliento que había estado conteniendo. ¿Podía yo darle eso? Un pánico diferente se apoderó de mí y me abracé las rodillas, intentando disimular un escalofrío. No podía perder a Blake.

—Muy bien, lo haré —dije a toda prisa para no tener tiempo de pensar.

Un profundo surco marcó su ceño, como si mi consentimiento lo asustase. Se sentó, apoyando los brazos en las rodillas.

—¿Por qué lo harías?

—Porque significas mucho para mí, más que nadie. Al menos necesito intentarlo.

—Esa no es razón para complacerme.

—Pero te amo lo suficiente como para arriesgarme. Creo que por fin estoy acostumbrándome a hacerlo.

Salí de la bañera y me envolví en una toalla para ir al dormitorio. Temblaba de arriba abajo, pero el agua no estaba tan fría. Estaba aterrada. ¿Por qué? Blake nunca me había hecho daño, nunca me haría daño. Me quedé al lado de la cama, sin saber qué hacer.

Cuando él se colocó detrás de mí apreté la toalla que cubría mis pechos y respiré hondo para disimular un escalofrío.

—Esto no es lo que quiero… Aún no hemos hecho nada y estás muerta de miedo.

Me volví para mirarlo.

—Dime qué debo hacer. Estoy nerviosa y temo hacer algo mal.

—Temes que te haga daño.

Apreté los dientes. Odiaba que hubiese puesto voz a mis miedos, pero eran miedos que estaban arraigados en mi subconsciente y que me habían acompañado durante años. Sentía ganas de llorar al pensar que nunca podría librarme de ellos.

—Sé que no me harías daño.

—Si estás tan segura, ¿por qué tienes miedo?

Tuve que tragar saliva.

—Tú sabes por qué.

Blake me levantó la barbilla con un dedo para mirarme a los ojos, los suyos brillando de emoción a la suave luz del dormitorio. Estaba tomando una decisión. Podía ver cómo calculaba los pros y los contras. Estaba sopesando el alcance de su deseo contra la posibilidad de que saliese corriendo si hacía algo que me asustase.

Dejé caer la toalla y me apreté contra su torso. Su piel estaba ardiendo y el contacto me hacía flaquear.

Blake tomó un pezón entre dos dedos, retorciendo la endurecida punta.

—¿Y si solo quisiera tirarte en la cama y follarte hasta dejarte sin sentido? Algo simple, la postura del misionero a lo bestia.

Me mordí los labios cuando sus palabras provocaron una oleada de calor entre mis piernas. Sonaba muy excitante, pero estaba evitando dar una respuesta.

—Seguro que se te ocurrirá algo más creativo.

Él me silenció con un beso ardiente, crudo.

—Despacio. Vamos a ir despacio. Voy a hacerte el amor, cariño.

Sus palabras parecían más un consuelo que una expresión de lo que realmente deseaba mientras me acariciaba con manos inquietas, agarrándome y soltándome como si estuviera en guerra consigo mismo. Su urgencia encendió un fuego en mi interior. Un calorcito nació en el centro de mi ser y viajó por mis miembros hasta que mi piel empezó a arder tanto como la de él.

Le devolví el beso, tragándome un miedo que no nos daría a ninguno de los dos lo que queríamos, lo que anhelábamos. Agarré sus hombros, enredando los dedos en su pelo. No podía estar lo bastante cerca. Quería despertar al animal que quería lanzarse sobre mí con todas sus fuerzas. Ya no estaba asustada, lo necesitaba.

—Tómame como quieras, hazme lo que quieras. Por favor, te necesito —gemí, frotándome contra él.

—No.

Pronunció el monosílabo con los dientes apretados. Su cuerpo tenso, helado, como si temiese que el más simple movimiento pudiera dar al traste con su resolución.

Me pasé la lengua por los labios, salvaje de deseo al notar el roce de su erección contra mi vientre. Lo deseaba con todas mis fuerzas. Sin decir nada, me puse de rodillas y acaricié su miembro suavemente con la palma de la mano. Aprendería a ser sumisa con o sin su ayuda. Rocé la punta de su polla con los labios y empecé a chupar, rodeando con mi lengua el sensible glande. Gemí de placer; me encantaba su sabor, el sutil aroma de su cuerpo.

Él dejó escapar un trémulo suspiro, como si hubiera estado conteniendo el aliento durante demasiado tiempo, y seguí lamiendo, chupando y rozándolo suavemente con los dientes hasta que noté que temblaba. Sumisa o no, tenía todas las cartas en mi mano en esa postura. Pero tal vez no tenía que hacerlo.

Ralenticé mis movimientos y relajé la mandíbula. Lo agarré por detrás, empujándolo hacia delante hasta que la punta de su polla rozó mi garganta. Noté que dejaba escapar el aliento, con los dientes apretados. Intentó apartarse, pero clavé las uñas en su culo y su polla salió disparada hacia mi boca. Me la tragué, apretándola con los labios.

—Joder. —Me enredó los dedos en el pelo, sujetándome la cabeza—. ¿Qué me estás haciendo?

—Quiero que me folles la boca. Contrólame con las manos, enséñame lo que quieres.

Parecía una orden, pero no podía evitarlo. Blake debía entender que estaba preparada, que quería hacerlo.

—No me escuchas…

Sonreí, deslizando la lengua lentamente arriba y abajo, como a cámara lenta, esperando que empujase de una vez.

Dejando escapar un gruñido, Blake me agarró del pelo mientras empujaba las caderas hacia delante. Lo tomé del todo mientras él se movía con cuidado adelante y atrás. Entonces, como si no pudiera aguantar más, empezó a empujar con fuerza, golpeando mi garganta, dándome justo lo que podía soportar.

—Eres tan preciosa así, cariño… de rodillas. Toda para mí.

Se apartó para dejarme respirar antes de hacer exactamente lo que le había pedido. Agarró mi pelo con fuerza, casi haciéndome daño, mientras maniobraba, follándome la boca con medidos golpes. Noté que contenía el aliento, más excitado que nunca.

Como yo. Me encantaba su satinada erección deslizándose por mi lengua.

Los gemidos que escapaban de su garganta dejaban claro que aquello lo volvía loco. Una fina capa de sudor cubría mi piel mientras me entregaba al momento. Quería tocarme, sentir lo húmeda que estaba, pero no lo hice. Mantuve las manos apoyadas en sus fuertes muslos, que se habían vuelto duros como el acero.

No podía dejar de pensar en cómo sería tenerlo dentro de mí en ese momento, embistiéndome con ese fervor, esa pasión. Su fortaleza era evidente en esa postura y mi boca no podría aguantar las fieras embestidas con las que solía empotrarme. En esta postura Blake tenía más cuidado, pero llevaba el control mientras yo era vulnerable, completamente a su merced. Confiaba en él, y dejar que obtuviese placer de mí era embriagador.

Clavé suavemente las uñas en sus muslos, mi deseo convirtiéndose en una especie de fiebre.

—¿Estás bien?

—No pares.

—No creo que pudiese hacerlo aunque quisiera. Me gusta demasiado… es la hostia, la verdad.

Cerré la boca sobre su miembro de nuevo y deslicé una mano hacia arriba para acariciar sus abdominales. Estaban flexionados, más tensos con cada empujón hasta que gritó, lanzando un ardiente chorro semen en mi garganta. Me lo tragué y sonreí, exprimiendo cada gota con los labios.

Jadeando, Blake se tiró en la cama y me colocó sobre su torso, con los ojos cerrados mientras intentaba recuperar el aliento. Intenté aprovechar ese momento para lamer sus clavículas cubiertas de sudor, pero de repente me agarró por las muñecas, con los ojos abiertos y cargados de deseo.

—Como sigas así, vas a conseguir lo que quieres.

—¿Eso sería un castigo o una recompensa por hacer que pierdas la cabeza?

Su expresión se suavizó.

—Aún no lo he decidido. No puedo pensar con claridad.

Suspiré de emoción.

—Estoy deseando descubrirlo.

Sabía que no podía estar recuperado tan pronto, pero seguí besando su torso porque no me cansaba de él. Darle placer era adictivo y necesitaba otra dosis. Me coloqué sobre él para lamer el sabor salado de su descarga. Su aroma masculino, limpio, me drogaba de lujuria. Pero antes de que pudiera seguir, me tumbó de espaldas y separó mis piernas. Yo me retorcía de deseo. Lo único mejor que hacerle una mamada a Blake era que me la hiciese él a mí. Tenía una boca llena de talento.

Se colocó en posición y, respirando con dificultad, empezó a pasar las manos por mis muslos. Yo me movía ansiosamente, notando el calor y la humedad entre mis piernas.

—Tócate.

—¿Por qué?

—Hazlo. Haz lo que sueles hacer, como si yo no estuviese aquí, a punto de follarte.

Bajé una mano tímidamente y empecé a hacer círculos sobre mi clítoris mientras Blake besaba mis muslos, mis pantorrillas, mis tobillos… me besaba por todas partes salvo donde yo quería que me besara.

—¿Piensas en mí cuando lo haces? —Su cálido aliento me hacía sentir escalofríos.

—No he tenido que hacerlo desde que nos conocimos. Prefiero que lo hagas tú. ¿Por qué no me tocas? Por favor…

—No pares, quiero mirarte. ¿Tienes un vibrador?

¿Tenía que preguntar? Puse los ojos en blanco, sintiéndome ofendida.

—Soy una mujer moderna, pues claro que tengo un vibrador.

—¿Dónde está?

Vacilé, sintiéndome de repente más tímida que moderna.

—En el cajón de la ropa interior. ¿Por qué?

Besó con la boca abierta el interior de mis muslos, haciéndome jadear.

—Solo quería saberlo. Sigue.

Obedecí, dejando que mis dedos encontrasen un ritmo que mi cuerpo conocía bien. Los movimientos eran sencillos y suaves porque ya estaba húmeda. Podría entrar en mí tan fácilmente ahora… no ofrecería ninguna resistencia.

—Eres preciosa ahí abajo, tan bonita y rosada. Algún día quiero depilarte del todo y lamer esa piel tan suave. ¿Lo has hecho alguna vez?

Negué con la cabeza. No sabía si me gustaba esa inspección tan cercana de mis partes femeninas. Estaba flipando. Solo quería que me chupase o me follase cuanto antes.

—No puedo hacerlo.

Por primera vez en mi vida, darme placer a mí misma estaba empezando a cabrearme. Quería sentir sus manos sobre mí. Sentía que estaba transigiendo, embarcándome en un viaje solitario hacia el orgasmo como un medio para llegar a un fin. Nada que ver con las inesperadas, delirantes y placenteras aventuras en las que me embarcaba Blake.

—¿Estás avergonzada?

—No… bueno, un poco. Pero no quiero correrme así.

—Me estás dando lo que quiero y te aseguro que nada ni nadie va a hacer que te corras más que yo a partir de ahora. Vas a enseñarme cómo tocarte y luego, cuando estés a punto de correrte, voy a meterte la polla. ¿Podrás aguantar?

—¿No puedes usar la boca? —le rogué.

Blake puso los ojos en blanco.

—¿Sabes una cosa, Erica? No eres precisamente muy obediente. Te he dicho lo que quiero y, afortunadamente para ti, no incluye ningún aparato porque están en mi apartamento. Pero si sigues hablando voy a tener que ponerte sobre mis rodillas y darte unos buenos azotes. ¿Lo entiendes?

Reí, pero la risa se cortó al ver que su mirada era totalmente seria. Ah, que no estaba de broma.

Tomé aire y cerré los ojos para no soltar una carcajada. Desafiar a Blake era demasiado divertido, pero no quería recibir un par de azotes como una niña petulante.

Mantuve los ojos cerrados para concentrarme, intentando olvidar que Blake me miraba. Seguí tocándome, apretando mis pechos, arqueándome. Estaba cada vez más cerca, mis movimientos más urgentes, menos controlados. Me daba vueltas la cabeza. Imaginaba que era Blake quien estaba tocándome y su nombre escapaba de mis labios una y otra vez. Lo necesitaba dentro de mí.

Estaba a punto de terminar cuando él sujetó mis manos, colocándolas a mis costados.

—Tengo que saborearte ahora, cariño.

Azotó mi clítoris con la lengua y la firme escalada hasta el orgasmo se intensificó. Grité sin poder evitarlo. Su boca me llevaba peligrosamente cerca del precipicio y levanté las caderas, desesperada por él, por ese contacto delicioso. Blake se apartó entonces, pero antes de que pudiese protestar enterró su polla hasta el fondo con una fuerte embestida, seguida rápidamente de otra y otra.

—¡Blake, Dios, me voy a correr! —grité, mi cuerpo sacudiéndose de placer.

—Eso es, quiero sentir que me aprietas la polla. Eres tan estrecha…

Siguió con sus castigadoras embestidas, haciendo círculos sobre mi clítoris con un dedo hasta que me corrí, dejando escapar un alarido de gozo. Y en mi estado de locura transitoria, juré que nunca nada había sido tan maravilloso. Nunca.

Blake encontró su propio placer en algún momento, mientras yo estaba flotando, y cayó sobre mí. Nos quedamos uno en brazos del otro, jadeando, sin aliento,

—Buena chica —susurró.

5

Al día siguiente decidí ir un poco más tarde a trabajar para poder despedirme de Alli. Heath y Blake estaban en el salón, hablando en voz baja, contándose cosas. Para ser cuatro personas que se querían tanto, teníamos mucho tiempo perdido que recuperar.

Ayudé a Alli a hacer el equipaje, ya que había perdido mucho tiempo esa noche con Heath. Estaba claro por sus ojeras y su evidente falta de sueño que había sido una noche intensa. Probablemente no menos intensa que la que Blake y yo habíamos compartido. Tenía razón al decir que los Landon nos mantenían alerta a todas horas. Que Dios nos pillase confesadas a las dos.

Pero había recuperado el color de la cara y estaba alegre otra vez. Tuvo que hacer un esfuerzo para cerrar la cremallera de la maleta, que parecía haber engordado después de la visita, aunque no habíamos ido de compras. Una vez que lo consiguió se echó hacia atrás, en jarras.

Miré el reloj. Solo faltaban unos minutos antes de que tuviera que irse al aeropuerto.

—Bueno, pues ya está —empecé a decir.

Intentaba no especular sobre el tiempo que pasaría hasta que volviésemos a vernos.

Con los ojos llenos de lágrimas, me abrazó con fuerza y sollozó sobre mi hombro. Habíamos pasado unos días estupendos, pero sabía que sus lágrimas no eran por mí.

—Todo se va a arreglar, ya verás.

—¿Me lo prometes? —Alli se apartó, apretándome las manos.

—Te lo prometo.

«Vuelve y así podremos estar todos juntos», pensé, pero me mordí la lengua. No tenía sentido decir eso. Era su decisión y ella sabía que podía volver cuando quisiera.

—Heath te quiere y yo te quiero.

—Y también quieres a Blake. —Alli intentó reír valientemente entre lágrimas.

La abracé de nuevo y nos separamos cuando Heath asomó la cabeza en la habitación.

—Hora de irnos, cariño.

Blake se acercó cuando una lágrima rodaba por mi mejilla. Maldita fuera, iba a echarla de menos. Me rodeó con los brazos y apoyé la cara en su hombro, agradeciendo no tener que decirle adiós a él por el momento. No podía ni quería pensarlo, nunca.

—¿Seguro que me quedará bien?

Esperé impaciente mientras Marie desabrochaba la cremallera del portatrajes y sacaba un vestido envuelto en una funda de plástico.

—Creo que sí. He hecho que ensanchasen un poco el corpiño.

Reí mientras con un brazo cubría pudorosamente mis pechos, que siempre me habían parecido un poco grandes para una chica tan bajita como yo. Estaba en mi dormitorio en ropa interior mientras Marie sacaba un vestido largo de seda negra con adornos de terciopelo un poco desteñido por el paso del tiempo.

Después de ponérmelo, ella subió la cremallera. El escote corazón se ajustaba a mi pecho perfectamente y me acerqué al espejo para ver cómo me quedaba. Era de corte sirena y se pegaba a mi cintura y caderas como un sueño, desplegándose un poco en las rodillas para que pudiese caminar.

Marie se colocó a mi lado. Me sacaba una cabeza y tenía un aspecto tan vibrante y atractivo como siempre. Había sido la mejor amiga de mi madre, pero con el tiempo se había convertido también en mi confidente. A veces era la madre que necesitaba, otras solo una amiga con la que podía hablar de mis cosas. Sin embargo, en ese momento me miraba como lo habría hecho mi madre y sus ojos se nublaron un poco mientras admirábamos juntas el precioso vestido.

—A veces se me olvida cuánto te pareces a ella.

Sonreí, haciendo un esfuerzo para contener las lágrimas. Ahora que conocía a mi padre podía apreciar un poco más el parecido. Teníamos el mismo pelo rubio y la piel clara, pero eran los ojos de mi padre los que me devolvía el espejo.

Me puse nerviosa al pensar que lo vería esa noche. Nada en nuestra relación era precisamente sencillo.

—Bueno, pues tenía un gusto estupendo.

Marie enarcó una ceja.

—En realidad, se lo regaló Daniel. Se lo puso para el baile de graduación.

—Pero te lo dejó a ti.

—Dejó aquí un par de cosas por conveniencia, imagino. Me dijo que las donase a alguna organización benéfica, pero este vestido era demasiado bonito y me alegro de habérmelo quedado. Mírate —dijo y deslizó una mano por mi brazo, apretándolo un poco.

—Es perfecto —murmuré, pasando una mano por la tela.

Me encantaba la mezcla de texturas, la suavidad de la seda y la más gruesa de los adornos de terciopelo. El vestido me quedaba perfecto. Sin saberlo siquiera, mi madre me había dejado un regalo maravilloso.

Antes de que pudiera volver a emocionarme, sonó el interfono y salí del dormitorio con el vestido puesto. Unos segundos después abría la puerta a un mensajero que llevaba una caja rosa con un lazo negro y que levantó las cejas al verme con el vestido de noche.

—Lo siento, me lo estaba probando.

—No tienes por qué disculparte. —El chico me miró de arriba abajo antes de sacar un papel del bolsillo—. Necesito que firmes esto.

Después de estampar mi firma cerré la puerta y dejé la caja sobre la mesa. Estaba deseando abrirla, pero antes tomé la tarjeta que había bajo el lazo y la leí con ansiedad:

Erica,
Dame un capricho y ponte esto esta noche.
Te quiero,
Blake

Se me encogió un poco el corazón. Mierda, ¿y si me había comprado un vestido? No podía separarme del que llevaba puesto. Aún faltaban horas para la gala, pero era tan bonito que no quería quitármelo.

Con desgana, tiré de un cabo del lazo y aparté las capas de papel cebolla rosa, bajo el que había unas prendas de encaje negro bien dobladas. Un sujetador sin tirantes con bragas a juego y medias de seda negra con ribete bordado. Blake tenía gustos caros para todo y la lencería no era una excepción.

Marie apareció tras de mí y lanzó un silbido.

—Muy bien, ya puedo irme. Mi trabajo aquí está hecho.

Avergonzada de repente, volví a dejar las prendas en la caja.

—Eres mi salvadora. Muchas gracias.

—De nada, cariño. Me alegro de haber podido ayudar. Por favor, hazte fotos. Ah, por cierto, había olvidado decirte que Richard estará allí con uno de los fotógrafos que cubren el evento. Se fijará en ti porque vas guapísima.

—Estupendo, lo buscaré.

—Es alto, moreno y reacio al compromiso. Lo verás enseguida.

Solté una carcajada.

—Muy bien.

—No, en serio, ha visto fotos tuyas en mi apartamento, así que él mismo se presentará tarde o temprano.

—Estaré pendiente.

Marie se despidió con un beso antes de dirigirse a la puerta, dejándome sola con la abrumadora emoción de la noche que estaba por llegar.

*D*i una vueltecita frente al espejo, admirando el conjunto de ropa interior que Blake me había regalado. Llevaba el pelo recogido en un moño, con unos cuantos rizos cayendo a cada lado de la cara, unos pendientes de diamantes que habían sido de mi madre y que hacían juego con las pulseras de amuletos que Blake me había regalado. Amuletos de diamantes.

«Soy una chica afortunada», pensé, loca de emoción.

Aunque intentar hacer contactos con esa tensión sexual iba a ser interesante como mínimo.

Alli ya había vuelto a Nueva York y Heath se alojaba en el apartamento de Blake. Tal vez era lo mejor, porque había mencionado ciertos aparatos y la idea de ser sometida a su arsenal de juguetes sexuales me intimidaba un poco. Podíamos hacer más que suficiente solo con nuestros cuerpos, no creo que necesitásemos ayuda.

Justo entonces oí un ruido a mi espalda y vi a Blake en el quicio de la puerta. Me quedé sin aliento, como me pasaba siempre. El verde de sus ojos destacaba en contraste con el blanco y negro de su perfecto esmoquin hecho a medida.

Vi su reflejo mientras se acercaba lentamente, comiéndome con los ojos.

—Llegas temprano.

Se detuvo detrás de mí, buscando mi mirada en el espejo.

—Creo que había subestimado lo tentadora que estarías con ese conjunto. Las bragas te hacen un culo estupendo.

—Te lo mereces —bromeé, dando un paso atrás para sentir el calor de su cuerpo, peligrosamente cerca.

Noté que contenía el aliento mientras tiraba de mí para aplastarme contra su torso.

—Estaba deseando verte.

—Yo también.

Sonriendo, me eché hacia atrás, aliviada al tenerlo a mi lado otra vez. Estar alejada de él me dolía tanto.

«¿Podrías sonar más desesperada y dependiente?»

Tuve que hacer un esfuerzo para ignorar mi vocecita interior y, al menos de momento, me dejé llevar, sintiéndome completa en su presencia.

Mi sonrisa desapareció cuando empezó a besarme el cuello y a morderme el lóbulo de la oreja, metiéndose el pendiente en la boca. Un gemido de emoción escapó de mi garganta cuando pasó una mano por mis curvas, deslizándome la palma por el vientre para meterla bajo las bragas y sobre el monte de Venus. Entonces se detuvo abruptamente, abriendo mucho los ojos.

—¿Qué demonios…?

Me dio la vuelta, enganchó los pulgares a ambos lados de las bragas y las bajó de un tirón, sin ceremonias, revelando el resultado de mi primera depilación brasileña.

Me mordí los labios, nerviosa y tímida al estar tan desnuda.

—¿Te gusta? Quería darte una sorpresa.

—Te aseguro que sí. —Me empujó hacia la cómoda y se puso de rodillas mientras tiraba hacia abajo de las bragas—. Madre de Dios. Así que me quieres de verdad.

Mi risa se convirtió en un gemido cuando se colocó una de mis piernas sobre los hombros y se lanzó sobre mí, lamiéndome, abriéndome con los dedos, atormentando los sensibles pliegues.

Blake tenía una boca muy talentosa y todo era tan diferente ahí abajo. Más intenso, como si estuvieran tocándome por primera vez, como un nervio expuesto solo para él. Temblé al sentir su aliento sobre mi piel; el roce de sus labios y su lengua acariciando mi carne desnuda me hacía temblar.

Miré a un lado y vi nuestro reflejo en el espejo de cuerpo entero. Tenía la cara escarlata y los pechos hinchados, pesados y sensibles, rozándose con el sujetador. Verlo comiéndome con tanta pasión me hacía perder la cabeza. Aquel hombre maravilloso con su perfecto esmoquin dándome placer como si le fuera la vida en ello era seguramente el momento más erótico que había presenciado nunca. Mi corazón se hinchó y una oleada de calor se extendió por todo mi cuerpo hasta que estuve ardiendo de amor y de deseo.

Cerré los ojos cuando empezó a chuparme el clítoris, sabiendo que iba directa hacia el inevitable orgasmo.

—No pares, por favor…

—No pienso hacerlo. Sabes demasiado dulce y ahora más que nunca…

Empezó a rodear mi entrada con la lengua antes de introducirla, follándome con cortas acometidas.

Me agarré al borde de la cómoda. Estaba a un lametón de perder la cabeza. Se me doblaban las piernas y rezaba para poder mantenerme en pie cuando llegase el momento.

—Sí, así, Blake… Dios mío… voy a…

—Córrete para mí, cariño.

Su voz ronca vibrando en mi coño hizo que me rompiese del todo. Un débil grito se convirtió en un alarido cuando me llevó al precipicio. Temblaba de forma incontrolable, loca de placer. Él apretaba mis caderas con fuerza, sujetándome hasta que los temblores cesaron e intenté recuperar la compostura, buscando oxígeno.

Blake se incorporó y me empujó suavemente hacia la cama, en la que caí, desfallecida y extenuada.

—Ha sido inesperado —musité casi sin voz, borracha de placer.

—Sé que odias hacer contactos y quizás esto te haya relajado un poco.

Dejé escapar una carcajada delirante y saciada. Blake se tumbó a mi lado con una sonrisa de satisfacción y cuando bajé la mirada de inmediato reconocí el contorno de su erección bajo el pantalón del esmoquin. Esta situación se había vuelto un poco unilateral, pero sujetó mi mano cuando iba a tocarlo.

Hice un puchero, decepcionada.

—¿Qué pasa ahora?

—Que eso puede esperar.

—¿Por qué? Tenemos tiempo.

O eso pensaba yo al menos. Había perdido la noción del tiempo y el espacio en mi reciente desmayo orgásmico.

—Gratificación retrasada, cariño. Me voy a aburrir de muerte en esa fiesta, pero ahora podré imaginarme quitándote esas medias con los dientes y lamiéndote de la cabeza a los pies durante toda la noche. Cuando volvamos a casa estaré listo para hacerte cosas realmente vergonzosas.

Mis pezones se endurecieron, el roce del sujetador excitándome aún más. Mis pechos se hinchaban con cada aliento. Estaba casi convencida de que aquel hombre podría hacer que me corriese solo pronunciando la palabra. Me encantaba lo guarro y sincero que era hablando de sexo. Y, por lo que decía, estaba empezando a aceptar mi disposición a participar en sus fantasías fetichistas. Solo esperaba que fuera pasito a pasito. No sabía cuáles eran mis límites hasta que él se los cargó.

—¿Cómo de vergonzosas? —le pregunté, entre la curiosidad y la zozobra.

—Tengo un par de ideas.

—Cuéntamelas.

—No, prefiero que sea una sorpresa. Además, así tendrás algo en lo que pensar. Anticipar lo desconocido puede ser muy excitante.

—Dame una pista.

Sus ojos brillaban, traviesos.

—No, de eso nada. Venga, ponte ese precioso vestido antes de que pierda la cabeza con tanto encaje.

Intentó apartarse, pero lo atraje hacia mí tirando de las solapas del esmoquin hasta que nuestros labios se encontraron. Seguía estremecida después del orgasmo y sentía un inexplicable deseo de saborearme a mí misma en sus labios.

Me devolvió el beso tiernamente, rozándome la mejilla con los dedos, y perdí la cabeza de nuevo, olvidando el tiempo y la realidad hasta qué Blake se apartó.

—Si no me sueltas, voy a hacer que te corras otra vez. Y entonces nunca podremos salir de aquí porque te aseguro que no puedo aguantar mucho más.

*L*os invitados se movían por los pasillos del museo con sus elegantes atuendos. Blake y yo los seguimos hasta llegar a un gran patio cerrado; una sala fabulosa con ventanales de quince metros de altura que dejaban ver las paredes de piedra originales, iluminadas bajo el cielo nocturno. Había estado en algunas fiestas elegantes en Harvard, pero nada parecido a aquello.

Salí a un balcón desde el que se veía la sala en la que se celebraba la fiesta y miré alrededor.

—Maravilloso —susurró Blake en mi oído.

—Es fabuloso —asentí, mirando de un lado a otro, emocionada.

Él me rodeó la cintura con un brazo y me volví para mirarlo a los ojos. Me quemaban con la tempestuosa intensidad que había aprendido a amar, a anhelar.

—No estaba hablando de la fiesta —dijo y me rozó los labios con el pulgar antes de plantarme un casto beso.

Mi corazón dio un vuelco y todo a nuestro alrededor dejó de existir durante un minuto mientras disfrutaba de la obra de arte que era Blake.

Una voz interrumpió mis pensamientos. Alguien estaba llamándome. Daniel, del brazo de Margo, se acercaba a nosotros. Él estaba muy guapo de esmoquin y Margo llevaba un vestido verde esmeralda de satén que realzaba su delgada figura y su pelo cobrizo.

Vacilé, sin saber cómo saludarlo en público hasta que Margo se acercó para darme un beso en la mejilla.

—Erica, me alegro de verte. Estás guapísima.

—Gracias, lo mismo digo.

Los hombres se dieron un apretón de manos y Daniel me saludó con un brillo de emoción en los ojos que fue rápidamente enmascarado por una sonrisa.

—Estás preciosa, Erica. Landon es un hombre afortunado.

—Gracias.

—¿Es *vintage*? —Margo pasó los dedos por los adornos de terciopelo del vestido con un gesto de aprobación.

—Pue sí —respondí un poco nerviosa, mirando a hurtadillas a Daniel.

El brillo de sus ojos lo traicionaba. En mi loca emoción, no se me había ocurrido pensar que reconocería el vestido. Pero, por su expresión dolida, así era.

Él se aclaró la garganta.

—¿Por qué no nos movemos un poco? Tienes que relacionarte con esta gente.

—Eso sería estupendo —respondí, deseando olvidar el incómodo momento que solo Daniel y yo podíamos entender.

Margo frunció el ceño.

—Yo me quedo con Erica, cariño. ¿Por qué no vais a pedir unas copas? Nos vemos abajo.

Se dijeron algo con los ojos, estaba segura, pero no podía saber qué.

—Muy bien. Te invito a un whisky, Landon. A ver si puedo convencerte para que hagas un donativo a mi campaña.

Blake esbozó una sonrisa.

—No me meto en política, pero sí acepto ese whisky.

Daniel le dio una palmadita en la espalda y Margo me tomó del brazo para bajar por la amplia escalera que llevaba al patio lleno de gente.

—¿Cómo estás, cariño?

Tomó dos copas de champán de una bandeja y me ofreció una.

—Bien. ¿Y tú?

—Bien. Aunque la campaña es muy estresante.

—Ya imagino, pero Daniel me ha dado a entender que la cosa parece prometedora.

—Los números fluctúan, las predicciones cambian de semana en semana. Nos estamos quedando atrás, pero él dice que todo puede cambiar en el último momento. —Margo se encogió de hombros.

—Aún hay tiempo y seguro que tiene gente muy buena trabajando para él.

—Sí, claro, pero estoy un poco preocupada. Daniel necesita todas sus energías para seguir adelante.

Sostenía mi mirada como si quisiera añadir algo más y esperé a que siguiera.

—Habla a menudo de ti, Erica. Sé que quiere mantener una relación contigo, pero si te importa de verdad debes apartarte de él hasta que lleguen las elecciones. Necesita ganar y si alguien descubriese vuestro parentesco… podría ser devastador. ¿Lo entiendes, querida?

Tuve que hacer un esfuerzo para tragarme el champán, esperando que no viera cuánto me dolían sus palabras. No había buscado a Daniel desde nuestro último encuentro precisamente por esa razón y esperaba que supiese que él me había invitado a ir a Cabo Cod, no al contrario. Margo no estaba siendo maliciosa, pero sí dejando bien claro que no quería que me involucrase en la vida de su marido.

—Sí, claro, mantendré las distancias. No será difícil, ya que nuestras vidas no se cruzan a menudo.

Ella sonrió, apretándome ligeramente la mano.

—Gracias.

Sofocada, miré alrededor, buscando a alguien conocido entre las personas que me rodeaban hasta que, por fin, encontré dos rostros familiares.

—¿Me perdonas, Margo? Acabo de ver a una amiga.

Ella asintió, con un gesto comprensivo, y atravesé el patio para reunirme con Risa, que llevaba un vestido largo negro con un escote vertiginoso en la espalda.

—Hola, Erica. Estás guapísima.

—Gracias, tú también.

Las dos miramos al hombre con el que estaba hablando antes de que yo hiciese aparición.

—Creo que ya conoces a Max.

—Sí, claro.

—Estás fantástica, Erica.

Me miró de arriba abajo con una sonrisa torcida y simpática. Había olvidado lo atractivo que era, con su corto pelo rubio y la piel bronceada en contraste con la camisa blanca del esmoquin. De hecho, y a juzgar por la expresión arrobada con que Risa miraba a todos los hombres atractivos que pasaban por la oficina, me sorprendía que no hubiera caído a sus pies.

Si volvía a encontrarla flirteando con James seguramente tendría que decirle algo. Por el bien de James.

—Lo mismo digo.

—Risa me ha contado que la empresa va bien.

Por suerte, ella no sabía nada sobre nuestro «tropiezo». No había visto o hablado con Max desde que Blake se cargó el acuerdo que estábamos a punto de firmar. Había salido de la sala de juntas de Angelcom furiosa y angustiada, incapaz de entender lo que acababa de ocurrir. Después de eso, nuestra relación profesional se había roto, ya que Blake no quería saber nada de él en lo referente a inversiones y viceversa.

—Por el momento, va todo bien. Y ahora, con Risa en el equipo, tenemos más esperanzas de crecimiento.

—Sin duda. Ha estado haciendo contactos como una profesional.

Risa le dio una palmadita en el brazo, riendo.

—Max me ha presentado a mucha gente, así que el mérito no es solo mío.

Risa exudaba una mezcla de entusiasmo y timidez que seguramente encantaba a la mayoría de los tíos. Era guapa y parecía dulce, pero sabía cómo conseguir lo que quería… y a mí me interesaba ver cómo lo hacía. Especialmente con alguien como Max. Si podía manipular al rico playboy, me dejaría impresionada.

Seguimos charlando durante un rato hasta que Max saludó a alguien que estaba a mi espalda.

—MacLeod, me alegro de verte. ¿Lo estás pasando bien en la fiesta?

Max estrechó la mano de un hombre vestido de esmoquin cuyos ojos castaños brillaron cuando se encontraron con los míos.

—Estoy en ello.

—Erica, te presento…

—¿Cómo estás, Mark?

Interrumpí la presentación haciendo un esfuerzo sobrehumano para mirarlo a los ojos. Mi corazón golpeaba locamente mis costillas, pero me negaba a mostrar debilidad.

—Ahora mucho mejor —murmuró él.

Max hizo una mueca que casi reflejaba la lasciva mirada de Mark.

Apreté mi *clutch*, haciendo un esfuerzo sobrehumano para mostrarme amable e indiferente porque sabía que todos estaban pendientes de mi reacción. Por supuesto, los dos hombres se conocían porque Max hacía negocios con el bufete de Daniel, pero él era la última persona que debía saber nada sobre mi oscuro pasado con Mark.

Sabía que podría encontrármelo allí y había jurado mantener la calma si así era. Si Daniel iba a formar parte de mi vida tendría que ver a Mark alguna vez y no podía sufrir un ataque de pánico cada vez que apareciese.

Ya no era un fantasma. Mark se había vuelto real, demasiado real. Una criatura tangible con un nombre, un pasado, con defectos y debilidades tan reales como las mías. Intenté recordar todo eso mientras él me comía con los ojos descaradamente.

—¿Te apetece bailar?

Tuve que disimular la repulsión que provocaba tal sugerencia porque Max y Risa nos miraban, expectantes.

—Quizá más tarde, necesito… una copa.

Levanté mi copa vacía, pero necesitaría algo más que una copa de champán para aceptar tan repugnante invitación.

—Voy a traerte una. Venga, bailad. —Max me hizo un guiño mientras me quitaba la copa de la mano.

Max nunca me había dado razones para odiarlo. A pesar de las advertencias de Blake, a menudo había cuestionado si sus intenciones eran tan maliciosas como él quería hacerme creer. Ahora lo odiaba por razones que no entendería nunca.

Mark tomó mi mano y tiró de mí hacia la pista de baile. Lo seguí mecánicamente, sin saber qué hacer para rechazarlo sin provocar una escena.

Cuando llegamos a la pista me tomó por la cintura y experimenté una oleada de náuseas ante el súbito contacto de su cuerpo, pero sabía que vomitar en la pista de baile no daría buena imagen de mí y estaba allí para hacer contactos.

—Relájate —dijo y se apretó contra mí para hablarme al oído, su aliento ardiente y húmedo.

El roce de su cuerpo me ponía enferma. Mi odio por aquel hombre y los terribles recuerdos con los que me había dejado me habían programado para defenderme. Intenté tomar aire con los dientes apretados, no porque él quisiera que me relajase, sino porque estaba decidida a soportar aquello sin sufrir un ataque de ansiedad.

—¿Por qué haces esto?

Mi tono era apocado y me hubiera gustado hablar con más firmeza, pero no era capaz.

—No puedo alejarme de ti. Creo que te he echado de menos, así que me alegro de que Daniel te haya invitado. Tenía la impresión de que vendrías si él te lo pedía.

—¿Qué quieres de mí? Déjame en paz, por favor.

—Creo que tú lo sabes.

Cuando me rozó el cuello con los labios el pánico se apoderó de mí. De repente, lo vi todo borroso. Las parejas a nuestro alrededor sonreían y bailaban, pero no podía ver a Blake por ningún sitio. Max y Risa estaban al fondo, charlando. Ellos no podían ayudarme.

«No puede hacerte daño aquí.» La voz de la razón era fácilmente silenciada por los alarmantes pensamientos que daban vueltas en mi cabeza. Había llegado hasta mí una vez, a pesar del círculo de amigos, de la gente que nos rodeaba. Y podría hacerlo de nuevo.

—Aún recuerdo esa noche.

La única ventaja de estar tan cerca era que no podía ver su cara, pero la desdeñosa sonrisa estaba permanentemente grabada en mi memoria. Cerré los ojos, intentando bloquear esos pensamientos, pero recordándolo todo al mismo tiempo.

—¿Era tu primera vez? Debía de serlo... eras tan estrecha. Y estabas tan asustada.

Tuve que hacer un esfuerzo para controlar las arcadas e intenté apartarme cuando apretó mi muñeca como un torno, atrayéndome hacia él con la otra mano.

—Me encantan las peleas, pero no hagamos una escena en la fiesta de papá, ¿de acuerdo?

—Suéltame, por favor —le rogué.

Temblaba de forma incontrolable. Fantasma u hombre, tenía que apartarme lo antes posible.

Cuando estaba a punto de ponerme a gritar la orquesta dejó de tocar y Mark me soltó.

—Hasta la próxima vez, Erica —se despidió con una repugnante sonrisa.

Di un paso atrás, intentando orientarme y recuperar la compostura. ¿Dónde estaba Blake? Tenía que irme de allí.

La orquesta volvió a tocar y la gente empezó a moverse a mi alrededor, hablando, bailando, riendo. Todo era un caos.

—¿Te encuentras bien? —Daniel apareció a mi lado con Margo del brazo.

Que mi padre biológico estuviera emparentado con Mark, el canalla que había estado a punto de arruinar mi vida para siempre, era más de lo que podía soportar en ese momento. Me di la vuelta sin responder y escapé por un pasillo que llevaba a un patio abierto.

El camino estaba iluminado por diminutas luces atadas a las ramas de los árboles. En cuanto salí, respiré profundamente el aire fresco de la noche. Me daba vueltas la cabeza y sentía un calambre en las manos. Sabía por experiencia que estaba a punto de sufrir un ataque de ansiedad. El aire fresco me animó un poco, pero mi piel, cubierta de una fina capa de sudor helado, era el vestigio de los últimos minutos de pánico.

—¡Erica! —Daniel corría hacia mí con expresión preocupada—. ¿Qué te ocurre?

—No... —Sacudí la cabeza, intentando controlarme. Tenía que recuperar la calma—. Estoy bien. Lo siento, es que necesitaba un poco de aire fresco.

—Ven por aquí.

Me pasó un brazo por los hombros y me llevó hasta un banco de hierro en una esquina del patio. Apenas podía moverme y cuando rocé la tela del vestido, el mismo que había tocado indecentemente el hombre que me había violado en la universidad, aparté la mano en un gesto de repulsión.

Enterré la cara entre las manos. Odiaba a Mark con todas las fibras de mi ser. Había estado años temiéndolo, sin saber cuándo o cómo podría volver a aparecer en mi vida. Y ahora que estaba allí, el miedo dio paso a una furia incontrolable.

Hasta ese momento, me culpaba a mí misma de la violación. Estaba demasiado borracha y era demasiado ingenua. Cuando recordaba esa infausta noche me preguntaba cómo podría haberlo impedido, pero eso se había terminado. Mark era tan perverso como imaginaba y lo que pasó esa noche, lo que me había llenado de rabia y dolor durante años, era enteramente culpa suya, no mía.

Daniel me colocó suavemente un rizo por detrás de la oreja.

—¿Mark te ha dicho algo?

Su voz me devolvió al presente y cuando levanté la mirada vi que tenía el ceño fruncido en un gesto de preocupación.

Cerré los ojos, apretando mis sienes con los dedos. Estaba a punto de echarme a llorar y tuve que contener un sollozo. Algo en su mirada me hacía desear como nunca al padre que no había tenido.

—Erica. —Su tono era más tajante.

—Conozco a Mark —dije sin pensar. Y lo lamenté inmediatamente.

—No te entiendo.

Tragué saliva, intentando controlar mis emociones mientras buscaba las palabras adecuadas. No había pensado que esto pudiera pasar, todo había sido tan rápido.

—De la universidad. Nos conocimos allí y… no sé…

Lo miré a los ojos, deseando que lo supiera, o que lo entendiese sin tener que contárselo. Pero en su rostro, pálido y estoico, no veía ninguna indicación de lo que estaba pensando.

Quería que las paredes del patio me tragasen y me depositaran en mi dormitorio, lejos de aquella gente, de todos los que nunca podrían entender por lo que había pasado.

Entonces escuché la voz de Blake, como una luz en la oscuridad.

—Erica, he estado buscándote por todas partes.

Asentí débilmente con la cabeza, haciendo un esfuerzo para levantarme. Daniel se levantó a su vez, sujetándome del brazo.

—Creo que Erica no se encuentra bien. Deberías llevarla a casa.

Blake frunció el ceño, mirando de uno a otro.

—Sí, claro.

Daniel se despidió con un gesto y volvió a la fiesta.

—Cariño, ¿estás bien?

—Sí —susurré—. Llévame a casa.

6

La música era tan atronadora que hacía vibrar las paredes de la casa. Incluso desde fuera, el ruido era ensordecedor. No podía respirar, no podía pensar. Mis miembros se movían muy despacio, mi mente abotargada por el alcohol. Salimos fuera. No entendí por qué hasta que me tiró sobre la hierba en una oscura esquina del jardín. No podía reunir fuerzas para liberarme del peso del cuerpo que aprisionaba el mío. Antes de que me diera cuenta, estaba desgarrándome como un cuchillo, apretando los dientes mientras lo hacía.

Abrí la boca para gritar, pero de mi garganta no salió ningún sonido. No encontraba mi voz. Estaba temblando, intentando apartarme, ciega y muda cuando pronunció mi nombre.

Me conocía. Sabía mi nombre.

—¡Erica!

La voz de Blake penetró en la pesadilla y abrí los ojos de golpe.

—Estabas soñando.

Acariciaba mis brazos, pero hasta ese roce me dolía.

—No —musité, intentando volver a la realidad—. Por favor, no me toques ahora. No puedo…

Me aparté, a punto de caer de la cama en mi deseo de escapar. Fui tropezando al baño y me apoyé en el lavabo. La persona que veía en el espejo era alguien a quien conocía, pero a quien no había visto en mucho tiempo. Tenía los ojos cansados y opacos, la piel sonrojada de la pesadilla. Me eché agua fría en la cara, refrescándome y devolviéndome al presente al mismo tiempo.

Poco a poco, empecé a recordar los sucesos de la noche anterior y el dolor se apoderó de mí. Había dado un giro de trescientos sesenta grados. Después de convencerme a mí misma de que podía lidiar con la aparición de Mark en mi vida, estaba como al principio, teniendo que mirar constantemente por encima del hombro, esperando que apareciese al doblar cualquier esquina. Pero ahora las posibilidades de que lo hiciera eran mucho mayores…

Un sollozo escapó de mi garganta y caí de rodillas sobre el suelo duro y frío.

Blake entró en el baño y se arrodilló a unos metros de distancia.

—Yo he hecho esto, Blake. Lo he traído de nuevo a mi vida. Todo es culpa mía.

—¿Quién, cariño?

—Mark. —Mi voz era un susurro, tragada por los sollozos que siguieron.

Me abracé a mí misma, intentando controlar el dolor. Dios, era tan intenso… corría por mis venas como un veneno con cada latido de mi corazón. Mi estómago dio un vuelco al recordar el tormento físico y emocional por el que aquel hombre me había hecho pasar. Intenté respirar y miré a Blake, sin saber qué decir.

Él me miraba con expresión preocupada y contenida mientras apretaba los puños.

—Dime qué debo hacer.

No supe responder. Apenas era capaz de controlarme.

—¿Quieres que me vaya?

—No —respondí de inmediato—. Por favor, no te vayas… no quiero estar sola.

Lo quería a mi lado. Quería echarme en sus brazos, pedirle ayuda, decirle cuánto lo necesitaba, pero estaba encerrada en mí misma, incapaz de dejar que nadie se acercase en mi presente estado de ánimo. Aunque la idea de pasar por esto sola era insoportable.

—Entonces no iré a ningún sitio.

Se apoyó en la pared del baño, estudiándome intensamente.

Escuchar su voz me relajaba y tomé aire, apartando una lágrima.

—Háblame —le rogué.

—¿De qué?

—De lo que sea. Dime algo… alegre. Necesito escuchar tu voz.

Su expresión se suavizó.

—Nuestra historia es la más alegre que conozco. Nunca pensé que conocería a alguien como tú —empezó a decir—. Eres preciosa, inteligente y fuerte. Dios, eres tan fuerte. A veces me dejas sorprendido.

Las lágrimas hicieron aparición, como si mi cuerpo estuviera purgándose de las emociones que había ido almacenando. Amaba tanto a Blake. Él no podía saber cuánto. Con esa amenaza sobre mi cabeza me sentía como un alfeñique, pero saber que él veía fuerza en mí me hizo albergar alguna esperanza de poder superar esto.

—Me estás matando, Erica. Verte así me mata. Por favor, dime qué debo hacer. ¿Cómo puedo arreglarlo?

Intenté esbozar una sonrisa.

—No puedes arreglarlo, Blake, pero gracias por querer hacerlo.

Tomé aire de nuevo decidida a incorporarme.

Me levanté, consternada ante la visión que me miraba desde el espejo. Tenía los ojos hinchados y enrojecidos. Mi aspecto era tan desamparado, tan desolado…

Me eché agua en la cara y me sequé con la toalla antes de volver al dormitorio. Caí pesadamente sobre la cama en posición fetal y me cubrí con la manta, aunque era innecesaria en una noche tan cálida. Necesitaba el consuelo de sentirme arropada porque no podría tolerar que Blake me tocase en ese momento. Lo deseaba, pero me sentía demasiado descarnada y temía lo que una simple caricia podría hacerme. Se tumbó a mi lado y nos miramos a los ojos, más lejos que nunca el uno del otro estando en la cama.

—Lo siento —susurré.

—No tienes que disculparte.

—No deberías tener que soportar esto.

—Tú tampoco, pero así es. Y no pienso irme a ningún sitio hasta que tú me lo pidas.

Alargué una mano para apretar la suya. Nos quedamos dormidos así, de la mano, el simple roce recordándome que nos teníamos el uno al otro.

*D*esperté sola en la cama, el olor a café que llegaba a la habitación haciéndome sonreír. Pero la sonrisa desapareció en cuanto me levanté. La cabeza me dolía como si hubiera pasado la noche bebiendo en lugar de llorando.

Me puse mi pantalón de chándal favorito antes de reunirme con Blake en la cocina. Estaba haciendo huevos revueltos y se volvió para mirarme con una sonrisa en los labios.

—¿Cómo estás?

—Mejor —dije y me senté sobre uno de los taburetes en la isla.

Me sirvió una taza de café, añadiendo una copiosa cantidad de azúcar y leche, como a mí me gustaba. Le di las gracias antes de tomar un trago, sintiéndome un poco más preparada para empezar el día.

Sirvió los huevos revueltos en dos platos y comió de pie frente a mí, al otro lado de la encimera. Estaba manteniendo las distancias, como le había pedido la noche anterior.

—¿Quieres contarme lo que pasó? —me preguntó en voz baja.

Había estado tan agobiada por el horror de lo de anoche que Blake no sabía qué lo había provocado. No había querido contárselo para no preocuparlo, pero él no se había movido de mi lado. Me había apoyado como nadie y merecía una respuesta, por mucho que yo no quisiera dársela.

Me eché hacia atrás en el taburete, mirando el brillante cielo frente a mí. El sol entraba a través del mirador, llenando de luz el apartamento.

—Ayer me topé con Mark —respondí mirándolo a los ojos.

Su postura cambió de inmediato, como dispuesto a pelearse con él, como si Mark estuviese ahí mismo.

—¿Qué te dijo?

Tragué saliva, buscando las palabras adecuadas. Mark había sido ambiguo, pero dejó bien claras sus intenciones cuando me abrazó en la pista de baile.

—Dio a entender que… seguía deseándome.

Blake dejó caer el tenedor en el plato.

—¿Por qué no me lo dijiste? No tenía ni idea.

—Sé cómo eres y sabía que tu reacción sería desmedida. Además, no quería preocuparte.

—Pues claro que me preocupa. Joder, Erica, necesito saber esas cosas. —Tomó aire mientras se pasaba una mano por el pelo—. Voy a contratar un guardaespaldas que esté pegado a ti veinticuatro horas al día, empezando hoy mismo.

—No, Blake, en serio. ¿Lo ves? A esto es a lo que me refería.

—Cuando alguien amenaza con violar a mi novia tengo que reaccionar. Y te aseguro que ese canalla no va a acercarse a ti.

—Contratar un guardaespaldas para que me vigile día y noche es una exageración. No voy a vivir bajo la sombra de esta amenaza durante el resto de mi vida, me niego. He vivido así y no estoy dispuesta a pasar por ello otra vez.

—¿Y lo de anoche? Nunca te había visto así. Estabas totalmente inconsolable. —Blake dejó el plato sobre la encimera y se agarró a ella con fuerza—. Ni siquiera podía tocarte.

—Estaba asustada.

Habían pasado meses desde la última vez que tuve esa pesadilla, pero ver a Mark, que me tocase, había vuelto a abrir la herida. Sentí un escalofrío mientras jugaba con la comida del plato. Mi apetito había desaparecido y las palabras de Blake me habían hecho un nudo en el estómago. Tendría que acostumbrarme al miedo que Mark había plantado en mi corazón y aún no sabía cómo hacerlo, pero sabía que contratar un guardaespaldas no era la solución.

—Si hacemos eso, él gana. ¿Lo entiendes?

—Yo creo que ganaría si consiguiera estar contigo a solas otra vez. Dime que eso no te preocupa.

Hice una mueca.

—Aquella vez yo era un objetivo fácil. Dios, estaba prácticamente inconsciente. Ahora solo intenta asustarme y estoy segura de que eso es lo que le excita. Pero entre Daniel y tú... no veo cómo podría intentarlo.

Eran pensamientos muy sensatos y razonables, pero ni yo misma me lo creía.

—Bueno, yo me encargaré de que no tenga oportunidad de hacerte daño.

Estaba totalmente decidido, podía verlo en su cara. No había visto esa expresión desde que se cargó mi acuerdo con Max.

—¿Qué tienes en mente?

—Hoy deberías quedarte en casa, Erica. Ha sido una noche muy larga y tienes que descansar.

Esperé que me mirase, pero estaba limpiando la encimera como si le fuera la vida en ello.

—No cambies de tema.

—No estoy cambiando de tema. Deberías tomarte el día libre, tienes muy mala cara.

—Vaya, gracias —murmuré, apartándome de la isla.

—Erica, no…

Desaparecí en la habitación, aunque lo oí llamarme antes de cerrar la puerta. Había tratado de salvar la distancia que se había abierto entre nosotros la noche anterior, pero estaba demasiado cansada y afligida como para seguir discutiendo con él.

Cuando salí de la habitación, después de ducharme y vestirme, Blake había desaparecido. Estaba inquieta mientras reunía mis cosas para ir a trabajar. Blake no iba a olvidarse del asunto y lo sabía. Nada podía hacerlo cambiar de opinión una vez que había tomado una decisión. Cuando se trataba de mi seguridad, no iba a dejar nada a la improvisación.

Me enfadé conmigo misma por haberme derrumbado, pero la idea de tener que pasar por ello sola, como había ocurrido tantas veces, era mucho peor. Me había acostumbrado a ser vulnerable estando con Blake, a mostrar mis miedos, mis cicatrices. Él no me juzgaba y, de algún modo, eso daba al dolor menos poder sobre mí.

Había tomado el bolso y me dirigía a la puerta cuando Sid entró en el apartamento. Tenía un aspecto tan demacrado como yo, pálido a pesar de su oscuro color de piel, con bolsas bajo los ojos.

—¿Vienes de la oficina?

—Sí. —Suspiró mientras dejaba la mochila en el suelo—. He estado toda la noche intentando que el servidor no se cayera. Ha sido divertidísimo.

—¿Lo has arreglado?

—Por el momento, sí. Chris se ha quedado vigilando mientras yo intento descansar un poco.

—Lo siento, Sid. Voy a encargarme de ello, te lo juro.

Él se encogió de hombros, demasiado agotado como para discutir, y entró en su habitación.

*E*ntré en la oficina y fui directamente hacia mi despacho, sin molestarme en saludar, pero Risa no entendió la indirecta y asomó la cabeza por el bastidor, con los ojos brillantes, y perfectamente maquillada, como siempre. No tenía energía para lidiar con los problemas de nadie, pero antes de que pudiera decirle que me dejase un momento se sentó en el sillón frente a mi mesa.

—Tengo una gran noticia —anunció, sonriendo, la melenita negra enmarcando su rostro.

Enarqué una ceja, intentando disimular el fastidio. Solo algo verdaderamente monumental podría cambiar mi estado de ánimo esa mañana.

—¿Qué es?

—Tengo una reunión con el director de marketing de Bryant sobre una posible cuenta patrocinadora en Clozpin.

Bryant era una de las cadenas de distribución de moda más importantes del Noreste del país. Conseguir una reunión con ellos ya era algo monumental y sacudí la cabeza, sin saber si había entendido bien.

—¿Y cómo la has conseguido?

—Gracias a Max, que tiene muchos contactos. Le conté qué clase de empresas nos interesaban y se ofreció a echar una mano. He hablado con la gente de Bryant hace un rato y tenemos una reunión con ellos mañana por la mañana.

—Vaya, que rápido.

—Cuanto antes mejor, ¿no?

—Desde luego. Envíame los detalles. Iremos juntas a la reunión.

—Si quieres, podemos repasar algunas de las opciones que vamos a presentar y así haré una presentación previa.

Intenté ordenar mis pensamientos mientras exhalaba un largo suspiro. Mi misión para esa mañana tendría que esperar.

—Sí, claro. Cuéntame qué se te ha ocurrido.

7

A mediodía, Risa y yo habíamos terminado la presentación y pude concentrarme en mi plan original para aquel día, así que bajé a Mocha para poner algo de cafeína en mi almuerzo. Encontré una mesa libre y encendí el ordenador, pensando que me vendría bien un cambio de ambiente.

—Hola. ¿Te importa si me siento contigo?

Cuando levanté la mirada me encontré con James apartando una silla. Tenía aspecto descansado, con un jersey negro remangado hasta los codos y tejanos oscuros, su ondulado pelo negro perfectamente peinado. Era comprensible que Risa estuviese loca por él. James era un tipo guapísimo con un toque de «chico malo». Con ese cuerpazo, esa sonrisa arrebatadora y unos brillantes ojos azules que eran como los faros de un tractor, debía reconocer que estaba cañón. Y algo en sus ojos me hacía pensar que nos conocíamos de más tiempo.

—Sí, claro.

—Parece que estás muy ocupada.

—Lo estoy, sí.

—¿Puedo ayudar?

Me lo pensé un momento. ¿Qué podía perder por pedir ayuda?

—Conoces el grupo de hackers M89 que está atacando la página, ¿verdad?

James sonrió. Había estado en las trincheras con Sid y Chris durante la última semana, de modo que probablemente conocía la historia mejor que yo.

—Ya, es verdad. No es el grupo original, pero tiene que haber una conexión entre alguien del grupo original y quien está haciendo esto ahora. Hace una década el cuartel general estaba en Boston, así que imagino que no será tan difícil descubrir dónde están ahora y ver dónde nos lleva eso.

Por supuesto, omití la información sobre Brian Cooper. No quería llamar la atención sobre el vínculo de Blake con el M89 y el suicidio de Cooper.

—¿Piensas atraparlos tú sola?

Recordé entonces la expresión derrotada de Sid unas horas antes.

—¿Qué otra cosa puedo hacer?

—¿Y si eso empeorase la situación?

—No imagino nada más peligroso que lo que están haciendo ahora mismo.

James frunció los labios, asintiendo con la cabeza.

—Estoy de acuerdo. ¿Qué puedo hacer?

Compartí con él los nombres de los miembros originales del M89 que había que investigar. Los dividimos en dos grupos y, una vez de vuelta en la oficina, nos pusimos a buscar cualquier cosa que pudiéramos encontrar sobre ellos.

Para mi sorpresa, encontré el currículo profesional de todos los que tenía en mi lista. Todos parecían personas establecidas, con carrera, aunque muchos vivían en la costa Oeste y trabajaban para empresas de tecnología en California. Estudié cuidadosamente las fotografías, como si sus rostros pudieran decirme algo importante. ¿Cuál de ellos odiaba tanto a Blake como para sabotearnos de ese modo?

Di un respingo cuando sonó mi móvil.

—Hola, Blake.

—¿Cómo va todo?

Miré los nombres escritos en mi cuaderno, intentando no pensar en la pelea de esa mañana.

—Bien.

—Escucha, tengo que ir a San Francisco por un asunto de trabajo. Me voy esta noche.

Aunque unas horas antes estaba enfadada, sentí una punzada de remordimiento.

—Qué repentino, ¿no?

—Ha ocurrido algo que tengo que solucionar. Sé que no es el mejor momento, Erica. No me gusta dejarte sola precisamente ahora.

Suspiré.

—No te preocupes, sobreviviré.

—Estoy seguro. ¿Has conocido a Clay?

—¿Quién?

—No, ya veo que no. No es un tipo que pase desapercibido.

—¿Quién demonios es Clay?

—Lo he contratado para que te lleve a trabajar y de vuelta a casa. Estará en la puerta de tu oficina cuando salgas esta noche.

—Mierda, Blake. Ya hemos hablado de eso y…

—Ya lo sé, pero necesito que lo hagas, al menos hasta que vuelva de San Francisco.

El café del almuerzo me había dado suficiente energía como para encolerizarme.

—Qué tengas buen viaje —corté la comunicación y apagué el móvil. No podía lidiar con su obsesión por el control en ese momento.

James entró entonces y se detuvo al verme dando golpes en la mesa.

—¿Estás bien?

Suspiré, intentando apartar a Blake de mis pensamientos.

—Sí, estoy bien. ¿Qué hay?

—¿Qué has descubierto hasta ahora?

Se sentó, bajando la voz.

Investigar al grupo de hackers que se había vuelto tan familiar para nosotros no era un gran secreto, pero no quería gritar a los cuatro vientos que me había lanzado a una persecución absurda para atraparlos. Afortunadamente, James parecía darse cuenta.

—Algunos perfiles envidiables en *LinkedIn*. Parece que todos han rehecho sus vidas y les va de fábula. Por lo que he visto, todos son ciudadanos ejemplares. ¿Y tú?

—Igual, pero hay dos personas que no están en esa lista.

Vacilé, esperando que continuase.

—Imagino que sabes que Landon también estuvo involucrado.

Asentí en silencio.

—Y luego estaba Brian Cooper.

—Ha muerto —anuncié, traicionando lo que ya sabía, pero no le había contado.

Él vaciló durante un segundo.

—Pero le sobrevivieron su madre y su hermano, Trevor.

—¿Has descubierto algo sobre ellos?

—Su madre vive a unos veinte minutos de aquí.

—Dudo que ella sea la líder de un grupo de hackers. ¿Y su hermano?

—No he encontrado nada sobre Trevor.

—Eso no nos ayuda mucho, ¿no?

Lamenté el tono antipático de inmediato. Estaba cansada y contrariada, pero pagarlo con James cuando el pobre solo intentaba ayudar era innecesario.

—¿No te parece un poco raro que todos los demás tengan un currículo envidiable y el hermano del antiguo compinche no tenga ningún círculo profesional, ni presencia en Internet, ni perfil, nada?

—Tal vez aprendió la lección y ha decidido no malgastar su vida en la red como hacemos nosotros.

James inclinó a un lado la cabeza, en apariencia tan poco convencido como yo.

—Muy bien. Así que no sabemos dónde vive o a qué se dedica.

Golpeé la mesa con el bolígrafo mientras pensaba en el siguiente paso. Me preocupaba el camino que estábamos tomando, pero las cosas no podían empeorar y sería mejor llegar hasta el final.

—Dame la dirección de la madre.

—¿Vas a ir a verla?

—Ese es el plan.

—Iré contigo. Podría ser inofensiva, pero es mejor que no vayas sola.

Su tono protector me tomó por sorpresa. Aunque, en realidad, lo agradecí. No me apetecía nada embarcarme sola en esa aventura.

—No pasa nada, puedo hacerlo.

Él no parecía convencido y no pude evitar darle puntos por su preocupación. Pero no quería involucrarlo más en aquel embrollo, especialmente si eso significaba sacar a la luz la relación de Blake con la muerte de Cooper.

—No te preocupes, James. No estaré sola.

*C*uando salí a la calle me encontré de cara con un hombre imponente que hacía guardia frente a un Escalade negro aparcado delante de la oficina.

—Señorita Hathaway.

Avanzó en mi dirección y tuve que contener el deseo de dar un defensivo paso atrás. Era tan grande que daba miedo, pero había sido contratado para protegerme.

—Hola, Clay.

Mi mano desapareció en la suya cuando la estrechó. Medía más de metro noventa y las mangas de la camiseta negra se tensaban sobre unos brazos increíblemente musculosos. Parecía lo que era, un guardaespaldas, salvo por unos ojos de color gris claro que contrastaban estupendamente con su piel oscura.

—El señor Landon me ha pedido que la acompañe adonde tenga que ir.

Refrené el deseo de pagar mi enfado con él.

—Perfecto. Tenemos que ir a Revere.

Clay me abrió la puerta del coche y después de sentarme le di la dirección, esperando que no tuviese órdenes de contarle a Blake todo lo que hacía.

Poco después, paraba frente a una casa grande de estilo colonial en una zona residencial de nueva construcción. Al contrario que las casas vecinas, bien cuidadas, a quien viviera allí no le importaban las apariencias. El jardín estaba desatendido y las malas hierbas crecían entre las grietas del camino que llevaba a la casa. No había flores adornando el patio y la bandera que colgaba de su palo en el porche estaba hecha jirones.

—¿Quiere que entre con usted, señorita Hathaway? —La cavernosa voz de Clay me sobresaltó.

—No, no sería una buena idea. Espérame aquí, no tardaré mucho.

Mientras me dirigía a la puerta me preparé para un incómodo encuentro con la madre de los Cooper. Llamé al timbre y esperé pacientemente, pero nadie respondió. Después de llamar de nuevo un par de veces, golpeé la puerta con el puño, pensando que tal vez el timbre estaría estropeado.

Por fin, la puerta se abrió y ante mí apareció un joven de pelo largo y negro que le caía sobre los ojos. No era mucho más alto que yo y estaba pálido como un fantasma. Tragué saliva, intentando mantener la calma.

—¿Esta es la casa de la señora Cooper?

—¿Qué quieres?

—Es un asunto privado. ¿Te importa que pase?

Me miró cautelosamente antes de hacerse a un lado y entré en un oscuro salón. Las cortinas estaban echadas y solo el persistente sol que asomaba por los bordes de las persianas iluminaba la habitación. Aparte de un desorden general, la casa parecía nueva.

El joven se adentró por el pasillo antes de volverse para mirarme.

—¿Cómo has dicho que te llamas?

—No lo he dicho. —La descarga de adrenalina me daba valor para hablar—. Tú debes de ser Trevor.

Se detuvo, arrugando la frente.

—¿Quién eres?

—Erica Hathaway. Ya sabes, la propietaria de la empresa que tú intentas cargarte.

No tenía pruebas de lo que estaba diciendo, pero él era la única pista que tenía y si estaba involucrado no llegaría muy lejos con unas frases amables.

—Aunque tengo la impresión de que no es en mí en quien estás realmente interesado.

—Vete de aquí.

Se acercó a mí con un gesto impulsivo, pero me quedé donde estaba, segura de que podría defenderme. Además, tenía a Clay.

—No tan deprisa. —Levanté una mano para detenerlo—. Tenemos que hablar.

Trevor se detuvo frente a mí.

—Voy a llamar a la policía —me amenazó, con los dientes apretados.

Solté una carcajada, genuinamente divertida por la amenaza.

—Venga, hazlo. Seguro que les interesaría mucho el contenido de tu ordenador.

Trevor no parpadeó siquiera.

—Llevas semanas intentando cargarte mi página web, pero no has hecho ninguna demanda.

—¿Qué página?

Fruncí el ceño.

—La de Clozpin.

Él esbozó una media sonrisa que ratificó mis sospechas. El mierdecilla. No tenía intención de enfrentarme cara a cara con la persona que estaba pirateando mi página, pero ahora que estaba allí la rabia se apoderó de mí.

—¿Qué coño quieres? —le grité, incapaz de contenerme.

Sí, debo de ser la peor negociadora del mundo.

La sonrisa desapareció, reemplazada por una seriedad casi atormentada.

—Dile a Landon que quiero recuperar a mi hermano.

Fruncí el ceño, sin saber cómo seguir. No había esperado eso. Pensé que iba a suplicar información sobre Trevor a la madre del difunto Brian. No se me había ocurrido que iba a encontrarme con él cara a cara.

—Tienes que superar lo que pasó —le aconsejé, en un tono más calmado.

—Y tú tienes que irte.

Muy bien. Tal vez no podría convencerlo, pero lo que estaba haciendo era totalmente ilegal.

—Puedo hacer que te investiguen y todo lo que haces saldrá a la luz. —Vacilé antes de seguir—: Terminarás como tu hermano si no paras ahora mismo.

Había dado un paso adelante, poniendo su cara a unos centímetros de la mía, cuando alguien lo llamó desde el otro lado de la casa. Como un animalillo asustado, dio un paso atrás y miró en dirección al pasillo.

—Vete de aquí.

—No pienso ir a ningún sitio hasta que hayamos aclarado esto.

Él puso los ojos en blanco y luego corrió hacia el pasillo al oír un golpe.

—Mamá, ¿estás bien?

—¿Quién coño ha venido?

«Mamá» tenía una voz tan aguardentosa que parecía haberse tragado una caja de clavos empapados en vodka. Y eso hizo que recapacitase sobre mi decisión de quedarme.

Miré alrededor rápidamente, desesperada por encontrar algo, cualquier cosa que me ayudase a llegar al fondo del asunto. La mesa del comedor estaba cubierta de papeles y cartas y miré hasta que encontré un sobre abierto. Dentro había un cheque por más de diez mil dólares a nombre de Trevor. El remite era de una empresa de inversiones en Texas, con un nombre que no reconocí.

Oí a «mamá» tropezando por el pasillo, su voz cada vez más cerca.

—No quiero a ningún puñetero extraño en mi casa ¿Cuántas veces tengo que decírtelo?

—Yo no la he traído, ha entrado ella. Conoce a Blake.

Me quedé inmóvil. El asqueroso de Trevor me había delatado ante la loca de su madre. Dejé el cheque sobre la mesa y estaba guardando el sobre en el bolsillo del pantalón cuando aparecieron. «Mamá» era una mujer gruesa de unos cuarenta y tantos años que llevaba un chándal sucio, el pelo rubio teñido con raíces negras, y tenía los ojos inyectados en sangre; se apartó de Trevor de un tirón. Di un par de pasos atrás cuando se acercó a mí, sacudiendo los puños.

—Tú, guarra. ¿Crees que puedes aparecer aquí y entrar como si fuera tu casa? ¡Dile a Blake que venga él en persona a enfrentarse conmigo si tiene valor! —Sus ojos centelleaban, enloquecidos.

Se lanzó sobre mí y cuando di un paso atrás perdió el equilibrio. Trevor corrió a ayudarla y ella maldijo de nuevo, golpeándolo con el brazo.

No podía hablar con ninguno de ellos. La situación se me estaba escapando de las manos, así que me dirigí a la puerta y corrí por el camino hasta el Escalade.

Clay, preparado como el profesional que era, me abrió la puerta y se sentó tras el volante en un segundo.

—Arranca —le ordené.

Cuando miré hacia atrás vi a la bruja corriendo por el camino, con Trevor tras ella, lanzando insultos que, por suerte, no pude entender.

—¿*V*as a contarme qué demonios estás haciendo?

Por la mala calidad de la conexión sabía que Blake estaba llamando desde el avión. Que se hubiera molestado en llamar mientras estaba de viaje dejaba claro que le preocupaba mi seguridad, pero me encrespé porque me estaba regañando cuando era él quien me había metido en aquel follón.

—Blake, por una vez en tu vida cállate y déjame hablar.

—Solo llevo fuera un par de horas y Clay me ha contado que has tenido que salir corriendo de una casa con gente persiguiéndote.

—Estoy dispuesta a llegar al fondo de una situación que tú llevas demasiado tiempo ignorando —repliqué—. Y escúchame antes de perder la cabeza.

Seguía con la descarga de adrenalina, dispuesta a pegarme con cualquiera que me llevase la contraria. Si Clay no se hubiera ido después de dejarme en casa le habría dicho cuatro cosas por chivarse a Blake. Pero sería como un chihuahua ladrando a un mastín y decidí no hacer el ridículo.

—El hermano de Brian Cooper, Trevor, es quien dirige el M89.

Al otro lado se hizo una pausa.

—¿Cómo sabes eso?

—Antes de que la loca de su madre apareciese en escena, Trevor lo admitió tácitamente. Y dio a entender que los dos serían felices de contemplar tu ruina. Puede que tengas razón sobre lo de no negociar con terroristas. Trevor no parecía dispuesto a hacer las paces.

—Y seguramente tú lo habrás cabreado aún más.

—Lo que está haciendo es ilegal. ¿No podemos llamar a la policía y hacer que le confisquen los ordenadores?

—Dirige una operación virtual y si crees que no tiene mecanismos de seguridad para cubrirse el culo, sobre todo después de lo que le pasó a Brian, estás loca. Ahora que has descubierto su paradero, desaparecerá. No hay muchas esperanzas de que las autoridades resuelvan el asunto.

Estaba mascullando una palabrota cuando recordé el sobre. Lo saqué del bolsillo para mirarlo de nuevo.

—¿Has oído hablar de Inversiones AcuTech?

—No, ¿por qué?

—Trevor recibe cheques de esa empresa. Cheques por mucha pasta.

—Envíame la información. Le echaré un vistazo mientras estoy aquí.

—Muy bien.

Cuando me calmé un poco, lamenté de inmediato que Blake estuviera a miles de kilómetros de distancia. Las últimas cuarenta y ocho horas habían sido intensas en muchos sentidos y, mientras tanto, nosotros no habíamos hecho más que discutir.

—¿Cuánto tiempo te quedarás en San Francisco?

—Con un poco de suerte, solo un par de días. Ya veremos cómo van las cosas.

—Te echo de menos.

Me mordí el labio inferior para que mi voz sonase más firme. Que Blake supiera que estaba disgustada no iba a solucionar nada.

Él suspiró al otro lado de la línea.

—Lo sé, cariño. Yo también te echo de menos —musitó—. ¿Puedo pedirte un favor?

—Sí claro —respondí, deseando ocupar mis pensamientos con algo que no fuese echarlo de menos.

—¿Puedes ocuparte de Heath mientras yo estoy fuera? Tal vez podrías ir a comer con él o algo así. Seguro que está bien, pero aún no se ha recuperado del todo y quiero asegurarme de que sigue por el buen camino.

—Sí, claro.

—Gracias. Te llamaré después.

—Muy bien.

—Y no se te ocurra volver a hacer ninguna locura.

—Que sí, que sí.

Después de cortar la comunicación caí sobre la cama y me quedé dormida antes de que el sol se hubiera puesto.

8

*R*isa parecía desconcertada cuando subimos al Escalade. Las dos llevábamos un traje de chaqueta negro y zapatos de tacón y, por una vez, sentía que me había esforzado tanto como ella para tener buen aspecto por la mañana.

—¿Quién es? —susurró cuando Clay se colocó tras el volante.

Ah, había olvidado decirle que tendríamos chófer.

—Clay es mi guardaespaldas y mi niñera —respondí en voz alta para que él me oyese—. Se encarga de que no me meta en líos. ¿Verdad, Clay?

—Sí, señorita Hathaway.

Arrancó despacio y se abrió paso entre el tráfico para llevarnos a nuestro destino.

Lo vi sonreír por el espejo retrovisor y le devolví la sonrisa, aunque no estaba segura de que la hubiera visto. Esa era la única regañina que iba a recibir por mi parte.

Las oficinas de Bryant estaban a las afueras de la ciudad, de modo que me acomodé en el asiento y me dediqué a leer correos y mensajes en el móvil para matar el tiempo.

—Ay, Dios mío.

Risa estaba mirando su móvil, con una mano en la garganta. Se me encogió el corazón, temiendo que fuese una mala noticia sobre Clozpin.

—¿Qué?

—Esta mañana han encontrado muerto a Mark McLeod en su apartamento. Era el chico con el que bailaste en la gala, ¿no? ¿El amigo de Max?

La miré sin entender, boquiabierta. No podía articular palabra. ¿Qué podía decir? Cerré la boca e hice un esfuerzo para disimular el pánico mientras daba vueltas a la noticia, intentando entenderla.

—¿Cómo ha muerto? —conseguí preguntar con un hilo de voz.

Tragué saliva, apretando la sudorosa palma de la mano contra el asiento mientras Risa iba desplazando la pantalla para leer el artículo. Quería arrancarle el móvil de la mano para leerlo yo misma.

—Aparente suicidio, pero no dicen cómo murió. Hay un informe toxicológico pendiente.

Mark estaba muerto. Muerto. Repetí esa palabra en mi cabeza una y otra vez, intentando creerlo.

La peor pesadilla de mi vida había desaparecido para siempre.

Miré por la ventanilla, intentando entender la magnitud de la noticia que Risa acaba de darme y las emociones que provocaba. El alivio era innegable. Ya no tendría que vivir con ese miedo constante, no solo por lo que pudiera hacerme sino temiendo que su presencia arruinase cada momento con mi padre.

Mientras intentaba asimilar esa realidad, se me quitó un peso de encima. Era como recibir un regalo inesperado, como si una plegaria hubiera sido respondida. Mis ojos se empañaron y tuve que morderme los labios para evitar que me temblasen.

—¿Lo conocías mucho?

El tono de Risa era suave, intercalado con la apropiada compasión que uno debería sentir en un momento como este.

Lo que ella no sabía sobre el asunto podría llenar volúmenes.

Me aclaré la garganta mientras me erguía en el asiento.

—No mucho. Nos conocimos a través de la empresa de inversiones de Blake. Creo que sentía cierto interés por mí, pero apenas lo conocía. Es sorprendente… y triste.

«¿Triste?» Aquel no era un trágico accidente y, aunque me sentía aliviada, no podía sacudirme cierta inquietud. Mark se había suicidado, pero ¿por qué cuando las cosas le iban tan bien? No lo entendía.

Mark parecía tener un interés especial en atormentarme desde que volvió a aparecer en mi vida. ¿Qué más podía estar en juego? Yo no sabía nada sobre él aparte del infierno que había creado en mi vida.

Clay nos dejó en la entrada del edificio unos minutos después y nos dirigimos a los ascensores mientras intentaba tranquilizarme.

—¿Estás bien? —se interesó Risa—. Si necesitas unos minutos para tranquilizarte creo que podría llevar la reunión sola.

Pulsé el botón de uno de los ascensores.

—Estoy bien, no pasa nada.

En condiciones normales habría estado nerviosa, pero nada parecía importante en comparación con la noticia que acababa de recibir.

Por suerte, nuestra reunión con el director de marketing de Bryant fue rápida ya que tenía que hacer un gran esfuerzo para concentrarme en lo que decía. No tenía mucho tiempo para nosotras, así que dejé que Risa llevara la iniciativa mientras presentaba los detalles de nuestra propuesta. Fue concisa y lo hizo bien. Cada vez que vacilaba o dudaba sobre algo, yo intervenía. Entre las dos, hicimos una presentación bastante decente. El hombre parecía satisfecho y dijo que hablaría con su equipo y nos llamaría en cuanto tuviese la aprobación.

De vuelta en el coche, Risa dejó escapar un pesado suspiro mientras apoyaba la cabeza en el respaldo del asiento.

—¿Estabas nerviosa?

—Un poco. Me alegro mucho de que hayas venido conmigo.

—Yo también. Formamos un buen equipo.

Levanté la mano para chocar los cinco y Risa soltó una carcajada. Estaba ansiosa, deseando mantener el buen humor y que la conversación se centrase en el trabajo. No hubiera podido soportar más preguntas sobre Mark en ese momento.

—Desde luego que sí. Salga esto bien o no, creo que podría usarlo como trampolín para ponerme en contacto con otros distribuidores. Tal vez Max tenga más contactos.

—Tal vez.

No sabía si era tan buena idea utilizar los recursos de Max, pero él parecía dispuesto a echar una mano y no tenía nada que perder por dejar que Risa lo manipulase a su antojo.

En cuanto Clay nos dejó frente a la oficina, Risa subió para llamar a Max y yo me colé en Mocha. Saqué mi ordenador y busqué una página de noticias locales. Los detalles del suicidio de Mark ya se habían hecho públicos y estaba a la mitad del artículo cuando sonó el móvil y vi el rostro de Alli iluminando la pantalla.

—Hola, guapa.

—¿Has visto las noticias?

—Sí.

—Es alucinante. ¿Tú crees que haría algo así, quitarse la vida?

Parpadeé mientras miraba la fotografía de Mark en la pantalla del ordenador. Era una instantánea tomada en el bufete de su padrastro, con aspecto profesional y más que dispuesto a comerse el mundo. La sonrisa que me provocaba náuseas estaba en todas las páginas de noticias.

—No estoy segura —admití—. Lo vi hace dos noches en la gala *Spirit*. Se acercó a mí y me dio un susto de muerte, pero no se me habría ocurrido pensar que estaba a punto de suicidarse.

—Porque no lo conocías bien.

—¿Crees que esto tiene algo que ver conmigo?

—Por favor, Erica, no te estarás culpando a ti misma, ¿verdad?.

—No, pero…

—Nada de peros. Mark era un canalla y deberías alegrarte de que haya desaparecido de tu vida para siempre. Por fin te has librado de él.

—No sé, supongo que aún no me lo creo.

No era mi costumbre alegrarme por la muerte de alguien, ni siquiera de alguien a quien detestaba tanto como a Mark. Además, Daniel y Margo seguramente estarían desolados en ese momento.

—Dicen que ni siquiera dejó una nota. Me parece un poco raro.

—¿Qué habría dejado escrito? ¿Una confesión de todas las canalladas que había hecho?

Simone me trajo mi usual café con leche sin que yo se lo pidiera. Le di las gracias en silencio y empecé a remover el azúcar lentamente mientras pensaba en las palabras de Alli.

—En fin, supongo que tienes razón. Sigo sin creérmelo.

—Intenta verlo como un capítulo de tu vida que se cierra. Por fin puedes seguir adelante sin esa carga.

Sacudí la cabeza, sabiendo que la muerte de Mark jamás podría borrar lo que me hizo.

*M*e obligué a terminar de redactar el borrador de contrato con Bryant, aunque apenas podía dejar de pensar en la muerte de Mark mientras lo hacía. Estaba a punto de rendirme y mirar las noticias cuando Risa asomó la cabeza en mi despacho.

—¿Cómo vas? —preguntó con una sonrisa.

—Ya casi he terminado. ¿Y tú?

—He conseguido dos reuniones más para la semana que viene.

—¡Pero bueno, estás que te sales! —dije y levanté las cejas, realmente sorprendida.

Ella sonrió de oreja a oreja, pero, de repente, su expresión se volvió seria.

—¿Has visto las noticias?

Giré la cabeza para mirar la pantalla.

—No. ¿Qué han dicho?

—Que se disparó en la cabeza. Y que el contenido de alcohol en sangre demuestra que había bebido mucho.

Cerré los ojos, intentando no imaginar la escena. De todos los métodos que podía haber usado, había elegido el más eficaz.

—El funeral será el domingo. ¿Piensas ir?

—Ya te he dicho que apenas nos conocíamos —repliqué, con más brusquedad de la que pretendía.

Demonios. De verdad me gustaría que se metiera en sus cosas. Solo quería estar sola con mis pensamientos y Risa estaba en la primera fila, intentando leerlos.

—Ah, perdona. Pensé que te gustaría saberlo.

—Ahora lo sé, gracias.

Empecé a teclear los últimos términos del contrato, esperando que entendiese la indirecta.

Cuando se alejó en silencio me relajé de nuevo, lamentando haber sido tan antipática. Pero estaba hecha un lío y la persona a la que necesitaba se encontraba a miles de kilómetros de Boston.

Esperé hasta después de las cinco, cuando todos se hubieran ido, para llamar a Blake. Lo oí hablando con alguien mientras respondía a la llamada.

—Hola, Erica.

—Mark ha muerto —dije sin molestarme en saludar, mi cerebro aún incapaz de procesar la noticia.

Hubo un silencio al otro lado de la línea. Si alguien odiaba a Mark casi tanto como yo, era Blake.

—Lo sé.

—¿Lo sabes?

—Lo he visto en el canal de noticias de mi iPhone. Lo siento, quería llamarte, pero he estado reunido durante toda la mañana. Espera un momento.

—Muy bien —asentí en voz baja, con un nudo en la garganta.

Quería enfadarme con él por no haber llamado, pero lo único que podía pensar era que lo echaba de menos como nunca. El ruido de fondo iba apagándose y, de repente, las voces desaparecieron.

—¿Estás bien? —dijo en un tono más suave.

Golpeé la mesa con los dedos, preguntándome cómo poner en palabras que no estaba bien en absoluto.

—¿Cuándo vuelves a casa?

Él suspiró, yo hice una mueca. Estaba convirtiéndome en la novia emocionalmente dependiente que Blake no necesitaba. Por no decir la clase de persona en la que jamás pensé que me convertiría.

—Lo siento, haz lo que tengas que hacer y no te preocupes por mí, de verdad. Estoy bien.

Intentaba contener la emoción y mostrarme indiferente, pero estaba segura de que no iba a creerme.

—Volveré en cuanto pueda, te lo aseguro.

—Estoy bien —repetí, mientras apartaba una lágrima de un manotazo—. Es que ahora mismo estoy sorprendida, pero se me pasará.

Oí voces de fondo una vez más y a Blake murmurando una palabrota.

—Te llamaré esta noche, ¿de acuerdo?

—Sí, claro.

Después de cortar la comunicación enterré la cara entre las manos. ¿Por qué necesitaba que Blake me salvase? ¿Qué había cambiado en esas últimas semanas para que lo necesitara mas que respirar? No lo entendía. Como no entendía el loco deseo de subir al primer avión con destino a San Francisco para verlo.

—Parece que necesitas una copa.

James estaba frente a mi escritorio, estupendo como siempre, con una camiseta y tejanos oscuros, pero fue su expresión preocupada lo que llamó mi atención. Sequé mis lágrimas a toda prisa, temiendo que se me hubiera corrido el rímel.

—Pensé que os habíais ido todos.

—Tenía que terminar una cosa urgente y he pensado que podríamos charlar un rato.

Fruncí los labios en un gesto de contrariedad. Esperaba que no hubiese escuchado mi conversación con Blake.

—Tal vez más tarde. Debería irme a casa.

Me puse a ordenar los papeles acumulados sobre mi escritorio para disimular.

—¿Un viernes por la noche? Pensé que estarías celebrando la nueva cuenta.

—Aún no hay nada firmado. Además, tengo cosas que hacer. No he tenido tiempo de pensar en el estilo de la campaña de publicidad que vamos a lanzar.

—¿Qué tal si me das a mí parte de ese trabajo y dejas que te invite a una copa? Vendré mañana si tengo que hacerlo.

Negué con la cabeza.

—No tienes que venir mañana.

—Pero quiero hacerlo. Venga, hay un barucho muy simpático al final de la calle. A menos que te gusten más esos bares elegantes de martinis…

Esbocé una sonrisa. En una cosa tenía razón: necesitaba una copa. Y tener alguien con quien hablar, aunque no fuera sobre aquel día terrible, también me apetecía mucho.

—Muy bien, pero solo una copa.

*J*ames no había exagerado. Era un típico barucho, oscuro y decorado a la buena de Dios, al que acudía la gente del barrio. La mayoría iban vestidos de manera informal, de modo que yo llamaba la atención con mi traje de chaqueta. A juzgar por las miradas que recibía, tal vez un bar de martinis hubiera sido mejor idea.

Encontramos dos taburetes libres frente a la barra y pedimos una copa mientras intentaba no mirar la televisión instalada en la pared, temiendo que hablasen de la muerte de Mark.

—¿Sabes algo más? —me preguntó James.

De repente, me asusté.

—¿A qué te refieres?

—Al hermano de Cooper.

—Ah, sí, desde luego es nuestro hombre.

Recordé la escena en la casa, lamentando no poder contarle toda la verdad. Había hecho un buen trabajo al localizar a la familia de Brian Cooper y me pregunté si tendría otras ideas para resolver la situación.

—Lo dirás de broma. ¿Lo has visto?

—Estuve en casa de su madre anoche. Vive con ella, así que al final me encontré con los dos.

—¿Y ha dicho que va a dejarnos en paz?

Negué con la cabeza mientras la rubia camarera nos servía las copas.

—¿Y qué relación tiene Landon con esto?

Tomé un trago, disfrutando de la picazón del whisky en mi garganta.

—Digamos que el grupo original no se disolvió en buenos términos. Trevor odia a Blake y, a juzgar por lo que pasó anoche, eso no va a cambiar. Su rencor se ha extendido a Clozpin debido a su relación con nosotros. Así que, a menos que pueda encontrar la forma de razonar con Trevor, estamos en un callejón sin salida.

James apoyó los codos en la barra, destacando sus fuertes brazos cubiertos de tatuajes.

—Tal vez yo podría razonar con él.

Solté una carcajada.

—Seguro que podrías darle una paliza, y en este momento yo probaría con lo que fuera si pensara que serviría de algo. Desgraciadamente, no creo que fuera así. Blake cree que no será fácil disuadir a Trevor.

—¿Qué hay entre Blake y tú, por cierto?

Estaba tomando un trago de cerveza mientras miraba la televisión, como si no le preocupase mucho mi respuesta, pero antes de que pudiera replicar, alguien me llamó desde el otro lado del local. Con un top negro con la espalda al aire y vaqueros estilo *boyfriend* rasgados, Simone se acercaba a nosotros.

—¡Chica, no sabía que vinieras por aquí!

—Es que no vengo.

Me alegraba verla fuera del café. Tenía un aspecto alegre, su pelo rojo suelto y cayendo sobre los hombros.

—¡Este es mi sitio!

—¿Este bar también es tuyo?

Simone soltó una carcajada, atrayendo la atención de todos los hombres de sangre caliente que estaban en el bar.

—No, es el sitio al que vengo cuando no estoy trabajando o durmiendo.

—Ah, qué bien.

Me pasó un brazo por los hombros y sonrió al ver a James.

—Hola, guapo —lo saludó, guiñándole un ojo de forma sugerente. Él le devolvió la sonrisa.

—Hola.

—Simone, te presento a James.

—Encantada. ¿Os apetece una partida de billar?

James me miró para calibrar mi interés y me encogí de hombros.

—No se me da muy bien, pero puedo intentarlo.

—Seguro que lo haces muy bien.

Simone arrastraba un poco las palabras. Evidentemente, nos llevaba ventaja con las copas. Aun así, era muy entretenida. Si siempre me había parecido un personaje, en aquel momento era de las que hacían que los hombres girasen la cabeza.

James anotó nuestros nombres para la próxima mesa de billar que quedase libre y se puso a charlar con unos jugadores mientras nosotras nos quedábamos en la barra.

Simone se sentó en el taburete que James había dejado libre.

—Vamos a pedir alcohol de verdad.

—Estoy bebiendo whisky. No creo que haya algo más de verdad.

—Me refiero a chupitos de tequila.

—Uf, no sé…

—Solo uno. —Simone llamó a la rubia camarera, que había dejado de prestarnos atención—. Oye, rubita, dos pelirrojas guarras.

Puse los ojos en blanco.

—Qué sutil, Simone.

—¿Qué? Yo soy la pelirroja y tú la guarra.

—¿Perdona?

Miré alrededor, cortada, esperando que nadie la hubiese oído.

Simone se tomó el chupito sin responder y yo hice lo propio. Inmediatamente pidió dos más, pero yo no sabía si era buena idea. Apenas había comido nada en todo el día. Estaba sobreviviendo gracias a café y a los bollos que guardaba en el cajón de mi escritorio. Tenía que tomármelo con calma o lo pagaría más tarde.

—¿Qué pasa con él? —me preguntó, señalando a James—. Pensé que salías con el inversor.

—No pasa nada con James, solo estábamos tomando una copa. Y salgo con el inversor, así que no se te ocurra tirarle la caña.

—No te preocupes, no es mi tipo. Ese otro me gusta más. De hecho, me gustaría ver esa tinta más de cerca.

—Inténtalo, es un tipo estupendo.

Me tomé uno de los dos chupitos que la camarera había puesto frente a mí.

Blake estaba a miles de kilómetros de distancia y había tenido un día infernal. Tal vez necesitaba un par de chupitos para calmarme un poco.

—Lo haré, cariño, pero no ha apartado los ojos de ti desde que llegué y yo sé lo que significa esa mirada.

Fruncí el ceño, mirando en dirección a James sin la menor discreción. Cuando nuestros ojos se encontraron él apartó la mirada a toda prisa y se apoyó en una mesa de billar para observar el juego.

«Mierda.»

—Esto es ridículo.

Me volví hacia la barra para tomar el tercer chupito.

*N*o se me daba tan mal el billar como había pensado. A pesar de la considerable trompa que llevaba, estaba consiguiendo unos golpes bastante decentes. Simone se había emparejado con alguien del equipo ganador de la última partida, pero James y yo les sacábamos ventaja después de las primeras rondas.

Me incliné para dar el siguiente golpe, pero antes de que pudiera hacerlo una mano se deslizó por mi espalda, acariciándome por encima de la blusa. James estaba inclinado a mi lado, demasiado cerca. Muy poco profesionalmente cerca.

—Apunta a la tronera izquierda.

Me puse tensa al notar su aliento en el cuello. Cerré los ojos un momento, deseando que fuera Blake. Dios, solo un minuto. Lo echaba tanto de menos. Los abrí y pillé a Simone mirándome con la expresión satisfecha de «ya te lo había dicho».

Cambié de ángulo, golpeé la bola y se hundió en la tronera. Me aparté de la mesa, tambaleándome ligeramente sobre mis tacones, pero James apareció enseguida a mi lado y me tomó por la cintura.

—¿Estás bien?

—Estoy bien —dije y sonreí, dando un salvador paso atrás.

Necesitaba controlar la situación antes de que James se equivocase. Estaba a punto de regañarme a mí misma por tomar copas con un empleado cuando un rostro familiar emergió de entre la gente que rodeaba las mesas de billar.

—Ajá —murmuré.

—¿Qué pasa? —preguntó James.

Heath, que se acercaba con las manos en los bolsillos del pantalón, fulminó a James con la mirada antes de volverse hacia mí. Abrí los ojos como platos al recordar los últimos minutos, incluyendo el breve y sugerente tutorial de James sobre el juego de billar.

—Me la voy a cargar, ¿verdad?

Heath respondió con una sonrisa tensa. Cuando saqué el móvil del bolso descubrí que Blake había llamado al menos una docena de veces. Coño.

—Tengo que irme.

Estaba deseando hablar con Blake para explicárselo todo.

—¿Necesitas que te lleve? —quiso saber James.

—No, no lo necesita.

Heath lanzó sobre él una mirada fulminante, apretando el mentón de una forma que me resultaba familiar. Parecía estar imitando a su hermano en ese momento.

—Venga, vámonos de aquí. —Su tono fue más suave cuando se dirigió a mí.

Mi entusiasmo se esfumó y sentí que me ardía la cara. Heath estaba allí siguiendo instrucciones y salir escoltada del bar por orden de Blake era humillante. Mi dignidad no me lo permitía.

—Me iré dentro de un minuto —dije y enarqué una ceja, retándole a contradecirme.

Él pareció pensarlo y, por fin, asintió con la cabeza antes de dirigirse a la puerta.

—¿Quién demonios es ese tío? —James hizo una mueca en dirección a la salida por la que Heath acababa de desaparecer.

—El hermano de Blake.

—Demasiado protector, ¿no? —preguntó Simone, apoyando una cadera en la mesa de billar.

—A veces. —Mentí.

—¿Me vas a dejar sola? —Simone hizo un puchero.

Sonreí.

—Me temo que sí. Además, estoy medio borracha y tengo que tirarme en la cama antes de hacer alguna tontería.

—No me lo creo.

—James se quedará contigo, ¿verdad?

Él sonrió con gesto amable, pero su decepción era evidente. Simone me dio un abrazo y cuando me soltó, James se inclinó para darme un beso en la mejilla.

—Buenas noches.

Me aparté a tal velocidad que casi volví a perder el equilibrio y salí del bar sin decir adiós.

Clay nos llevó de vuelta al apartamento en silencio. Estuve a punto de decirles cuatro cosas a los dos, pero no serviría de nada con Blake controlando todo lo que hacían. Como me controlaba a mí.

Entré en el apartamento y cerré de un portazo antes de que Heath pudiese darme las buenas noches. Cady, nuestra vecina de abajo y la ayudante personal de Blake, se encontraba sentada al lado de Sid en el sofá, viendo una película. Estaban abrazados y los saludé con la cabeza antes de meterme en la habitación.

Me dejé caer sobre la cama, maldiciendo en arameo y deseando que las paredes dejasen de moverse mientras llamaba a Blake.

—Erica. —Su voz era una potente mezcla de miedo y cabreo.

—¿Me has llamado? —pregunté, como si no supiera nada.

—Estoy empezando a parecer un disco rayado, pero ¿dónde coño estabas?

Definitivamente, estaba de mal humor.

—Estaba en un bar, tomando una copa con un amigo, y tenían la música muy alta. No he oído el teléfono, así de sencillo.

—¿Tu amigo era el que te manoseaba? ¿O era otro?

Apreté los dientes e intenté respirar mientras en mi cabeza se mezclaban varias palabrotas. Heath iba a escucharme.

—Debes referirte a James, mi compañero de trabajo. Y no, no me ha manoseado. Jugábamos al billar y me estaba enseñando a meter la bola…

Dejé escapar un suspiro. Mi dificultad para pronunciar con claridad no me estaba ayudando nada.

—Ah, qué imagen mental tan estupenda.

—No puedo creer que seas tan celoso —murmuré, demasiado cansada como para pelearme con él.

—¿Estás en casa?

—Sí, en la cama. A punto de desnudarme —bromeé, esperando que mordiese el anzuelo y dejase de discutir.

—¿Cachonda?

—¡Oh!, podríamos conectarnos a FaceTime. ¿Tienes wifi?

Suspiré al oírlo reír, aliviada. No estaba tan enfadado como creía.

—Tengo una reunión con los socios del proyecto en el que estoy trabajando ahora mismo. Y aunque me encantaría cancelarla para hacer sexo telefónico contigo, eso solo serviría para retrasar mi vuelta. Y no creo que ninguno de los dos pueda soportar más retrasos. ¿Estamos de acuerdo?

Hice un puchero mientras apoyaba la cabeza en la almohada.

—De acuerdo.

—Necesito que hagas dos cosas.

—Genial. ¿Qué quiere de mí el Amo Del Universo?

—Bébete una botella de agua y toma un ibuprofeno. Creo que vas a necesitarlo.

—Sí, señor —asentí, a punto de cortar la comunicación mientras iba a la cocina.

—Oye.

—¿Qué?

—Te quiero, Erica.

—Yo también te quiero.

9

Alguien estaba llamando a la puerta de mi habitación.

—¿Qué quieres? —musité sin sacar la cabeza del edredón.

—Arriba, ya ha salido el sol. Seguro que te vendría bien un buen desayuno.

Asomé la cabeza por una esquina del edredón. Heath, con un aspecto fresco y vital, tenía en las manos un vaso de café y lo que esperaba que fuese una caja de donuts. Solo la cafeína lograría ponerme en vertical esta mañana.

Me senté, despacio. No me sentía tan mal como debería gracias a los consejos preventivos que Blake me había dado por la noche. Alargué la mano para tomar el café y me apoyé en el cabecero. Heath se sentó a los pies de la cama, mirándome con gesto circunspecto. Seguramente estaba esperando que le echase una bronca, y si me hubiera sentido mejor, lo habría hecho.

—Te odio. Lo sabes, ¿no?

Mi voz ronca deslucía el impacto de mis palabras.

—Lo sé, por eso te he traído el desayuno, como una muestra de paz.

Hice una mueca al recordar el sutil manoseo de James, y lo peor de todo, que Heath seguramente lo había visto.

—Para tu información, entre James y yo no hay nada. Tal vez se puso demasiado cariñoso, pero trabaja para mí y si alguien tiene que dejarle las cosas claras soy yo y nadie más.

—No es asunto mío. Blake me preguntó con quién estabas y no iba a mentirle… pero si te sirve de algo, lo siento. Mi hermano me ha sacado de más bares de los que puedo recordar. Tampoco eran mis mejores momentos.

Miré el edredón, tomando una plumita que asomaba por entre la tela.

—Siento que te pusiera en esa situación. Aunque Blake está un poco loco, supongo que si hubiera respondido a sus llamadas podríamos haber evitado esa escena. Un bar es el último sitio en el que tú deberías tener que entrar.

—No te preocupes por eso. Mi sobriedad no pende de un hilo. Si así fuera, dudo que Blake me hubiese enviado allí. Supongo que pensó que yo era mejor candidato que Clay —sugirió, esbozando una sonrisa.

Reí al pensar en Clay, uno de los hombres más grandes que había visto en mi vida, pactando con James quién me llevaba a casa. En fin, me sentía mortificada.

—Bien hecho. —Tomé un largo trago de café, esperando que mi cerebro despertase a la vida—. Heath, ¿cómo aguantas tú a Blake?

—Querrás decir cómo me aguanta él a mí.

Tuve que sonreír. Podría haber dicho eso hace unas semanas, pero Heath había cambiado mucho. Ahora parecía el más razonable de los dos y Blake el impulsivo.

—No sé. Es lo que dijimos aquella noche en Las Vegas, que todo el mundo orbita a su alrededor. No sé cómo hace lo que hace, o por qué lo hace.

—Yo le debo la vida y después de todo lo que ha hecho por mí estoy dispuesto a hacer lo que él crea mejor. Y si eso significa ayudarlo en el negocio y mudarme aquí… lo que sea. Dios sabe que lo mío no es tomar decisiones sensatas.

—¿Estás pensando mudarte a Boston?

Nuestros ojos se encontraron y, por su expresión, estaba claro que no había querido contarme eso.

—He metido la pata tantas veces en Nueva York… y aquí, entre Blake y mis padres, tengo mucho apoyo. Necesito hablar con Alli, claro. Ella es la persona más importante de mi vida ahora mismo y quiero saber lo que piensa antes de tomar una decisión.

Estaba segura de que Alli no se lo tomaría bien, pero no iba a entrometerme en su complicada relación.

—No te preocupes, no diré nada. Seguro que Alli acudirá a mí cuando quiera hablar de ello.

Heath pareció aliviado.

—Gracias.

—¿Tus padres viven cerca de aquí? —le pregunté, sin poder disimular la curiosidad.

—A media hora de Boston. No suelen venir a la ciudad, pero cuando estoy por aquí intentamos cenar juntos al menos una vez a la semana.

—Ah.

Intenté esconder mi sorpresa. En todo este tiempo, Blake no había mencionado a sus padres ni una sola vez. No sabía que vivieran tan cerca o que se vieran de forma habitual. Que no lo hubiese mencionado me dolía un poco. Ingenuamente, no solía pensar en el resto de la familia Landon, aparte de Heath y Fiona. Mi propia familia no era precisamente muy normal, de hecho no formaban parte de mi vida, pero Heath hablaba como si la suya fuera una familia estable.

—¿Qué piensas hacer hoy? —me preguntó interrumpiendo mis pensamientos.

—¿Quién quiere saberlo?

—Oye, que ahora no estoy de servicio. Solo hablaba por hablar.

—Demuéstrame que es cierto y dame esos donuts.

*E*n un intento de querer hacer juego con mi estado resacoso, el cielo estaba deprimentemente cubierto de nubes. Y como no quería arriesgarme a mojarme el pelo, dejé que Clay me llevase a la oficina. Estaba empezando a compadecerme de él, ya que no había tenido un día libre desde que Blake le encargó la tarea de ser mi chófer.

Pasé de mi habitual café en Mocha. Me dolía la cabeza y no sabía si podría lidiar con los cotilleos de Simone en ese momento. Cuando iba a sentarme frente a mi escritorio sonó la campanita que anunciaba un mensaje entrante en mi móvil.

James: ¿Estás viva?

Erica: Me he levantado de entre los muertos, sí. Ya estoy aquí. No hay prisa.

Seguramente debería hablar con él sobre lo que había pasado por la noche. O tal vez podría evitar el tema por completo. En fin, los dos habíamos bebido y la gente hace todo tipo de tonterías en ese estado. Al final, mantener una buena relación profesional en la oficina era lo más importante tanto para él como para mí. Después de todo, James querría conservar su puesto de trabajo.

Después de comprobar mi correo abrí una página de noticias. Los detalles que rodeaban la muerte de Mark eran demasiado fascinantes como para resistirse. Me sentía como un conductor que pasaba frente a un accidente sin poder apartar la mirada. También había fotos de Daniel y Margo, tan desolados como era de esperar, intentando evitar las cámaras de los paparazzi.

Se me encogió el corazón, por retorcidos que fueran mis sentimientos por Mark. Mi compasión se había vuelto parcial y condicional, pero Daniel no tenía la culpa.

Por impulso, saqué el móvil y busqué su número en la agenda. Tomé aire antes de hacer la llamada, esperando que saltase el buzón de voz. Lo único que quería era darle el pésame, lo más apropiado en estas circunstancias. Después de todo, era su hija y llamar sería lo más lógico. Aunque Margo me hubiera pedido que mantuviese las distancias.

Me quedé sorprendida cuando Daniel respondió a la llamada.

—Hola. —No sabía qué decir—. Sé que no es buen momento, pero solo quería decirte que lo siento mucho… por ti y por Margo.

Él se quedó en silencio durante unos segundos que me parecieron eternos.

—¿Crees que podríamos vernos hoy?

Al recordar las palabras de Margo tuve que reprimir el deseo de aceptar inmediatamente.

—¿Hoy?

—¿Podemos vernos en Castle Island en una hora?

Parecía diferente, menos circunspecto. Tal vez debería alegrarme, pero me preocupaba. Me mordí los labios, deseando saber qué estaba pensando.

—Muy bien —asentí.

—¿Puedes venir sola o quieres que te mande un coche?

—No, iré sola. Nos vemos en una hora.

Después de cortar la comunicación le envié un mensaje a James para decirle que iba a salir un rato de la oficina.

Una sensación de urgencia me empujaba mientras salía a la calle y paraba un taxi. Blake se pondría furioso si supiera que iba a salir sin Clay, pero no quería tener que explicarle a Daniel por qué de repente necesitaba un fornido guardaespaldas.

Había dejado de llover, pero una pesada niebla había caído sobre la bahía cuando el taxi se detuvo. Pagué la carrera y bajé del coche, mirando un solitario Lincoln negro aparcado a unos metros. El muelle, normalmente abarrotado, estaba desierto por culpa del mal tiempo.

Un bruto de pelo anaranjado salió del Lincoln negro. Tenía unos ojos exageradamente claros, grises como el cielo, y un montón de pecas en la cara.

—Está ahí abajo —anunció, señalando el camino que rodeaba la bahía, el final del cual desaparecía entre la niebla.

Me dirigí hacia allí, buscando la figura de Daniel hasta que por fin apareció. Con un pantalón caqui y una cazadora marrón, estaba mirando las oscuras aguas de la bahía y la silueta de la ciudad a lo lejos.

Sonrió con tristeza cuando me acerqué. A pesar de su atuendo informal, parecía mayor de lo que lo recordaba; las canas en las sienes más evidentes que nunca y las arruguitas de su rostro más pronunciadas.

—Gracias por venir.

—De nada.

Me sentía incómoda, aunque no sabía bien por qué. Tal vez había subestimado lo incómodo que sería el encuentro.

Metió una mano en el bolsillo y sacó una brillante petaca labrada. Me la ofreció y cuando negué con la cabeza se la llevó a los labios. Después de tomar un largo trago dejó escapar el aliento con los dientes apretados, permeando el aire con el turbio olor a whisky. De los buenos.

—Lo siento, Daniel. —Alargué una mano para tocar su hombro.

Él volvió a guardar la petaca en el bolsillo y cubrió mi mano con la suya.

Luego se volvió para sentarse en uno de los bloques de granito que hacían de barrera entre el camino y el agua y tiró de mi mano para que me sentara a su lado.

—No tienes que hacer eso.

—¿A qué te refieres?

—No tienes que decir que lo sientes, Erica.

Fruncí el ceño. ¿Estaba intentando hacerse el fuerte?

—Lo siento de verdad, Daniel. No quiero verte sufrir. Imagino que lo estás pasando mal y me gustaría poder hacer algo.

Tontamente, me sentía culpable. ¿Devolvería a Mark a la vida si pudiera? Por mucho que me entristeciese el dolor de Daniel, me sentía innegablemente agradecida por mí misma. No podía empatizar con él como lo habría hecho en circunstancias diferentes. Seré una contradicción con patas, de acuerdo, pero Daniel era mi padre. No habíamos tenido relación, pero necesitaba todo mi apoyo en ese momento.

Sacudiendo la cabeza, soltó mi mano y volvió a sacar la petaca del bolsillo. Después de vaciarla, se volvió hacia mí con los ojos enrojecidos. No sé si por el alcohol o por la emoción, no estaba segura, pero su expresión parecía atormentada.

—No sé cómo ocurrió, pero desde el momento que apareciste en mi vida me siento radiante de orgullo, Erica. Nunca había sentido eso hasta que te conocí. Es muy deprimente, ¿no?

Sus palabras me robaron el oxígeno y tuve que tragar saliva cuando apartó suavemente el pelo de mi cara. La ternura del gesto hizo que se me encogiera el corazón.

—¿Y Mark?

Daniel se volvió para mirar el horizonte y las islas solitarias frente a nosotros.

—Nadie podía ayudar a Mark. No sé… su padre murió inesperadamente y cuando Margo y yo nos casamos ya estaba demasiado pasado de rosca como para poder ayudarlo. Ese chico tenía algo muy oscuro en su interior. Durante un tiempo pensé que podría canalizarlo y convertirlo en alguien... el mundo empresarial está lleno de canallas sin corazón, pero Mark ni siquiera parecía capaz de aceptar esas reglas. Con todo lo que le había dado... —Suspiró, sacudiendo la cabeza—. Nunca le faltó nada. Nada.

Por cómo había enfatizado la última palabra, no lo dudaba.

Su expresión se animó un poco.

—Y entonces apareciste tú. No has tenido ni mi dinero ni mi influencia, ninguna de las oportunidades que yo he tenido, pero ahí estás, tan decidida. Eres todo lo que hubiera podido soñar en una hija. Y eres mi hija. —Sonrió, apretándome la mano—. Esa es la mejor parte.

Tuve que hacer un esfuerzo para controlar la emoción, pero me estaba ahogando en sus palabras. ¿Hablaba en serio o era el alcohol lo que lo hacía tan emotivo? Parecía estar leyendo el guion de todo lo que había soñado que dijera. Había esperado años para escuchar esas palabras, antes de saber quién era o lo que había significado para mi madre.

—Y saber que el hijo al que le di todo te hizo daño... —continuó diciendo, apretando los dientes.

—¿Lo sabías? —pregunté con un susurro que se llevó la brisa del mar.

—Estabas tan disgustada en la gala que pude verlo todo en tu cara. Le pedí explicaciones a Mark y él lo admitió todo. Muy satisfecho de sí mismo, por cierto. Me dejó claro que si intentaba evitar que te persiguiera contaría la verdad sobre nuestra relación. Después de todo lo que he puesto en esta campaña quería chantajearme, de modo que debía elegir entre mantenerte a salvo o salvar la campaña. —Su rostro se retorció en un gesto de amargura—. Pero ya no puede hacerte daño.

Me quedé inmóvil, paralizada por las palabras con las que yo misma había intentado consolarme la última vez que Mark me puso las manos encima.

—No lo entiendo. Mark se suicidó. —La última frase sonaba como una pregunta porque ya nada me parecía indudable.

—Esa es la impresión, ¿no?

En silencio, sacudí la cabeza, incapaz de creer lo que estaba dando a entender. No podía ser. Me levanté y di un par de pasos vacilantes antes de volverme de nuevo hacia él.

—Daniel, ¿qué estás diciendo?

—Creo que lo sabes.

—No… Dios mío. No puedes haberlo hecho… por mí.

Él arrugó el ceño.

—Sí, por ti. Hice lo que tenía que hacer, maldita sea. Mark estaba amenazándote y Blake me amenazaba a mí. Todos estaremos mejor sin él, te lo aseguro.

Se levantó para sacar un paquete de cigarrillos del bolsillo y encendió uno para dar una larga calada.

—¿Cómo que Blake estaba amenazándote?

Daniel rió agriamente.

—Debería haberlo imaginado cuando nos presentaste. No se puede ocultar un secreto a un hombre como Blake Landon. Parece que tener que ganar unas elecciones es una debilidad de la que mis enemigos están más que dispuestos a aprovecharse.

—Blake no es tu enemigo.

No tenía ni idea de lo que había pasado entre ellos, pero Blake sabía lo importante que era para mí mantener una relación con Daniel. No podía haberle hecho daño a propósito, aunque pensara que lo hacía por mí. Al menos, creía que así era.

La mirada de Daniel se volvió seria mientras daba un paso hacia mí, señalándome con el dedo.

—Cualquiera que me amenace es un enemigo, da igual cuáles sean sus intenciones. Blake me llamó el día después de la gala y dejó claro, en términos bien explícitos, que debía apartar a Mark de tu vida. Enviarle a algún sitio, a nuestra oficina de Nueva York o a una isla desierta, le daba igual mientras estuviera lejos de ti. Dijo que si no lo hacía se encargaría de poner en peligro mi campaña. Yo no soy un hombre a quien se amenace en vano, pero admito que sopesé mis opciones. —Daniel expulsó una nube de humo por la comisura de los labios—. Ahora tú estás a salvo, la campaña está a salvo y Blake está satisfecho por el momento. Todo el mundo contento.

—¿Tú… lo mataste?

—Hice lo que había que hacer —respondió, levantando la voz—. No digas que no te alegras de haberte librado de él, Erica. —Se pasó una mano por la frente—. Margo, pobrecita, es la única que está sufriendo, pero ella quiere que gane más que nada. Y ahora ganaremos.

—¿Qué quieres decir?

Daniel se encogió de hombros, dando otra calada al cigarrillo.

—Los números están subiendo. La muerte de Mark me ha pintado como un candidato humano con el que pueden identificarse. En cuanto cierren la investigación, que será pronto, conseguiré la nominación. No podemos perder.

No podía seguir escuchándolo. El hombre cariñoso que había visto unos minutos antes se había evaporado, reemplazado por un tipo soberbio y calculador cuya única preocupación era la carrera más corta hacia el éxito. No sabía dónde quedaba el orgullo que sentía por mí en ese escenario, y no quería saberlo.

Me di la vuelta hacia el camino. Daniel me llamó, pero seguí caminando entre la espesa niebla.

No podía pensar con claridad, no podía creer lo que acababa de ocurrir. Mark estaba muerto y Daniel lo había matado. ¿Por mí o por su campaña? ¿Quién haría algo así, por la razón que fuera? Evidentemente, me había metido en algo que no podía controlar. Aquella situación me superaba.

El hombre de pelo anaranjado apareció al final del camino, bloqueando la salida con sus anchos hombros. No era Clay, pero tampoco era alguien con quien se pudiera jugar. Aminoré el paso cuando llegué a su lado.

—El señor Fitzgerald necesita hablar con usted. Espere aquí.

Me di la vuelta. Daniel salía de entre la niebla e iba directo hacia mí, sin ningún cariño en los ojos. Intenté escapar, pero solo había dado un par de pasos cuando el matón me agarró por la pechera de la camisa.

—Suéltala, Connor.

El hombre obedeció y di un par de tímidos pasos hacia mi coche, intentando poner la mayor distancia posible entre ellos y yo.

—No me has dejado terminar.

—¿Qué más tienes que decir? ¿Has matado a tu hijo y quieres que te felicite?

—Mark no era hijo mío, pero tú sí. Oficialmente eres una Hathaway, pero por lo que a mí respecta eres una Fitzgerald.

—¿Qué significa eso?

—Dentro de unos meses estaré sentado en el sillón del gobernador. Y luego, antes de que nos demos cuenta, llegaré a Washington y tú estarás allí para ayudarme.

—¿Cómo voy a ayudarte? Yo no sé nada de política.

—Haz que tu negocio sea rentable y véndelo. O no lo hagas, me da igual, pero te quiero como directora de mi campaña en redes sociales. Tú eres más inteligente que la gente que trabaja para mí ahora mismo.

Me quedé de piedra. No podía haber urdido ese retorcido plan pensando que yo lo celebraría.

—No quiero saber nada de eso. Me gusta mi vida tal y como es, muchas gracias.

El rostro de Daniel se retorció en una desagradable mueca.

—Ah, claro, casi había olvidado a nuestro amigo, Landon. No te dejará ir tan fácilmente, ¿verdad?

—Lo dudo, ya que ha invertido cuatro millones de dólares en mi empresa.

—Devuélveselos.

—¿Cómo? No puedo devolverle ese dinero, no lo tengo. Ya he empezado a invertir…

—Yo te ayudaré a devolverlo.

—Eso es absurdo, Daniel. Tal vez deberíamos hablar en otro momento, cuando las cosas no sean tan complicadas. Me estás pidiendo que renuncie a todo aquello por lo que tanto he trabajado.

—Eso no sería lo único a lo que tendrías que renunciar.

—¿Qué quieres decir?

—Landon. Tienes que librarte de él.

Se me heló la sangre en las venas.

Daniel esbozó una sonrisa perversa.

—Bueno, no del todo. Me daré por satisfecho si lo apartas de tu vida mientras trabajes conmigo. Si es así, no tendré que despacharlo de forma... definitiva.

Apreté los puños, intentando controlar la ira que se había apoderado de mí. No podía decirlo en serio.

—Blake no es una amenaza. Me quiere y estás loco si crees que lo dejaría solo porque...

De repente, levantó una mano y me dio una bofetada que me hizo caer sobre el coche. Dolida y atónita, conseguí mantenerme en pie mientras me llevaba una mano temblorosa a la cara. El dolor no era nada comparado con la sorpresa de que hubiera hecho algo así y sin vacilar. Me incorporé despacio, temiendo mirarlo.

Tenía que escapar, pero antes de que pudiese idear algún plan se acercó a mí, su rostro a un centímetro del mío. Tragué saliva con dificultad, pegándome al coche mientras intentaba respirar.

—Eso ha sido una advertencia.

Su tono implacable, helado, hizo que un escalofrío me recorriese de arriba abajo.

—Me da igual el dinero que tenga Landon, nadie me amenaza y se va de rositas. Harás lo que te pido o tendré que cargármelo. No será el primero que se me atraviesa y dudo que sea el último. Yo protejo lo que es mío a costa de lo que sea y ahora mismo Landon se ha interpuesto en mi camino.

El veneno que había en su tono me hizo retroceder. Estaba sorprendida, aturdida, demasiado asustada como para responder. Solo me atreví a mirar a Connor, que permanecía apático e inmóvil detrás de Daniel.

Las posibilidades de escapar de aquella situación estaban empezando a esfumarse y el miedo se apoderó de mí.

Estaba atrapada.

Horrorizada, levanté la cabeza para mirar a Daniel, intentando leer sus pensamientos, y él me devolvió la mirada con un brillo satisfecho en los ojos.

—No lo harías —lo desafié, intentando no mostrar el miedo que me atenazaba.

Cuando levantó una mano cerré los ojos y di un paso atrás, pero los abrí cuando pasó los nudillos por mi dolorida mejilla en un sorprendente gesto de ternura después de lo que había dicho y hecho.

—Claro que lo haría, Erica. No lo dudes —afirmó en voz baja, con deliberada lentitud—. Tú eres inteligente y no tardarás mucho en aprender cómo funcionan las cosas en esta familia. Si te importa Landon, te alejarás de él. No necesitamos más accidentes, ¿lo entiendes?

El miedo me paralizaba. Nada había estado más claro en toda mi vida. Tragué saliva antes de responder, intentando que mi voz sonase firme:

—Lo entiendo.

10

—*D*éjame aquí.

Connor detuvo el coche a unas manzanas de mi oficina. Alargué una mano para abrir la puerta, pero Daniel me sujetó la muñeca para impedir que saliera del vehículo, que era lo único en lo que había pensado en los últimos veinte minutos. Había estado a punto de saltar del coche mientras estaba en marcha, pero me dio miedo.

—Sé que piensas que lo he hecho por la campaña, pero lo he hecho por ti —empezó a decir Daniel—. He hecho un sacrificio y ahora tú tienes que hacer otro.

Miré por la ventanilla, angustiada. Después de todo lo que había pasado, ¿quería que le diera la bendición, que lo perdonase? Era casi para echarse a reír.

—Mírame.

Cerré los ojos un momento antes de obedecer.

—Tú lo sabes todo y no puedo arriesgarme. Intenta entender lo que está en juego antes de odiarme.

Vi un brillo de remordimiento en sus ojos. Tal vez empezaba a darse cuenta de lo que había hecho, pero la parte de mí que podría haberse ablandado ante esas palabras había muerto para siempre. Unos días antes anhelaba conocerlo mejor, pero ahora sabía quién era en realidad Daniel Fitzgerald, un hombre oscuro y violento, capaz de todo. Había visto demasiado y no había forma de volver atrás.

—¿Puedo irme ya?

No podía soportar su proximidad. Anhelaba librarme de él y de su maldito matón. Sus amenazas y su retorcida idea del amor paternal estaban sofocándome. El deseo de gritar era imperioso y si no salía pronto del coche iba a explotar.

Por fin, me soltó. Salí del coche despacio, cuando lo único que quería era correr todo lo rápido que me llevaran las piernas. En lugar de eso, mantuve un paso normal mientras iba a mi oficina, sin mirar atrás.

Cuando entré, James estaba allí, con la mirada pegada a la pantalla de su ordenador.

—Oye, ¿qué te pasa? —exclamó, levantándose.

No había llorado, pero me ardía la cara y debía de tener la mejilla hinchada. Miré al suelo, avergonzada y notando el escozor de la bofetada. Pero mi aspecto daba igual; nada podía ser tan horrible como lo que sentía por dentro.

—Estoy bien.

Estaba dispuesta a trabajar con lo que James hubiera encontrado, pero no podía pensar con claridad. Imposible.

—Tendremos que seguir el lunes, pero gracias por venir.

James se quedó callado un momento y luego me levantó la cara con un dedo. Sus ojos eran sorprendentemente intensos. Nunca había estado tan cerca de él a la luz del día como para verlos, pero eran de un azul profundo con pintitas grises. Acarició suavemente la dolorida mejilla con el dorso de la mano, su expresión indescifrable.

—¿Quién te ha hecho eso?

Di un paso atrás, asustada de repente por el contacto.

—Nadie. No es nada, estoy bien.

Entré en mi despacho para no seguir hablando. Me temblaban tanto las manos que apenas era capaz de reunir mis cosas para meterlas en el bolso.

—Erica...

—Nos vemos el lunes.

Me despedí a toda prisa y pasé a su lado antes de que pudiese decir nada más.

*C*aminé durante varias manzanas hasta que mis pies ya no podían llevarme a ningún sitio y me dejé caer sobre un banco de un parque medio escondido en medio de la ciudad. Las calles estaban tranquilas, las nubes habían empezado a evaporarse y el sol intentaba salir de nuevo. Desgraciadamente, nada de eso lograba animarme.

La amenaza de Daniel daba vueltas en mi cabeza. Si estuviéramos jugando con algo que no fuera la vida de una persona podría haber pensado que iba de farol. Pero había matado a Mark. Incluso había hecho que pareciese un suicidio, y la policía, aunque no estuviese comprada, seguramente lo creería. Daniel no aceptaría que fuese de otro modo. Caso cerrado, la vida de alguien sesgada de repente. La de Mark no era precisamente la más honorable, pero ¿quién era Daniel para robársela?

Si había matado a su propio hijastro ¿qué podría evitar que hiciese lo mismo con Blake? Daniel tenía mucho poder, una impresionante red de contactos cimentada durante varias generaciones y era capaz de hacer que alguien desapareciera si decidía que eso era lo que tenía que pasar.

Mi única duda era si lo haría sabiendo lo que Blake significaba para mí. Claro que eso dependía de lo que yo significase para Daniel. Por un lado, me había dicho que se sentía orgulloso de mí. Por otro, me había abofeteado y parecía obtener un perverso placer de tener el control sobre mí. Yo no llamaría a eso amor paternal.

Pero tenía que encontrar la salida de aquella trampa sin tener que separarme de Blake. Si tuviese más tiempo intentaría hacer entender a Daniel que Blake no era una amenaza, que no era su enemigo. Si pudiese hacerlo, habría alguna esperanza de futuro para Blake y para mí.

De algún modo tenía que convencer a Blake para que me diera ese tiempo, aunque esa no era una conversación que pudiese imaginar en este momento. Nos peleábamos, pero queríamos estar juntos. Estábamos más unidos que nunca y ahora tenía que poner distancia entre los dos. Si no lo conseguía... no podía ni pensar en lo que podría ocurrir si no lo conseguía.

¿Y con quién podía hablar? No podía confiárselo a Alli porque se lo contaría a Heath. Marie se moriría de preocupación o peor, llamaría a la policía. Cualquiera que supiera que Daniel había matado a su hijastro, aunque fuera supuestamente en mi beneficio, sería otra persona cuya vida pondría en riesgo. Tenía que llevar sola la carga de esa terrible verdad, al menos por el momento.

No sabía cuándo volvería Blake de San Francisco, pero tenía que marcharme del apartamento, de modo que llamé a Marie.

—¿Va todo bien? —me preguntó.

—Tengo que hablar contigo sobre Daniel.

Al otro lado se hizo un silencio.

—¿Sobre qué? —preguntó Marie por fin.

—Quiero saber qué ocurrió entre mi madre y él. Todo lo que sepas.

La oí suspirar y supe de inmediato que no iba a ponérmelo fácil.

—Erica, estás hablando con la persona equivocada. Tu madre era quien lo conocía, no yo.

—Pero tú la conocías a ella. Eras su mejor amiga.

—¿Y qué? Daniel y ella tuvieron un breve y apasionado romance y después se separaron. Esa es toda la historia. No sé qué quieres que te cuente, de verdad.

Cerré los ojos, pensando en mi madre. Su rostro, su bonito pelo rubio y su sonrisa, cómo me abrazaba cuando pedía consuelo. La necesitaba en este momento más que nunca.

Se me hizo un nudo en la garganta y respiré hondo para calmarme. Llorar no me llevaría a ningún sitio. Mi madre había muerto y mi padre era un sociópata, un asesino. Esos eran los hechos con los que tenía que lidiar.

—¿Puedo quedarme en tu casa durante un tiempo? Tal vez un par de semanas, hasta que encuentre otro apartamento —dije por fin.

—Sí, claro. ¿Quieres que vaya a buscarte? Me estás preocupando.

Su tono había pasado de defensivo a angustiado, pero convencerla de que estaba bien sería más fácil que convencer a Blake de que debíamos romper nuestra relación.

—Tomaré un taxi. No te preocupes, Marie.

—Muy bien, aquí estaré.

Corté la comunicación y emprendí el largo camino de vuelta a casa.

*P*asé una última noche en el apartamento. Estaba agotada por los sucesos del día y necesitaba ordenar mis pensamientos antes de poder hablar con nadie, pero el sueño no me sirvió de alivio. Di vueltas y vueltas en la cama y desperté sobresaltada, frenética, temiendo que hubiera pasado algo.

Una capa de sudor frío cubría mi piel y me envolví en la manta. El sueño parecía haber hecho realidad mi peor pesadilla, que Daniel había cumplido su amenaza, que Blake había desaparecido para siempre.

Apreté las rodillas contra mi pecho, intentando despertar del todo y volver a la realidad. Blake estaría a salvo solo si yo podía mantenerlo a salvo.

Pensar que, de algún modo, yo era culpable de lo que me estaba pasando, a mí y a todos, me pesaba como una losa. Porque así era, ¿no? Lo mirase como lo mirase, todo me señalaba a mí. Mark estaba muerto y su pobre madre nunca sabría la verdad.

Y, a pesar de que Blake intentaba mantenerme a salvo, de Mark y de la verdad, ahora estaba en peligro por mi culpa. Y lo que me esperaba en el futuro era tan desconocido para mí que no podía empezar a imaginarlo. Una vida al lado de Daniel, si no lograba solucionarlo. Pero ¿cómo? No podía imaginarme en un mundo de politiqueos, avaricia y manipulaciones. Un mundo que Mark había conocido bien, sin duda.

Me agarré a la visión de la vida que había soñado, y que no podía ver claramente unas horas antes, tal vez por miedo a lo que significaba. Una vida en la que había un futuro para Blake y para mí. Una donde estábamos juntos y nadie amenazaba con robarnos eso. Me atreví a pensar en el matrimonio, en formar una familia…

Entonces aparecieron las lágrimas y el agotamiento hizo que cayera en otro sueño intranquilo.

Daniel emergía de entre la niebla. Me había encontrado, me había atrapado. Podía hacerlo porque Blake había desaparecido para siempre. La escena se repetía una y otra vez hasta que pensé que nunca podría escapar. Me movía entre el sueño y la realidad, intentando purgar de mí tan terribles pensamientos, cuando el frío fue reemplazado por un repentino calor.

Suspirando de alivio, me relajaba. Sentía a Blake a mi lado, acariciando mi cara. El poder de nuestro amor podía compensar las amenazas de Daniel y la incertidumbre con la que me enfrentaba. Él podía hacer que todo eso desapareciese y en el sueño me aferraba a esa promesa.

Pero no era un sueño. Blake estaba conmigo, curándome con sus caricias, borrando el miedo con sus besos. A la suave luz de la habitación abrí los ojos y me encontré con los suyos. Tan familiares y, al mismo tiempo, tan extraños, los ojos que me miraban estaban llenos de cariño y preocupación.

Me tomó entre sus brazos y me besó profunda y apasionadamente. Le devolví el beso, desesperada por tenerlo a mi lado otra vez. Respiré su aroma, incapaz de creer que era real.

—¿Otra pesadilla? —susurró.

Negué con la cabeza. No, mi vida era la pesadilla en aquel momento. Me mordí los labios para disimular que temblaban. Él no lo sabía. No podía saberlo.

Blake inclinó la cabeza para besarme, pegado a mi costado, aún vestido después del viaje. Mi cabeza daba vueltas mientras intentaba separar los sueños de la realidad. El alivio de tenerlo a mi lado otra vez fue rápidamente cohibido por lo que eso significaba. Me agarré a él, tomándolo por los hombros como si estuviera a punto de irse. Tenía que mantenerlo a mi lado.

—Te he echado tanto de menos.

Me besó el cuello, el mentón, luego los labios de nuevo, como si no pudiera cansarse de mí, como si nada fuera suficiente y no pudiese decidir por dónde empezar.

—No puedo alejarme de ti.

El amor que había en su voz, rota de emoción, me rompía el alma. Si no me amase todo sería más fácil. Yo podría remendar mi corazón roto y reunir los pedazos como siempre había hecho antes, pero pensar que Blake pudiera sufrir solo una fracción de lo que sufriría yo por la separación era insoportable.

Metió una mano bajo mi camiseta para acariciarme los pechos, apretando un pezón entre el pulgar y el índice. El pellizco me hizo suspirar mientras me arqueaba hacia él.

—Hazme el amor, Blake. Por favor, no puedo esperar.

Lo acariciaba por todas partes, como memorizando cada centímetro de su cuerpo… los pectorales, los duros músculos bajo la cinturilla de los tejanos. Aplasté sus labios, apretándome contra él todo lo que era capaz. La intensidad de mis sentimientos me hacía temblar mientras intentaba apartar las capas de ropa que nos separaban. Nada tendría sentido a partir de ese momento. Tenía que amarlo esta noche, darnos eso a los dos.

Blake se desnudó antes de colocarse sobre mí, su ardiente piel haciéndome suspirar. Nunca lo había deseado tanto, nunca lo había amado tanto. Toqué su erección, la piel satinada quemando mi mano. No podía esperar un segundo más. Lo quería dentro de mí y él me penetró con una embestida.

Un grito ronco de emoción escapó de mis labios al sentir que me llenaba. Nunca nada había sido tan maravilloso. Nos quedamos así durante largo rato, abrazados, como si uno de los dos fuese a desaparecer en cualquier momento.

—Ahora estoy en casa. Aquí mismo.

Volvió a empujar y me arqueé hacia él, adorando cada embestida que conectaba nuestros cuerpos. Envolví los brazos y las piernas a su alrededor hasta que estuvimos tocándonos por todas partes, nuestros miembros enredados.

Blake me sostuvo la cara con una mano para atrapar mi mirada, pero no podía permitírselo y cerré los ojos. Temía lo que pudiese ver si miraba con atención. Me besó, empujando con más fuerza mientras lo hacía. Dejé escapar un gemido, deleitándome en las familiares oleadas de calor que saturaban cada célula de mi ser.

Intentaba no pensar en lo que ocurriría después, en el regreso al presente, en la oscuridad de una vida sin Blake. Intentaba no pensar en ello, pero la fría y dura realidad se abría paso poco a poco. Gemía de placer, pero mi cuerpo no parecía capaz de llegar al final.

Si pudiese dejar este momento en suspenso, nuestros cuerpos imposiblemente cerca, cubiertos de sudor, los labios de Blake aplastando los míos. Podría vivir sin volver a disfrutar de un orgasmo si eso significaba no tener que bajar a la tierra.

Giré la cabeza para mirar la oscura habitación, ausente y asustada. Él giró la cara con una mano, su expresión tensa, los ojos ardiendo.

—Maldita sea, ¿qué te pasa, Erica?

Tragué saliva, intentando encontrar las palabras.

—Lo siento. No pares, por favor.

—¿En qué estás pensando?

—En nada. No quiero pensar en nada más que en ti.

Blake se quedó inmóvil. Entonces, de repente, saltó de la cama para buscar algo en su bolsa de viaje, que había dejado delante de la puerta. ¿Cómo podía ver en la oscuridad? No estaba segura.

—¿Qué haces?

—Animarte un poco.

El colchón se hundió bajo el peso de su cuerpo.

—He estado pensando mientras estaba fuera, y creo que tú necesitas esto tanto como yo, pero empezaremos despacio.

Tragué saliva cuando me levantó los brazos por encima de la cabeza y me sujetó las muñecas con unas esposas de cuero, atando las correas que las conectaban a una barra del cabecero.

—¿Estás cómoda?

—¿Qué vamos a hacer?

Era un ruego más que una pregunta. Temía lo que iba a hacer, pero necesitaba algo que me hiciese olvidar y pronto.

Blake tiró de mí hacia abajo hasta que mis brazos quedaron del todo estirados. Me quedé sin aliento, con los músculos tensos en esa postura. Me dio un húmedo beso entre los pechos y suspiré. Iba de uno a otro, torturando mis pezones con cálidos roces de su lengua hasta volverlos hipersensibles, casi dolorosamente duros, sobresaliendo desvergonzadamente. Cuando me dio un suave mordisco, todo mi cuerpo se sacudió de placer.

Siguió acariciándome con una mano mientras metía la otra entre mis piernas para acariciarme el clítoris y rozar la abertura arriba y abajo una y otra vez hasta que mi sexo se convirtió en un río de lava.

Cuando creía que no podría soportarlo más, me tumbó boca abajo, con los brazos estirados hasta un punto casi doloroso. La correa de las esposas se enredó en el cabecero, aumentando la tensión en las muñecas.

Empezó a lamerme la espalda, haciéndome temblar, y luego se colocó a horcajadas sobre mí, apretándome con fuerza las caderas y el culo.

—He echado esto de menos. Soñaba cada noche con ponerte rojo el trasero.

Me mordí los labios. Sabía lo que iba a pasar y sentí un latido de deseo entre las piernas.

—No te has portado muy bien mientras yo estaba fuera, ¿verdad?

Negué con la cabeza.

Blake dejó caer la mano sobre mi trasero, con una fuerza inusitada. El primer azote provocó cierto escozor, seguido de una inesperada oleada de placer.

—Otro hombre te ha tocado y no vamos a dejar que eso vuelva a ocurrir, ¿verdad?

Hice una mueca al recordar a James.

—Erica, respóndeme. —Su voz sonaba seca y cortante mientras volvía a azotarme.

—No, te lo prometo.

Siguió castigando el mismo sitio hasta que me mordí los labios con una mezcla de adrenalina e inexplicable placer. No eran azotitos juguetones, sino golpes duros y tan sonoros que hacían eco en la habitación, pero esperaba ansiosamente el siguiente. Sus manos caían con tal fuerza sobre mi piel que juraría que estaba siendo castigada de verdad.

Y quería que así fuera. Me convencí de que Blake estaba castigándome y yo estaba dejando que lo hiciera. Por ponerlo celoso, por dejar que James se acercase demasiado. Y por lo que estaba a punto de hacerle, de hacernos a los dos, lo merecía.

—Quiero oírte. —Su mano hizo contacto con mi culo una vez más, pero ya no sentía el escozor porque mi piel estaba casi entumecida por las endorfinas—. Quiero escuchar esos gemiditos tuyos y saber que lo que te estoy haciendo te vuelve loca.

No emití ningún sonido, un grito quemando en mi garganta.

—Erica —repitió, y el tono seco de su voz me despejó.

—¡Más! —grité—. Quiero más. Más fuerte.

Inexplicablemente, así era.

Blake exhaló un suspiro.

—¿Estás segura?

Levanté las caderas y me agarré al cabecero.

—Blake, por favor —gemí, deseando un dolor que creía merecer.

Blake saltó de la cama y oí que tomaba algo del suelo. Un segundo después se colocó a horcajadas sobre mí y noté el roce de un ancho cinturón de cuero pasando por mi espalda. Me sudaban las manos de miedo y de lujuria, pero me agarré con fuerza al cabecero. Un ligero temblor se abría paso a través de mi cuerpo. Respiraba con dificultad, luchando para encontrar aliento mientras esperaba.

—Dime si es demasiado —murmuró—. Dímelo, ¿de acuerdo?

Me arqueé hacia arriba, mi cuerpo pidiendo más antes de que mi mente pudiese entenderlo. Cualquier castigo que recibiera lo había merecido o estaba a punto de hacerlo.

—Hazlo.

Oí el chasquido del cuero sobre mi piel antes de que mi cerebro registrase el golpe y luego abrí la boca en un grito sin voz.

«Coño, eso duele de verdad.»

Blake se detuvo, esperando que dijese algo. Cuando no lo hice, me azotó de nuevo. Mordí la almohada para contener un grito. Desde luego, dolía. Todo mi cuerpo se encogía ante cada golpe.

«¿Por qué estás haciendo esto?»

Mis ojos se inundaron de lágrimas y tenía un nudo de emoción en la garganta.

«Te lo mereces.» «Tú lo has hecho.» «Es culpa tuya, acéptalo.»

—¿Estás bien, cariño?

—Hazlo, coño, no pares —murmuré, mi voz rota por el deseo de gritar.

Él vaciló un momento, y luego siguió usando el cinturón con golpes mesurados, dejándolo caer sobre sobre mi culo y mis muslos una y otra vez. Por alguna razón, el dolor conseguía romper la neblina de tristeza que había caído sobre mí. Sollocé sobre la almohada sin poder evitarlo. Las lágrimas rodaban, saturando la tela, limpiándome.

Disfrutaba del castigo, agradeciendo la manifestación física de todos mis miedos. Estaba liberándome. Aunque él seguía azotándome, mi cuerpo se relajó del todo como si me hubiera roto, como si no fuera yo misma quien recibía el castigo. No podía entender por qué, pero lo que estábamos haciendo me parecía perfecto.

Cuando dejé de sollozar, Blake se detuvo. Tiró el cinturón al suelo y besó mi espalda suavemente, deslizándome los dedos por la piel para calmar el escozor. Sentía su gruesa erección sobre mis posaderas, el peso de su cuerpo casi doloroso sobre la piel lastimada. Placer y dolor… Blake era un maestro ofreciendo ambas cosas. Y ahora necesitaba placer, estaba preparada para recibirlo.

—Sé que no ha sido fácil, Erica. Estoy orgulloso de ti.

Su cariñoso tono de voz era un consuelo y un cambio más que bienvenido. Ya no era el personaje autoritario que acababa de castigarme.

—Ahora voy a follarte y vas a correrte cuando yo te diga. Si no, volveré a castigarte. ¿Lo entiendes?

Afirmé con la cabeza. Aunque pronunciada con voz suave, la amenaza era seria.

Empezó a besarme entre las clavículas y los hombros, rozando la piel con los dientes, y mis pezones se irguieron de placer. Me dio la vuelta y me abrió las piernas para colocarse entre ellas, apartándome el sudoroso pelo de los ojos, pero al ver el rastro de las lágrimas arrugó la frente.

—Lo siento —murmuré.

Me sentía tan abrumada de emociones que pensé que mi pecho iba a estallar. Blake nunca sabría cuánto lo sentía.

Las arruguitas alrededor de sus ojos desaparecieron y buscó mi boca en un beso largo, lento, mientras empujaba la cabeza de su erección dentro de mí.

—Estaría mintiendo si dijera que no quiero que lo sientas, Erica. No puedo decirte lo que me hace verte así, entregándote de ese modo.

—Por favor… —le rogué, arqueándome hacia él, desesperada por tenerlo dentro.

Me quedé sin aliento cuando se enterró del todo, abruptamente. La sensación era abrasadora, una potente mezcla de placer y dolor.

—Joder…

—Erica —murmuró—. Necesito esto, te necesito.

Algo se rompió dentro de mí al escuchar esas palabras. El ansia me consumía y lo apreté con todas mis fuerzas. Él se apartó un poco, dejando dentro solo la punta, y volvió a enterrarse después. Rodeé el cabecero con los dedos cuando un grito ronco escapó de mi garganta.

—Así, cariño. Déjate ir.

Su voz ronca me llevó al precipicio. Solo que el precipicio se había convertido en una avalancha de la que ya no podía escapar. Un par de embestidas más y me perdí, incapaz de seguir luchando. El orgasmo estaba a punto de llegar, me gustase o no. Me sentía perdida en un mundo que Blake creaba para mí, borracha de placer, pero queriendo más.

Se enterró hasta el fondo, sus caderas golpeando las mías con fuertes envites. Su polla crecía, haciéndose increíblemente gruesa y dura. Me mordió el lóbulo de la oreja y lo chupó, rozándolo con los dientes.

—Mía, eres mía. Tu cuerpo, tu corazón, cada parte de ti —me susurraba al oído para que no lo olvidase ni por un segundo.

—Soy tuya.

Las lágrimas reaparecieron cuando mi cuerpo se rindió por fin.

—Córrete, cariño. Dámelo todo.

El cuero de las esposas se me clavaba en la carne e intenté quitármelas. Con los brazos estirados sobre la cabeza y las piernas abiertas, estaba completamente a su merced cuando el orgasmo se apoderó de todo mi cuerpo, su nombre en mis labios. Durante un segundo, fue como si el peso que llevaba sobre mis hombros desapareciera y nada más importase.

—¡Erica! —rugió.

Temblaba mientras se derramaba dentro de mí. Un segundo después se dejó caer sobre mi pecho, cubierto de sudor, exhalando un suspiro ronco.

Me desató las manos y masajeó las muñecas enrojecidas antes de apartar una última lágrima. Los dos estábamos agotados, esencialmente desnudos después de esta experiencia. Con mi última gota de energía lo envolví en mis brazos, enganchando una pierna en sus caderas. Necesitaba tenerlo cerca, no podía dejarlo ir aún.

Nos quedamos así, en silencio, durante largo rato. La intensidad de lo que habíamos hecho daba vueltas en mi cabeza, pero no sabía lo que significaba. En vista de lo que traería el mañana, tal vez no significaba nada en absoluto.

—Lo siento —susurró él por fin.

—Te quiero —musité antes de caer en un sueño sin pesadillas.

11

Sube a desayunar cuando despiertes.
Te quiero,
Blake

Dejé la nota sobre la almohada y volví a caer sobre la cama, mirando el techo como si allí estuviera escrita la respuesta a todos mis problemas.

Aún tenía tiempo.

Salté de la cama para ir al baño e intenté domar mi pelo, que estaba hecho un puto asco. Tenía marcas de huellas en las caderas y mi culo estaba cubierto por docenas de diminutos puntitos rojos, capilares rotos de los azotes que Blake me había dado por la noche. Sentí que me ardía la cara.

Atada y a su merced en la oscuridad, había sobrevivido al inesperado regreso de Blake sobreponiéndome a mis miedos. Más que eso, de alguna forma lo necesitaba para distraer los locos pensamientos que me daban vueltas en la cabeza. Mi miedo a dejar que llevase el control había parecido pequeño e insignificante en vista de la tragedia que estaba por llegar.

Después de ducharme y vestirme miré por la ventana. El Tesla de Blake estaba aparcado frente al edificio. A unos metros había un Lincoln negro y casi podría jurar que había visto un mechón de pelo anaranjado en el asiento del conductor. Un ruido al otro lado del apartamento desvió mi atención.

Entré en el salón con los nervios de punta y al ver que Sid estaba haciendo el desayuno me relajé un poco. Al menos no tendría que hablar con Blake inmediatamente. No tenía energías para pensar cómo iba a decirle que lo nuestro había terminado. No tenía planes para eso, ningún plan.

—Te has levantado muy temprano, Sid.

—Estoy intentando cambiar mi rutina. Nuestros amigos hackers deben de estar de vacaciones, así que no he tenido que quedarme toda la noche en la oficina, por suerte.

—¿En serio? ¿Han dejado de atacarnos?

—Eso parece.

—Vaya.

Recordé entonces mi encuentro con Trevor. No parecía tener un gramo de compasión en su alma y nuestra conversación no podía haberlo convencido para que dejase de atacarnos, pero tal vez ir a buscarlo a su casa lo había asustado tanto como para que nos dejase en paz. Me pregunté si habría hecho lo mismo con los negocios de Blake o si había decidido solo perdonarme a mí.

—Con un poco de suerte dejarán de molestarnos del todo y podremos volver a concentrarnos en el trabajo.

—¿Crees que lo harán?

—No tengo ni idea. El código es tan sólido ahora que no creo que puedan traspasarlo otra vez, pero es imposible defenderse de lo que no podemos ver. Supongo que tendremos que esperar a ver si vuelven a aparecer.

—Claro —asentí—. Mira, Sid. Sé que a ti te da igual, pero voy a alojarme en casa de una amiga durante unos días. Si no me ves por aquí, no te preocupes.

—Pero ¿vas a ir a la oficina?

—Sí, claro.

Se sentó en un taburete frente a la encimera con gesto impasible, pero vi un brillo de preocupación en sus ojos cuando levantó la mirada.

—¿Va todo bien?

Aunque estaba intentando disimular, saber que le importaba significaba mucho para mí. La nuestra era una extraña amistad que, a su manera, se había hecho más profunda con el tiempo. Y no sabía cómo responder.

—Creo que pronto todo estará bien. El tiempo lo dirá.

Sid se limitó a asentir con la cabeza, aunque estaba siendo críptica y ni yo misma lo creía. Afortunadamente, mi compañero de piso no era de los que se metían en la vida de nadie.

*L*lamé despacito a la puerta del apartamento de Blake, aunque tenía una llave en el bolsillo. Él me recibió con una sonrisa de esas que quitan el sentido. Estaba tan guapo con los tejanos gastados, una simple camiseta blanca y el cabello despeinado. A pesar de la larga noche, tenía un aspecto descansado y feliz.

—Hola, preciosa.

Me tomó en brazos para darme un beso y se lo devolví, esclava de esa costumbre de derretirme con sus caricias y desear su piel sobre la mía.

¿Qué demonios estaba pensando? Nada en aquella conversación iba a ser fácil.

—¿Qué quieres desayunar?

Blake me dejó en el suelo, pero no se apartó, enredando un mechón de mi pelo entre sus dedos. Sacudí la cabeza, incapaz de mirarlo a los ojos directamente.

—¿Estás bien?

—Sí. —Me quedé inmóvil, paralizada—. ¿Podemos... hablar?

—Sí, claro.

Entrecerró los ojos mientras entraba en el apartamento y cerraba la puerta. Se dirigía al salón, pero yo me quedé en el pasillo porque no quería ponerme demasiado cómoda. No podía dejarme llevar por la típica rutina de besos y caricias.

Cambié el peso del cuerpo de un pie a otro un par de veces y él enarcó una ceja. Mierda. Debería haberle enviado un correo. No podía hacer aquello cara a cara.

«Puedes hacerlo. Tienes que hacerlo.»

—Creo que necesitamos darnos... algo de espacio.

Me castañeteaban los dientes y tuve que apretar los puños para darme valor.

La sonrisa desapareció de sus labios.

—¿Qué quieres decir? —me preguntó en voz baja.

Joder, aquello estaba pasando. Estaba pasando de verdad.

—Voy a alojarme unos días en casa de Marie. Necesito tiempo para pensar y… creo que será más fácil si no estoy aquí.

—¿Cuánto tiempo?

—No lo sé.

No sabía cuánto tiempo me haría falta. Aún no había desesperado del todo y creía poder solucionar la situación, pero necesitaba tiempo para encontrar la forma de hacerlo. No podía arriesgar la vida de Blake. Su vida… no podía jugar con ella. Pensar que Daniel cumpliese su amenaza me encogía el corazón y ese pensamiento terrible me procuró la resolución que necesitaba.

Tenía que preservar su vida a toda costa. Blake me había elegido, había intentado protegerme, y allí estábamos.

—¿Se puede saber qué pasa? ¿He hecho algo malo?

Negué con la cabeza. No quería que se culpase a sí mismo, pero sabía que acabaría haciéndolo.

—Ahora mismo todo es… demasiado. Tengo mucho trabajo pendiente y no puedo concentrarme. Y luego la muerte de Mark… aún no he tenido tiempo de procesarlo todo.

Tristemente, todo eso era verdad, pero había otra razón que no podía contarle.

—Y no puedo hacerlo estando a tu lado ahora mismo.

Él sacudió la cabeza, mirándome con cara de perplejidad. Iba a dejar el mundo seguro de Blake Landon, a alejarme de su lado.

—No, joder, de eso nada. Ya encontraremos la solución. ¿Aún no hemos tenido oportunidad de hablar desde que volví de San Francisco y ahora me vienes con esas?

Lo interrumpí enseguida, temiendo que se hiciera dueño de la conversación.

—He pensado mucho mientras estabas en San Francisco.

«En cuánto te quiero y que no puedo respirar sin ti.»

—Y creo que esto es lo mejor ahora mismo. Me importas mucho y…

—¿Te importo mucho? —repitió él frunciendo el ceño.

Había tocado donde más dolía.

Blake dio un paso adelante y yo un paso atrás contra la puerta, como si su tono enfadado pudiese tirarme al suelo.

Su ira era como un golpe físico. El veneno de sus palabras rápidamente se abrió paso a través de mi ser. Las lágrimas amenazaban con hacer su aparición y cerré los ojos para intentar evitarlo.

—Por favor, Blake, dame un poco de tiempo. Eso es todo lo que te pido. —Mi voz era un susurro.

—¿Es por James?

Lo pensé un momento. Me había dado una razón a la que podría agarrarme, una que le haría daño. Podría mentir y me creería. Pensar que le había sido infiel sería tan devastador para Blake que mataría el amor que sentía por mí, y no se cuestionaría si estaba diciendo la verdad.

Sacudí la cabeza. No podría soportar el contragolpe que resultaría de esa falsa admisión.

—No, Blake, esto no tiene nada que ver con James.

—Hay algo que no me cuentas, estoy seguro. ¿Cómo hemos pasado de que estuvieras borracha y dispuesta a hacer sexo telefónico y lo de la noche anterior, que fue asombroso, por cierto, a esto que me dices ahora?

Necesitaba respuestas y no me dejaría ir sin ellas. Tal vez después de un tiempo, cuando nos hubiéramos acostumbrado a la separación, podría inventar una razón que tuviera sentido. Pero en este momento todo era demasiado crudo, demasiado reciente. Además, Blake sabría que estaba mintiendo.

Había demasiadas cosas por decir, pero no podía contarle la verdad porque iría a buscar a Daniel y entonces el desastre sería mayor. Dios, tal vez ninguno de nosotros sobreviviría, como en una película de Quentin Tarantino, donde no puedes contar la cantidad de cadáveres ensangrentados que van quedando tirados por el suelo. Nosotros estaríamos entre esos cadáveres, nadie ganaría nada y solo sería un lío cruento.

—Siempre te querré —susurré, temiendo poner en esas palabras la pasión que sentía en realidad.

Una vez pronunciadas me relajé un poco. Era la verdad y, aunque solo fuera eso, Blake tenía que saberlo.

—Sé que estás enfadado y tienes derecho a estarlo, pero, por favor, no dudes de mi amor.

Blake se acercó para poner las manos a cada lado de la puerta y di un respingo. Como un animal maltratado, por un momento pensé que iba a golpearme como había hecho Daniel. Pero entonces bajó las manos y me miró con cara de sorpresa. Respiré hondo. Me gustaría poder contarle quién había plantado ese miedo en mí para que no dudase de sí mismo, pero no podía hacerlo.

«Esto va a doler.» Yo estaba allí para dar el golpe, no para suavizarlo.

Empecé a tirar del cierre de las pulseras que me había regalado y saqué los dos amuletos de brillantes. Esperaba que los aceptase, pero se quedó inmóvil, clavando en mí su penetrante mirada entre verde y parda.

Giré la cabeza, temiendo que leyese en mis ojos la verdad. Cuando no aceptó los amuletos pasé a su lado y los dejé sobre la encimera, junto con la llave de su apartamento.

—Espera.

Yo miraba la puerta, dispuesta a salir corriendo.

Estaba muy cerca, su aliento jadeante acariciando mi piel.

—Estás haciéndolo otra vez. Vas a salir huyendo.

—No estoy huyendo, sencillamente me voy.

—¿Y si no te dejo volver esta vez? ¿Cuántas veces voy a dejar que nos hagas esto, Erica?

Apreté los dientes, sabiendo que aquella podría ser la última vez que nos viéramos, la última oportunidad que me diera…

—¡Mírame, maldita sea!

Blake puso la mano en la puerta de golpe y di un nuevo respingo. Tomando aire, me volví lentamente para mirarlo.

—Dime por qué haces esto y yo te diré por qué no está bien.

—Ya te he dicho que necesito tiempo.

—Y una mierda.

—Tengo que irme.

—Tienes que quedarte aquí conmigo, donde debes estar.

Cerré los ojos mientras sacudía la cabeza. No podía creer que hubiese encontrado fuerzas para despedirme de él, pero me estaba hundiendo. Mi amor por Blake luchaba contra una amenaza de la que necesitaba protegerlo.

Tenía que marcharme antes de perder el valor y me di la vuelta sin decir una palabra.

Intentaba moverme rápidamente, pero el caos de emociones me tenía como entumecida. Así que lo hacía como un autómata mientras guardaba algo de ropa en la maleta, mareada e insegura, las lágrimas nublando mi visión. Cómo lo hice en ese estado es algo que nunca sabré, pero metí en ella todo lo que necesitaría para un par de semanas.

Sid estaba escondido en su habitación, de modo que por suerte no tuve que despedirme de él. Salí del apartamento y, por pura costumbre, miré a un lado y a otro de la calle, buscando el Escalade negro y a Clay. La amenaza de Mark había desaparecido y Blake había vuelto a la ciudad. Ya no estábamos juntos, de modo que no había necesidad de niñera. Pero, a pesar de no querer un guardaespaldas, casi me había encariñado con él.

De repente miré calle abajo y noté una presencia nada bienvenida. Connor, que estaba apoyado en un coche, me saludó con la cabeza; un mero gesto de cortesía, pensé, ya que su misión era informar a su jefe de todos mis movimientos. Y seguiría siendo así hasta que Daniel creyera que todo había terminado entre Blake y yo.

Me acerqué a él, la maleta rodando ruidosamente sobre el pavimento.

—Puedes decirle que se ha terminado. Y ahora vete a tomar por culo.

Su gesto era tan desabrido y frío como la última vez que nos vimos.

—Le daré el mensaje.

Pasé a su lado y paré un taxi para ir a casa de Marie, a las afueras de Boston. Cuando giramos en la avenida Commonwealth, miré hacia atrás para comprobar si Connor me seguía. Por suerte, no era así. Marie era la última persona a la que quería involucrar en aquella situación. Daniel no sabía que Marie y yo seguíamos en contacto y ella era la única persona, aparte de Blake, que sabía que Daniel Fitzgerald era mi padre.

Mientras el taxi se abría paso entre los coches yo observaba a la gente que caminaba por la acera, practicando su rutina diaria. Gente normal, feliz, con problemas fáciles de resolver mientras yo dejaba atrás el único hogar que había tenido nunca…

Blake tenía razón: estaba huyendo. Huía a la desesperada y sin rumbo de la vida que yo misma había creado con tanto esfuerzo, la vida que tanto amaba.

12

*M*arie no me hizo ninguna pregunta cuando llegué a su casa. Sencillamente, me abrazó tan fuerte que casi me hizo daño y yo sollocé sobre su hombro, intentando desahogarme.

—Sea lo que sea lo arreglaremos, cariño —me prometió.

Necesitaba escuchar eso de alguien que me quería y que no sabía nada del lío en el que estaba metida. Necesitaba escuchar que todo iba a salir bien. Deseaba tanto creerla.

Pasé el día mirando aburridos programas de televisión mientras ella salía a hacer unos recados. Quería llenarme la cabeza con tonterías, cualquier cosa para olvidar mi situación.

Después de disfrutar de una cena casera y un par de copas de vino, había empezado a relajarme un poco. Ya no me sentía tan entumecida y, por fin, había dejado de llorar. Eso tenía que ser un progreso.

Acabada la cena, fuimos al cuarto de estar y nos sentamos en sus dos grandes sofás. Marie puso música de jazz y me cubrí con una manta, sosteniendo en la mano una copa de vino.

—Perdona que haya aparecido así, de repente.

—No seas tonta. Puedes venir cuando quieras, día o noche. Esta también es tu casa.

—Gracias, eso significa mucho para mí.

Por desgracia, no tenía muchos otros sitios en los que refugiarme.

—¿Quieres contarme qué pasa? —me preguntó, inclinando a un lado la cabeza.

Por la cabeza me pasó todo lo que había ocurrido en los últimos dos días. Primero, la muerte de Mark, y, luego, la amenaza de Daniel. En cuanto se levantaba una carga, era reemplazada por otra. A pesar de mi ataque de nervios, no le había contado nada, de modo que ella pensaba que había tenido algún problema con Blake. Y, por el momento, eso era lo mejor.

—No, la verdad es que no —murmuré.

—Yo creo que deberías contármelo. Nunca te había visto así, cariño.

Estaba hecha unos zorros, es verdad. Debía de tener un aspecto horrible, pero agradecía no tener que poner buena cara. Cuando estaba con Marie podía ser yo misma, aunque no pudiese contarle toda la verdad.

—Nos hemos dado un respiro, nada más. No espero que sea fácil, pero te aseguro que es lo mejor para los dos.

—¿Qué te ha hecho?

—No es él, soy yo. Mira… de verdad no quiero hablar de esto ahora mismo.

Marie no parecía del todo satisfecha con mi respuesta, pero no insistiría. Nunca lo había hecho. Siempre me daba mi espacio, no me atosigaba con preocupaciones o preguntas. Y porque era así, normalmente acababa contándole más cosas de las que debería, pero esta vez iba a ser diferente.

—Pero sí quiero hablar de Daniel.

Marie suspiró, poniendo los ojos en blanco.

—Por favor, ¿otra vez con eso? Ahora mismo, seguramente tú puedes contarme más cosas sobre Daniel que yo a ti.

—¿Has visto las noticias?

Ella asintió con la cabeza.

—Sé que su hijastro ha muerto… una tragedia. ¿Has hablado con él?

—Sí. Y se lo ha tomado bastante bien.

Mi tono era más sarcástico de lo que pretendía. El vino estaba empezando a soltarme la lengua y dejé la copa sobre la mesa. No podía cometer ese error, había demasiadas cosas en juego.

—Quiero que me cuentes todo lo que sepas sobre él. No quiero que intentes suavizar o edulcorar el pasado. Te aseguro que no me hago ilusiones.

Marie se quedó en silencio durante unos segundos, acariciando el borde de su copa. Cuando nuestros ojos se encontraron supe que había más de lo que me había contado. Sin duda, por mi propio bien.

—¿Por qué esa obsesión? ¿No se te ha ocurrido pensar que Patty no te lo contó por alguna razón?

—Pienso en ello todos los días.

¿Y si no hubiera sido tan curiosa? Entonces no habría vuelto a ver a Mark, estaría a salvo y él no habría muerto. Blake no sería responsable a medias conmigo del supuesto suicidio, y su vida no correría peligro. Todo sería tan diferente, tan sencillo.

—Quiero saberlo porque no confío en él del todo —le confesé por fin—. Daniel me quiere en su vida. No como su hija públicamente, claro, pero necesito saber dónde voy a meterme. Además, su mujer quiere que mantenga las distancias. Es todo un poco complicado. En fin, he pensado que podrías contarme algo sobre su pasado. Al menos, me gustaría saber quién era entonces.

Marie miró su copa haciendo una mueca.

—Pensaba que nunca lo encontrarías, pero en cuanto lo hiciste tuve la horrible premonición de que acabaríamos así.

—¿Así cómo?

—Teniendo que contártelo todo. Patty me hizo prometer que nunca te lo explicaría y hasta ahora he podido cumplir esa promesa porque nunca te has interesado de verdad. ¿Y ahora me pides que incumpla sus deseos, después de tantos años?

Nada importaba más en aquel momento que escarbar para saber quién era Daniel Fitzgerald, qué clase de hombre era o había sido, quién le importaba de verdad. Tenía que encontrar la forma de razonar con alguien tan frío y despiadado, de modo que insistí, sin dejarme llevar por el sentimiento de culpa.

—No vas a incumplir sus deseos. Ya sé quién es Daniel y solo necesito que tú rellenes los espacios en blanco.

—Esa maldita fotografía. —Marie masculló una palabrota. Ella, que no solía decirlas nunca—. Estaban enamorados. Cualquiera podía verlo —siguió—. Una vez te dije que todo el mundo quería a Patty y es verdad. Además de guapa era divertida, carismática. Tenía una energía fabulosa que atraía a la gente y Daniel lo vio también. La persiguió, hizo todo lo que estaba en su mano. Era muy romántico y no tardó mucho en conquistarla. Unos meses después, tu madre estaba loca por él y eran inseparables.

—Entonces, ¿qué pasó?

—Estaba terminando el año académico y, por supuesto, ella quería saber adónde iba la relación y si había un futuro para ellos, pero cada vez que se lo preguntaba él le daba largas, diciendo que no debía preocuparse por eso, que hablarían cuando llegase el momento. Pero entonces tu madre descubrió que estaba embarazada y necesitaba una respuesta. Era el momento, tenía que saber si iban a seguir juntos.

—¿Daniel rompió la relación?

—No, la envió a casa de su familia, en Chicago, después de la graduación porque tenía que hablar con su gente. Y, por supuesto, una familia de políticos adinerados y poderosos como la suya tenía mucho que decir sobre la situación. Daba igual que Patty fuese también de buena familia. Él podía pasarlo bien todo lo que quisiera, pero esperaban que se casara con la mujer adecuada, alguien que pudiese dar realce a los Fitzgerald.

—Pero eso suena tan anticuado.

—No lo creas. Cuando hay dinero y poder en juego, las cosas siguen siendo así.

—¿Y qué pasó?

—Patty volvió a casa y esperó. Pasaron semanas hasta que, por fin, Daniel llamó para romper la relación. Él iba a ingresar en la Escuela de Derecho de Harvard en otoño, y tener una mujer y un hijo sencillamente no entraba en sus planes. Su familia no estaba dispuesta a aceptarlo.

—¿Y rompió con ella así, sin más?

—Dijo que la quería de verdad. Patty me contó que parecía lamentarlo, pero era como una marioneta en manos de su familia. Dependía de su dinero y era esclavo de sus expectativas. Los Fitzgerald tenían el futuro planeado para él de antemano y debía estar a la altura. Tu madre y tú no entrabais en sus planes.

Yo conocía la historia, pero imaginar al amenazador y poderoso Daniel como una marioneta me parecía tan extraño. Era como la mayoría de la gente con la que había estudiado en Harvard, independiente y chulo hasta que sus padres lo ponían firme. No podían arriesgarse a perder el apoyo económico de mamá y papá.

—Vaya.

No podía saber lo que Daniel había sentido de verdad, pero Marie acababa de desacreditar todo lo que él me había contado.

—¿Daniel sabía que mi madre iba a tenerme de todas formas?

—No, no lo sabía. Le dijo que debería abortar, pero Patty no le contó lo que pensaba hacer. Nunca volvieron a ponerse en contacto y él debió de pensar que lo había hecho.

Recordé entonces la cena en su casa de Cabo Cod, cuando le pregunté por qué mi madre nunca me había hablado de él.

«Cuando se fue a Chicago pensé que iba a interrumpir el embarazo. No volví a saber nada de ella y no quería llamarla y despertar sospechas en su familia.»

Eso me había dicho el puto mentiroso.

Me quedé en silencio, atónita, intentando entender por qué estaba tan interesado en mí ahora, después de habernos abandonado a mi madre y a mí. Su vida consistía en seguir el plan que había sido trazado para él por su familia años antes. ¿Por qué ahora sí había un sitio para mí en su vida?

Marie se sentó a mi lado y me apretó la mano.

—Por eso nunca te lo conté, cariño. ¿Me odias por haberte hecho abrir los ojos?

—No, claro que no. Tenía que saberlo. —Me mordí los labios, pensativa—. Es que no tiene sentido que ahora muestre tanto interés.

—No sé qué ha pasado para que haya cambiado de opinión, aparte de la circunstancia de que tú misma lo hayas encontrado, pero de verdad espero que te merezca después de lo que hizo.

Me incliné sobre su hombro y Marie me abrazó, acariciándome el pelo como solía hacer mi madre. Desearía poder llorar, pero sabía que si empezaba seguramente no podría parar. Estaba comenzando a perder el tenue control sobre mis emociones.

Le di un beso de buenas noches, prometiendo que estaba bien, perfectamente, y me puse cómoda en la habitación de invitados. Había llevado conmigo la copa de vino y decidí vaciarla de un trago. Daniel podía irse al infierno, igual que aquel día asqueroso y terrible.

Dejé la copa sobre la mesilla y abrí la maleta para sacar mis cosas. Nunca me había importado alojarme en casa de Marie, pero aquellas no eran las circunstancias habituales. Solía ir durante el verano o en fines de semana para descansar. Ahora, sin embargo, estaba huyendo de mi vida, sin rumbo, sin saber dónde y cómo iba a terminar todo.

Miré el móvil y, aunque sabía que no debía hacerlo, leí un mensaje de Blake.

Llámame. Deja que lo arregle. Te quiero.

*L*legué al trabajo más tarde de lo habitual. Había pensado tomarme el día libre, pero había gente que dependía de mí en la oficina y no podía faltar.

Había llorado hasta quedarme dormida después de leer el mensaje de Blake. Si un mensaje pudiese matar, sus palabras me habrían fulminado. Apagué el teléfono, dispuesta a no volver a encenderlo hasta que me hubiese calmado un poco. Esta mierda de lágrimas tenía que parar.

Saludé al grupo cuando llegué y desaparecí en mi despacho, pero Risa apareció inmediatamente para darme las últimas noticias: tenía que redactar más contratos y coordinar los activos de las nuevas cuentas con los chicos.

Por una vez, agradecía su ilimitada energía y su ética profesional. Aunque estaba agotada, me lancé de cabeza al trabajo, que era donde realmente debería haber puesto toda mi concentración durante las últimas semanas.

Mi cabeza había estado en otro sitio; pensando en Blake, preocupada por Mark, pero aquel día me concentré en el trabajo con un fervor que hizo que todo lo demás desapareciese. Y si no podía hacer que desapareciese, al menos que fuese borroso.

James había pergeñado un par de opciones para la campaña de publicidad durante el fin de semana y, entre los tres, intentamos ponernos de acuerdo en una dirección. Quería darle peso a la opinión de Risa, pero a pesar de su habilidad para conseguir nuevas cuentas, se limitaba a aprobar todo lo que decía James. Cada vez que él decía algo, ella asentía enfáticamente. Cuando se inclinaba para señalar algo, ella lo hacía también, aprovechando cualquier oportunidad para tocarlo.

Cuando por fin le asigné otra tarea que la sacó de mi despacho, él se relajó visiblemente. A partir de ese momento la conversación fue más fluida, pero lo pillé mirándome con expresión interrogante.

—¿Estás bien?

Me miraba con una intensidad a la que estaba empezando a acostumbrarme.

—Estoy bien —respondí, con una sonrisa falsa.

—Pareces cansada.

—Lo estoy.

Lo admití, tenía la impresión de que el cansancio era un poco más agudo.

—¿Qué tal las cosas entre Landon y tú después de la otra noche?

Cerré los ojos un momento, intentando contener la oleada de emoción que me envolvía cada vez que alguien mencionaba su nombre.

—Creo que estos gráficos ya están terminados, James. Encárgate de añadir los detalles de los que hemos hablado y estaremos listos para poner en marcha la campaña.

Todo lo demás no era asunto suyo. No quería hablar del encontronazo entre Heath y él, del final de mi relación con Blake o de cómo me había tocado la otra noche, como si tuviéramos más confianza de la que teníamos en realidad. Iba a cortar eso de inmediato, junto con el resto de los sentimientos con los que no podía lidiar en ese momento.

—Esa no es una respuesta.

Suspiré, echándome hacia atrás en la silla.

—Blake y yo hemos roto, si tanto te interesa.

—¿Y, siendo inversor, eso no afectará a la empresa?

—No, Blake no tiene ni voz ni voto y no puede recuperar el dinero, aunque no intentaría hacerlo. A pesar de ello, me gustaría devolvérselo en cuanto sea posible. Prefiero ser independiente.

—¿Y tú cómo estás?

—Bien —mentí.

Agradecía su preocupación, pero me inquietaba que fuese algo más.

—Espero que sepas que puedes hablar conmigo cuando quieras.

—Gracias, James.

—¿Molesto?

Levanté la cabeza al escuchar la voz de Blake, que parecía querer fulminar a James. Pero él no se dejó amilanar, devolviéndole una mirada amenazadora que no había visto antes. Mierda, aquello no iba bien.

Nadie se movió.

Blake volvió a mirarme, incapaz de disimular el enfado en su voz.

—¿Puedo hablar un momento contigo en privado?

Abrí la boca para responder, pero James se adelantó:

—Ahora mismo estamos reunidos. —Se echó hacia atrás en la silla, cruzándose de brazos, dejando claro que no iba a moverse.

—No estaba hablando contigo.

Sin molestarse en disimular su irritación, dio un amenazador paso adelante que obligó a James a levantarse. Estaban a un metro el uno del otro, retándose con la mirada. Blake era un poco más alto, pero James era más fornido. Podría ser una pelea igualada, pero yo había visto a Blake en acción y su furia era un factor con el que James no contaba.

Me levanté a toda prisa y tomé a Blake del brazo para que el enfrentamiento con James no pasara a más.

—Vamos fuera.

Se quedó inmóvil, todos sus músculos en tensión. Pero, por fin, se relajó un poco y salimos al descansillo, lo bastante lejos de la oficina como para tener cierta privacidad, aunque nuestro tono era acalorado.

—¿De qué querías hablar? —le pregunté, nerviosa.

—¿Por qué no empezamos por James? ¿Qué ha pasado este fin de semana, te has acostado con él?

Dejé escapar una exclamación, tan enfadada como él en ese momento.

—¡No! Ya te he dicho que es un amigo, además de un empleado. Solo intentaba protegerme.

—¿Y por qué cree que debe protegerte de mí?

—Tú también lo haces, así que a lo mejor es una epidemia. O tal vez lleve «damisela en apuros» tatuado en la frente. No tengo ni idea, pero ahora mismo no necesito que vengas aquí a causar problemas. Esta es mi oficina, mi lugar de trabajo. Si quieres hablar, podemos hacerlo, pero no aquí. No puedes venir así…

—¿Ahora no puedo venir? Soy socio de esta empresa.

Tenía razón, pero verlo en cualquier circunstancia era muy arriesgado.

—Es mejor que no vengas, Blake.

—A ver si lo entiendo. Has roto conmigo porque dices necesitar espacio para tomar una decisión sobre tu vida y ahora me alejas del negocio en el que he invertido cuatro millones de dólares… ¿y esperas que lo acepte así, sin más?

Me apoyé en la pared, agotada de repente.

—No has venido para hablar de trabajo. Si fuera así, esta conversación sería muy diferente.

—Tienes razón, no he venido a hablar de trabajo.

—Pues entonces deberías irte.

Giré la cabeza, pero él me levantó la cara con un dedo para obligarme a mirarlo.

—Estás huyendo de algo, tal vez de mí, pero ¿sabes una cosa? Esta vez no pienso dejar que lo hagas. ¿Necesitas tiempo para pensar? Muy bien, pero pensaremos juntos. Vamos a casa a hablar de esto, Erica.

De repente, el pánico se apoderó de mí. No sobreviviría a una conversación a solas con él, contando medias verdades para intentar convencerlo. Blake insistiría, me perseguiría hasta que le diera una respuesta con sentido. Y cuanto más hablásemos, mis argumentos serían más débiles. Tenía que creerme de una vez por todas, porque si Daniel nos veía juntos… no podía ni pensar en ello.

—No necesito tiempo para pensar en algo que ya he decidido —le espeté, apartando su mano—. Y no puedes decir ni hacer nada que me haga cambiar de opinión. Tengo intención de devolverte el dinero en cuanto sea posible, pero no quiero que te involucres en el negocio ahora mismo.

—Erica…

—En cualquier caso, Sid se quedará en el apartamento y seguirás recibiendo el dinero del alquiler.

Me obligué a mirarlo con expresión firme. No podía dejar que dudase. No podía arriesgar su vida porque no sabía cómo romper con él.

Blake me tomó la cara entre las manos con renovada determinación. Me quedé sin aliento, luchando contra el instinto para no besarlo. Sus labios estaban tan cerca, su respiración tan agitada como la mía.

—Me quieres —dijo con los dientes apretados, pronunciando las palabras como si le quemaran.

Yo estaba en guerra contra la fuerza magnética que había entre nosotros, aunque sentía que iba perdiendo el control.

«Tienes que protegerlo», me recordé a mí misma. Su vida dependía de ello.

—Si me quieres, me dejarás ir.

Mi corazón se rompió al usar las palabras de Daniel contra el hombre al que amaba.

Me puse de puntillas para darle un beso suave, un último beso. Él se inclinó para buscar mis labios, pero me aparté

—Adiós, Blake.

Estaba al final del pasillo cuando anunció:

—Si te vas no habrá marcha atrás, Erica.

Sus palabras me dejaron inmóvil. Se me encogía el corazón al pensar que ya no habría ninguna posibilidad de futuro. Me volví para mirarlo, temiendo lo que iba a ver en sus ojos.

Tenía los puños apretados a los costados, los bíceps marcados por la tensión.

—Si rompes conmigo ahora, no te molestes en volver.

Desaparecí en el interior de la oficina, cerrando la puerta a todo lo que era precioso y sagrado para mí.

13

*E*l resto de la semana pasó en un suspiro. Apenas salí de la oficina. La necesaria concentración en el trabajo se había convertido en una compulsión que me hacía seguir adelante a pesar de la falta de sueño. Incluso cuando dormía, las visiones que me perseguían no me permitían descansar.

De alguna forma, la fatiga y la presión que me imponía a mí misma enmascaraban el dolor. El gigantesco agujero en mi pecho, donde solía estar mi corazón, no parecía tan devastador cuando fingía que solo me importaban los números, las listas y empujar el negocio hacia delante a la velocidad del rayo. En la oficina, todos me seguían el ritmo. A ese paso, tal vez no necesitaría el dinero de Blake, aunque de todas formas quería devolvérselo.

Estaba reunida con Risa cuando Daniel llamó por teléfono y le hice un gesto para que me dejase.

—Dime —murmuré después.

—Erica, estoy abajo. Quiero hablar contigo. —Su voz era fría y autoritaria—. Sal al callejón por la parte de atrás.

Después de cortar la comunicación le dije a Risa que salía a almorzar. Salí por la puerta de atrás y encontré a Connor al volante del Lincoln en el callejón. Daniel estaba apoyado en el capó, fumando un cigarrillo, con su típico traje oscuro y camisa blanca. La viva imagen de un político, pensé, mientras intentaba entender las razones por las que podría estar allí. Marie, Blake… el miedo no me permitía articular palabra.

—¿Tienes hambre?

Negué con la cabeza, más por desconcierto que por intención de responder.

—¿Qué pasa?

—Nada, vamos a comer algo.

Daniel tiró el cigarrillo, abrió la puerta del coche y me hizo un gesto para que entrase con expresión indescifrable.

Tuve que hacer un esfuerzo para moverme. Hubo un tiempo en que me hubiera alegrado verlo, aunque a veces me había parecido un poco hosco. Por entonces hubiera agradecido las horas que pasábamos juntos. En cambio, hoy tenía que hacer un esfuerzo para poner un pie delante del otro.

—Connor, llévanos a O'Neill's.

Intenté respirar hondo para calmar mis nervios. O'Neill's sonaba como un sitio inocente. Tal vez solo quería comer conmigo. Todas esas noches en vela habían llevado mi ansiedad a límites insospechados.

—¿Para qué querías verme?

—Mi intención era venir antes, pero pensé que necesitarías algo de tiempo. ¿Cómo están las cosas con Landon?

El alivio que sentí al pensar que Blake estaba a salvo fue rápidamente reemplazado por el dolor de nuestra separación.

—No lo sé. Llevo días sin verlo.

Miré por la ventanilla, esperando que no me hiciera contarle los detalles de la ruptura.

—Muy bien. Imagino que él lo ha aceptado.

Me encogí de hombros, intentando disimular cuánto me dolía que Blake se hubiera rendido por fin. Pero eso era lo que yo quería, ¿no? No había sabido nada de él en toda la semana, algo que me consolaba y me atormentaba al mismo tiempo. Tragué saliva cuando las lágrimas asomaron a mis ojos. No era el momento de llorar.

—¿Tanto significaba para ti?

El tono de Daniel se había dulcificado y me giré para mirarlo, parpadeando para controlar las lágrimas. Juraría haber visto un brillo de dolor en sus ojos, aunque seguramente solo estaba proyectando el mío.

Blake lo era todo para mí, pero ¿de qué serviría contarle eso a Daniel?

—Te he hecho una pregunta.

—Es el único hombre al que he amado en toda mi vida.

Se tensó un poco y se puso a mirar por la ventanilla.

La verdad y su extraña reacción me envalentonaron.

—No tengo tiempo para estas reuniones. ¿Podemos ir al grano? ¿Por qué estoy aquí?

—Ten cuidado.

Su tono me recordó lo aterrador que podía ser cuando quería. Y me pregunté de quién habría heredado mi temperamento, aunque no pensaba preguntárselo a Daniel.

—Te he dicho que vamos a comer.

Me crucé de brazos, apartándome de él todo lo que era posible en el interior del coche. Connor nos llevaba al sur de la ciudad, hasta una zona de clase trabajadora.

—¿Dónde estamos?

—En nuestro antiguo barrio. Aquí es donde crecieron tu abuelo y tu bisabuelo, antes de que el apellido Fitzgerald significase algo.

Miré por la ventanilla. Nunca había estado en esa parte de la ciudad, que no tenía nada que ver con las limpias calles turísticas del centro. No estábamos precisamente en la zona más segura de Boston.

Connor se detuvo frente a una taberna en una esquina, con un viejo letrero que decía O'NEILL'S.

Seguí a Daniel fuera del coche y me quedé a su lado, sin saber qué hacer mientras él estrechaba la mano de un hombre sentado en un taburete frente a la entrada. Era un hombre grande y musculoso como Connor, pero con el pelo negro rizado y los ojos oscuros medio ocultos por la visera de una gorra de lana.

Saludó a Daniel por su nombre antes de dejarnos pasar y nos sentamos en una esquina del oscuro local. Daniel pidió unas cervezas y un par de hamburguesas. Sin duda, O'Neill's tenía un menú limitado, de modo que no discutí. Sería buena idea elegir mis batallas con Daniel, a menos que quisiera acostumbrarme a tener que ocultar los hematomas con maquillaje. Dios, cuánto agradecía que mi madre no pudiese verme en este momento.

—Me gustaría hablar de negocios —empezó a decir Daniel.

Yo no quería hablar de eso por el momento. Lo que necesitaba era saber si él quería encontrar una salida a aquel desastre.

—¿Cómo está Margo? —le pregunté, esperando distraerlo de su «plan maestro» para mi vida.

—Tan bien como era de esperar —respondió antes de tomar un largo trago de cerveza.

—Ella quiere que me aleje de ti, ¿lo sabes? En la gala me lo dio a entender. No creo que le haga gracia verme involucrada en tu campaña o en tu vida.

—Tiene buenas intenciones, pero estas decisiones no son cosa suya.

—¿Y no provocará tensión entre vosotros que desoiga sus deseos?

—Margo es la menor de mis preocupaciones.

—Tal vez podrías hablarme de tus preocupaciones. ¿Amenazar con liquidar mi negocio y matar a Blake siguen en tu lista de prioridades?

Daniel esbozó una sonrisa.

—Si crees que esa boca tuya no te meterá en líos porque estamos en público, estás muy equivocada.

Miré un instante alrededor. El local era amplio y los clientes no parecían el tipo de personas a quienes importaría una discusión o una bofetada. Por no decir que Daniel parecía ser un cliente importante. Tal vez aquella era la gente que se encargaba de hacer el trabajo sucio, como cuando había que cargarse a alguien como Mark.

Además, tenía razón. Replicar no me llevaría a ningún sitio, de modo que me eché hacia atrás en la silla.

Daniel dejó un montón de documentos sobre la mesa y los empujó hacia mí.

—Aquí está nuestro plan de marketing. No tengo tiempo de leerlo y, aunque así fuera, no creo que lo entendiese. Me han dicho que es muy general, ya que hay que responder a nuevos acontecimientos políticos y locales a diario y todo eso varía. Empezaremos pronto con el proceso de contratación para reemplazar a la persona que lo lleva ahora. Por supuesto, todo es de cara a la galería, ya que serás tú quien se encargue del marketing de la campaña.

—¿Y mi negocio?

—Landon ya no es un estorbo y estoy intentando encontrar el dinero. Encuentra una forma de que el negocio funcione sin ti o véndelo, me da igual.

—Si me dieses más tiempo podría conseguir el dinero sin tu ayuda.

—¿Cuánto tiempo?

—Tal vez un par de meses, no estoy segura.

Era mentira. Siendo realista, necesitaría seis meses o más.

—No, no hay tiempo para eso.

Suspiré, esperando poder convencerlo.

—Daniel, yo podría ayudarte a encontrar la persona idónea para ese puesto. Alguien con experiencia que pudiese ofrecer algo más que yo. No sé por qué…

—Esto no es una negociación —me interrumpió él, en un tono tan alto como para llamar la atención de un par de clientes—. Trabajarás para la campaña, para mí. Veo que estás intentando encontrar una salida creativa, pero ten en cuenta una cosa: me da igual lo que Landon signifique para ti. Podría ser el padre de tus hijos y no vacilaría en quitarlo de en medio. No lo dudaría ni un segundo. ¿Lo entiendes? Porque pensé que lo había dejado bien claro la última vez.

El camarero apareció con las hamburguesas y desapareció sin decir una palabra. Miré el plato sin ningún apetito, con el estómago revuelto por la amenaza.

—Erica…

Cerré los ojos y pronuncié las siguientes palabras con toda la calma de la que era capaz:

—Te entiendo perfectamente, pero al menos podrías decirme cuándo debo dejarme caer al suelo para que los demás me pisoteen. ¿O eso es algo que solo piensas hacer tú?

—No se trata de ti, estúpida.

Golpeó la mesa con el puño, atrayendo un par de aburridas miradas desde la barra. Asustada, me eché hacia atrás en la silla.

—Se trata de algo mucho más importante de lo que tú entenderás nunca. Mi familia, nuestra familia. Hemos pasado generaciones saliendo a gatas de sitios como este para llegar a algo grande. Tú serás parte de ello ahora. Una parte pequeña, pero importante, y cuanto antes lo entiendas mejor. Ahora, cómete la hamburguesa.

—No tengo hambre —murmuré.

Me miró con tal gesto de cólera que tomé la hamburguesa inmediatamente. Comimos en silencio, aunque de vez en cuando nuestros ojos se encontraban, fríos espejos de los ojos del otro. Tendría suerte si escapaba de su ira durante el viaje de vuelta. Aquello no era como discutir con Blake o dar órdenes en la oficina. Estaba pinchando al gigante, y no estaba dormido.

Daniel decía sentirse orgulloso de mí, pero yo no era el ojito derecho de papá ni podía conseguir lo que quisiera con unas carantoñas. La vida de Blake estaba en juego. Tendría que aprender a cerrar la boca o jugar a un juego diferente, porque enfrentarme a él de cara no me había llevado muy lejos.

*C*onnor me dejó en la oficina después de que Daniel prometiese llamar para decirme cuándo debía ir al cuartel general de su campaña para conocer al resto del equipo. Había hecho todo el viaje mirando por la ventanilla, sintiendo que mi vida se me escapaba de las manos.

Cuando entré en la oficina encontré a Risa frente al escritorio de James, sonriendo y charlando mientras él intentaba concentrarse en el ordenador. Algo en esa escena me enfureció.

—Risa, ¿puedo hablar contigo?

Ella se irguió de golpe, como si hubiera roto el hechizo que solo existía en su mente, y me siguió al despacho.

—Esto tiene que terminar —dije abruptamente, incapaz de contenerme.

—¿Qué?

—Ese tonteo con James. No puedo permitir ese tipo de distracciones. Necesito que te concentres en el trabajo, no que te pases la mitad del día flirteando con él.

—No sé a qué te refieres.

Risa frunció el ceño mientras se colocaba el pelo detrás de la oreja con gesto nervioso.

—Sé que aquí no hay ninguna norma sobre relaciones en la oficina, pero francamente no esperaba que eso fuera a ser un problema. Ahora entiendo por qué hay empresas que sí tienen normas sobre eso.

Pon tus ojos en otro hombre; necesito a James concentrado en el trabajo y a ti también.

Me miraba boquiabierta, colorada hasta la raíz del pelo. No sabía si estaba furiosa o avergonzada, pero aquella bronca era algo que no esperaba en absoluto. Le había comentado algo en otro momento, pero nunca la había regañado de ese modo. Sencillamente, no tenía paciencia para seguir evitando el tema. Hoy no.

—¿Y Blake y tú?

Estaba que echaba humo, deseando decirle a Daniel lo que pensaba de él. Debería haber elegido mejor momento para hablar con Risa, pero ya no podía dar marcha atrás. Hablé despacio, intentando mantener la compostura.

—Blake es un inversor, no un empleado, y mi relación con él no es asunto tuyo.

Ella hizo un mohín mientras golpeaba el suelo con el pie.

—Muy bien, vamos a dejarlo ahí. ¿Algo nuevo? —le pregunté, esperando neutralizar la tensión y volver al trabajo.

Risa me miró en silencio durante unos segundos antes de tomar aire.

—Voy a ir a una cena benéfica el sábado. Es para una fundación que apoya la educación tecnológica para niños de barrios marginales. Max cree que sería bueno que Clozpin tuviese presencia allí.

—Muy bien, esa es una causa que podríamos apoyar.

—Pero no sé si hay presupuesto para donativos…

—Supongo que podremos donar algo.

—Genial. Dime cuánto y yo me encargaré de todo.

—Ese es el tipo de evento al que yo debería acudir —le recordé.

Intenté no sentirme ofendida por su gesto de sorpresa.

—Ah, no lo había pensado. Estás tan distraída últimamente que no quería molestarte. Sé que estás muy ocupada y hacer contactos es mi trabajo. Lo siento, supongo que debería haberlo pensado.

—No pasa nada. Es verdad que tengo muchas cosas de las que ocuparme.

—¿Quieres ir? Puedo llamar a Max y pedirle otra entrada.

Consideré la oferta por un momento. No había salido de la oficina o de casa de Marie en varios días. La idea de mezclarme con gente cuando seguía estando tan desesperada era un poco aterradora, pero me vendría bien la distracción. Además, hacer contactos sería mejor que estar a solas con mis pensamientos.

—De hecho, quiero ir. Podría ser un cambio agradable.

—Muy bien. Veré lo que puedo hacer.

Risa salió de mi despacho y suspiré para mis adentros, agradeciendo haber solucionado el asunto. Ella estaba cabreada, pero no quería que la tensión entre nosotras afectase al trabajo y era cierto que había sido un ogro en las últimas semanas. Solo me importaba lo que sentía. No podía imaginar cómo estaba siendo percibido mi comportamiento desde fuera y en realidad me daba igual. Había tantas cosas en el aire en ese momento que no tenía energía para pensar en los sentimientos de los demás.

La jornada laboral terminó, pero no me molesté en echar un vistazo al plan de marketing que Daniel me había dado. Seguramente podría aprender algo y me gustaba mucho mi trabajo, pero eso era lo que Daniel quería que hiciera y no pensaba darle ese gusto.

Él había roto mi relación con Blake y aunque sabía que tendría que formar parte de la maquinaria política de los Fitzgerald, intentaría retrasarlo todo lo posible.

14

Pasé por el apartamento con intención de buscar algo adecuado que ponerme para la cena benéfica. En mi prisa por salir de allí no había metido vestidos de noche en la maleta, y Marie y yo no podíamos compartir ropa porque teníamos tallas muy diferentes.

Estar de vuelta en mi antiguo hogar me parecía extraño, aunque aún no había empezado a buscar otra vivienda. No tenía mucho tiempo, pero en mi fuero interno no podía imaginarme en ningún otro sitio. La habitación de invitados de Marie estaba bien, y al menos allí no me encontraba sola, pero no podía ni pensar en empezar de nuevo en otro sitio.

Dejé el cheque por mi parte del alquiler sobre la encimera y, por costumbre, empecé a limpiar las latas y envoltorios que Sid había ido acumulando.

—No tienes que hacer eso.

Cady salió del dormitorio de Sid con una camiseta larga que parecía tragársela. Parecía cansada y contenta mientras se acercaba para ayudarme, su pelo con mechas rosas alborotado.

Me volví para dejar unos platos en el fregadero, escondiendo una sonrisa. Sid era el culpable de que estuviera cansada y contenta. Bien por él.

—No me importa.

—No sé cómo sobreviviría Sid sin alguien que cuidase de él. —Cady esbozó una sonrisa.

—Desde luego. Hombres…

Después de limpiar un poco la cocina, Cady tomó el cheque del alquiler y me miró.

—¿Piensas volver algún día?

Vacilé. Sí, era la novia de Sid, pero también la ayudante de Blake y cualquier cosa que dijera podría llegar a sus oídos.

—No tengo planes, pero aún no he encontrado otro apartamento.

—Es una pena. Seguro que Sid te echará de menos.

—Tal vez, pero ahora te tiene a ti.

—Sí, bueno, no creo que Sid sea el único que te eche de menos.

Saqué una botella de agua de la nevera y tomé un trago, sin responder a sus palabras.

—Sé que lo que ocurra entre Blake y tú no es cosa mía, pero si te sirve de algo, yo pensaba que hacíais una pareja estupenda. Él parecía más feliz que nunca… y te aseguro que lo conozco desde hace tiempo.

—¿Cómo está?

No sé por qué hice esa pregunta. Como si saber algo sobre el estado de ánimo de Blake pudiese hacerme sentir mejor.

Cady me miró, comprensiva.

—Deberías hablar con él, Erica.

*E*legí un sencillo vestido negro de cóctel con escote palabra de honor que se ajustaba a mis curvas y llegaba justo por debajo de las rodillas. Me recogí el pelo en una coleta y me puse unas sandalias negras de tacón y un chal por si hacía fresco.

Cuando llegué al evento, encontré a Risa y a Max charlando en medio de un pequeño grupo. Max me dedicó su sonrisa de triunfador. La pareja con la que estaban hablando se despidió y se marchó dejándonos solos.

—Estás preciosa, Erica. Gracias por venir.

—Gracias a ti. Me alegro de haber venido. Risa me ha contado algo, pero no sé cómo te has involucrado tú en este proyecto.

—Angelcom lleva años apoyándolo. Patrocinamos este evento una vez al año para atraer donativos y darle visibilidad a la causa.

—Ah, me parece estupendo.

Aún no había perdonado a Max por empujarme a ese último baile con Mark, pero no podía negar que había sido una gran ayuda para mi negocio desde entonces. No iba a perdonarlo, pero con Blake fuera de mi vida tampoco iba a descartarlo por completo. En momentos como este me costaba creer las cosas que Blake me había contado sobre él.

—Deberíamos buscar nuestra mesa, pronto servirán la cena. —La voz de Max interrumpió mis pensamientos.

Los seguí y, al ver a nuestros compañeros de mesa, tuve que hacer un esfuerzo para no salir corriendo. Heath se levantó al verme, pero yo estaba mirando a Blake… y a la mujer que estaba sentada a su lado.

Sophia.

Me detuve, aturdida al pensar que tendría que hablar con ellos en ese momento. El hombre al que amaba al lado de la mujer a la que despreciaba. El dolor de la separación se volvió insoportable, oprimiendo mis pulmones, y dejé escapar el aliento en un suspiro.

Odiaba a Sophia, y lo que había significado en la vida de Blake, y no estaba ni remotamente preparada para verlos juntos esa noche. Nunca lo estaría.

Ella, impecable con un vestido de seda rojo que hacía un fabuloso contraste con la oscura melena lisa, y Blake, con el traje de chaqueta gris oscuro que tanto me gustaba, hacían una pareja fabulosa. El multimillonario y la modelo, un dúo ganador.

—Me alegro de verte, Erica.

Heath rompió el silencio y me dio un abrazo mientras Blake sostenía mi mirada, como si estuviera esperando mi reacción. Pero no podía moverme. Literalmente, no podía dar un paso hacia la mesa.

Risa se sentó al lado de Max, dejando una silla libre entre Heath y ella. La miré, recelosa, sin saber cómo iba a sobrevivir a aquel encuentro con Blake y Sophia. Tal vez podría marcharme antes de que empezase el evento… fingiendo encontrarme mal o algo así.

Como si hubiera leído mis pensamientos, Sophia lanzó sobre mí una mirada irónica que me hizo apretar los dientes de rabia.

—Cuánto me alegro de que hayas venido, Erica. Siéntate con nosotros.

Sus palabras lograron romper el trance. Necesitaba moverme, sí, pero en dirección contraria.

—Risa, voy a pedir una copa a la barra. ¿Quieres algo?

—Estoy bien, gracias —replicó sacudiendo la cabeza.

Blake se levantó, pero me dirigí hacia la barra sin mirarlo, recordándome a mí misma que no podía salir corriendo con esos taconazos.

—Jack Daniels con hielo —le pedí al camarero.

Él apareció a mi lado.

—Lo mismo.

Estábamos muy cerca, a unos centímetros el uno del otro. Recordé nuestras primeras semanas juntos, cuando intentaba en vano ignorar la palpable energía que había entre los dos, una atracción innegable que pronto se había convertido en una adicción, una obsesión.

—No sabía que estarías aquí —dijo con tono afligido.

«¿O qué?» «¿No la habrías traído?»

Respiré lentamente, intentando controlar mis emociones. Estaba siendo amable y, al menos, debía hacer un esfuerzo para comunicarme con él de forma normal. Pero el silencio que colgaba en el aire parecía respuesta más que suficiente.

Me sentía desolada y no sabía cómo razonar con un padre asesino y hambriento de poder para terminar con todo aquello de una vez.

Tal vez era demasiado tarde para eso. Sophia seguramente habría buscado a Blake en cuanto supo que yo había desaparecido de su vida. Sería tonta si no lo hubiera hecho y no podía culparlo a él, porque había dejado claro que no quería volver a verlo y que debía dejarme ir.

—¿Qué tal te va con Risa? —preguntó por fin, en un intento de hacerme hablar.

—Está muy motivada, consigue un montón de cuentas.

—Parece que se lleva muy bien con Max.

Miré hacia la mesa. Risa parecía estar tan animada como de costumbre, y Max no dejaba de mirarla. Su relación había ido cambiando durante las últimas semanas, pero como ella misma había dicho, tenía demasiadas cosas que atender como para preocuparme por su vida privada mientras hiciera su trabajo.

—Max está ayudándola a hacer contactos con patrocinadores. Y parece que funciona bien; el margen de beneficios ha aumentado.

Sophia me pilló mirándola y me di la vuelta, cortada.

—Sophia está tan guapa como de costumbre.

Blake tomó un trago de whisky.

—Ha venido a Boston por un asunto de trabajo.

—No tienes que inventar excusas, Blake. Me alegro por ti.

Se me cerró la garganta ante esa mentira que había dicho solo por ser amable y para que los dos siguiéramos adelante. Nerviosa, tomé un trago y dejé que el whisky se deslizase por mi garganta.

—Mientes muy mal.

Volví a la mesa y Blake me siguió sin decir una palabra. Por suerte, estaba sentada al lado de Heath. Por alguna razón, en esa mesa de colegas y examantes, él me parecía un aliado. Charlamos un poco acerca del evento y de cómo iba el trabajo.

—¿Has hablado con Alli sobre tu idea de quedarte en Boston? —le pregunté.

Heath negó con la cabeza.

—¿Por qué no?

—No lo sé, creo que me da miedo. Pero casi he terminado con el programa, así que pronto tendré que tomar una decisión.

—Deberías hablar con ella, Heath.

—Y tú también.

Mientras asentía, cometí el error de mirar a Sophia, que aprovechaba cualquier oportunidad para tocar a Blake. Acariciaba la solapa de su traje o se apoyaba en él mientras hablaba, rozándolo con sus tetas. Tuve que apretar los dientes.

—Está muy preocupada por ti.

Miré a Heath, incapaz de relajarme.

—La llamaré pronto. He estado muy ocupada en la oficina y no he tenido tiempo para nada más.

—Ella no es la única que está preocupada —insistió Heath.

Blake estaba arrellanado en la silla, con aspecto aburrido mientras miraba alrededor. Sophia le decía algo al oído, riendo como si estuvieran compartiendo una broma privada, pero cuando su mano desapareció bajo la mesa no pude soportarlo más.

Me levanté de la silla para dirigirme al lavabo y lamenté haber comido cuando sentí una oleada de náuseas. Apartarme de Blake había sido menos devastador cuando él seguía deseándome. Entonces podía albergar la fantasía de que iba a esperarme hasta que hubiera solucionado el problema con Daniel, pero ese momento había pasado. Sophia había aparecido para retomar la relación y seguramente le daba todo lo que él había deseado mientras estábamos juntos.

Mi corazón estaba roto, pero verlo con ella lo había aplastado hasta convertirlo en una masa informe.

Por suerte, el lavabo estaba vacío y me miré en el espejo, suspirando. A pesar de tener el corazón roto, mi aspecto era pasable. Al menos el maquillaje escondía mis ojeras. No era una modelo, pero había sido suficiente para Blake. Una vez, había sido la mujer a la que deseaba…

Me regañé a mí misma por pensar eso. Podría soportarlo, lo haría. Había soportado cosas peores, ¿no?

Antes de que pudiera responderme a mí misma la puerta se abrió y vi a Sophia dirigiéndose hacia el espejo donde yo estaba intentando reunir los pedazos de mi corazón.

—¿Todo bien? Pareces disgustada, Erica.

Su tono, cargado de mala leche, me recordaba el día que nos conocimos en Nueva York.

Me volví para mirarla.

—¿Qué quieres?

Se apoyó en la pared con gesto despreocupado, cruzándose de brazos.

—Quería charlar contigo un momento. Me han dicho que tu relación con Blake no ha funcionado.

Apreté los labios. No iba a morder el anzuelo.

—Ya, claro.

—Supongo que no estabais hechos el uno para el otro.

—¿Y tú cómo lo sabes?

—Soy su amiga, y Blake habla conmigo. Supongo que ese estilo de vida era demasiado… abrumador para ti.

—¿De qué estás hablando?

—Del sexo, por supuesto. No finjas que no sabes lo que le gusta a Blake. —Sonrió, inclinando a un lado la cabeza como si estuviera estudiándome—. No me pareces la clase de chica que disfruta de unos azotes.

Intenté encontrar aliento, incapaz de disimular mi reacción.

—Tú no sabes nada de mí, Sophia.

Ella rió y esa risa me dolió como una bofetada.

—Yo creo que sé muchas cosas.

Tuve que apretar los puños. Lo que daría por borrar esa sonrisa de sus labios. Y Blake…

Me sentía enferma. Le había contado cosas íntimas sobre mí.

Los celos y la traición eran un cóctel letal y había soportado todo lo que podía soportar.

—Ríete todo lo que quieras, pero no soy yo quien persigue a un hombre que me dejó plantada hace tres años. Claro que a lo mejor tienes suerte y Blake vuelve contigo. En cualquier caso, me importa un bledo.

Salí del lavabo y volví a la mesa para tomar mi chal. Fingir que me encontraba mal no fue difícil porque literalmente me sentía enferma. Me despedí de Risa, Max y Heath, ignorando a Blake por completo, aunque sentía el calor de su mirada. No podía hablar con él. Que nuestros recuerdos significasen tan poco para él como para compartirlos con Sophia me dolía más de lo que hubiera creído posible.

Las luces de la ciudad volaban mientras volvía en un taxi a casa de Marie. Los escasos y dispersos edificios iluminados quedaban atrás, junto con cualquier esperanza de volver a estar con Blake. El deseo de llorar y la desesperación más absoluta fueron reemplazados por un frío final sin emoción.

Blake estaba fuera de mi vida. Lo había perdido del todo.

Había perdido a otras personas y sabía cómo decir adiós para siempre, pero no recordaba haber sufrido tanto. Mi razón para vivir, para despertar cada mañana, todo lo que me hacía tener ilusión había desaparecido. Había pasado antes por algo así, cuando mi madre murió.

De repente, mi alma dejó de sangrar. El dolor empezó a disiparse y el recuerdo de lo que habíamos sido juntos se convirtió en otra cicatriz.

Y yo sabía cómo vivir con cicatrices.

Aparté de un manotazo la última lágrima, tragándome el deseo de llorar hasta que me sentí entumecida, la reacción natural de mi cuerpo cuando tenía que enfrentarme con algo tan doloroso. Mi amor por Blake estaba cambiando, convirtiéndose en un recuerdo oscuro y agridulce impreso para siempre en el pasado. Mi gran amor se había convertido en mi gran fracaso.

15

—¿*O*tra vez te quedas a trabajar hasta tarde?

James se sentó frente a mi escritorio. Era el final del día y éramos los últimos en la oficina. Últimamente, cada día terminaba así. No podía evitarlo.

—Me lo estoy pensando —respondí.

—No sé cómo van los números, pero estoy seguro de que no tienes que trabajar tanto.

—No me importa trabajar muchas horas, así me ahorro problemas.

Solo lo decía medio en broma. No me había resignado del todo a la nueva vida que Daniel pretendía para mí, aunque había aceptado verme con su equipo unos días más tarde. Mientras tanto, había estado diseccionando su plan de marketing, intentando encontrar alguna estrategia que me permitiese complacerle sin dejar de lado mi negocio.

—Te vas a quemar —me advirtió James—. ¿No te das cuenta?

Se inclinó hacia delante, apoyando los codos en las rodillas.

—¿Por qué te importa tanto? En serio, no os estoy cargando de trabajo a vosotros.

—No me importaría que lo hicieras. A veces pareces tan infeliz.

Suspiré.

—¿Eso importa? Infeliz o no, estoy aquí y las cosas se hacen.

¿Qué más daba que quisiera trabajar hasta caer agotada? Esa era mi decisión.

—La verdad, no creo que sea bueno ni para ti ni para la empresa. Si tú te quemas, ¿qué nos queda? El equipo no es lo bastante grande como para sobrevivir sin ti. Si sigues así, en un par de semanas caerás enferma. Y entonces, ¿qué? ¿Y si hubiera algún problema gordo y te necesitáramos de verdad?

—Estás exagerando —murmuré, preguntándome qué podría decir para calmar sus temores.

Aunque trabajaba directamente con Risa, me entendía mejor con James porque parecía saber lo que estaba buscando sin tener que preguntar. Entre nosotros existía el silencioso entendimiento de dos personas que llevaban mucho tiempo trabajando juntas y eso hacía que el interrogatorio fuese más tolerable. Pero James no podía entender mi vida en aquel momento.

—¿Quieres tomarte un respiro al menos? Vamos a cenar algo.

—No tengo hambre.

Era cierto. Últimamente nunca tenía ganas de comer. Probablemente acabaría tan flaca como Sophia, pero no por elección. Sencillamente, no tenía ganas de comer. Ni de nada en realidad.

—¿Qué tal si vamos a dar un paseo? Dame una hora y luego te dejaré en paz, lo prometo.

Puse los ojos en blanco.

—¿Por favor?

Su mirada, inocente, pero decidida, era irresistible. No entendía por qué le importaba tanto, pero no podía negar que me tocaba el corazón.

—De acuerdo, pero solo una hora. Tengo que terminar de corregir unos contratos esta noche.

No era verdad, pero si fingir que no me pasaba nada durante una hora me ahorraba el interrogatorio, lo haría.

Bajamos a la calle y James se detuvo frente a una moto. Tomó el casco y me ofreció otro que sacó de un compartimento bajo el asiento.

—No, de eso nada. No me gustan las motos.

—Llevo montando desde que era adolescente y te prometo que es seguro. Iré despacio.

—Esto no era parte del trato.

—No había ninguna cláusula sobre motos. Venga, Erica, estás redactando demasiados contratos. —Su sonrisa derritió mi enfado—. Me has dado una hora. Relájate, ¿vale? Vamos a pasarlo bien.

A regañadientes, me puse el casco, sintiéndome un poco ridícula. Me senté detrás de él y, antes de arrancar, tiró de mis manos para envolverlas en su cintura.

—¡Agárrate!

Lo hice, aunque fuese poco profesional.

El motor rugió como un animal y, sintiendo un temor irracional a salir volando, me agarré con todas mis fuerzas, intentando calmarme. James cubrió mi mano con la suya y la apretó suavemente.

No sabía adónde íbamos y no me molesté en preguntar. Por fin me relajé un poco, no lo suficiente como para aflojar la presión en su cintura, pero sí para sentir la emoción de la velocidad mientras volábamos entre los coches que estaban parados en un atasco.

Me llevó al mar. La playa estaba casi desierta, salpicada de algunos corredores y gente haciendo *kitesurf*.

James aparcó la moto y me ayudó a bajar. Nos quitamos los zapatos y caminamos juntos por la playa.

El aire era cálido, con la brisa del mar flotando sobre nosotros y las olas golpeando suavemente la arena.

Yo no iba a menudo a la playa, pero cuando lo hacía olvidaba todas las preocupaciones. Algo en el movimiento hipnótico de las olas y el interminable horizonte anulaban el ruido y el estrés. Incluso ahora, con todo lo que tenía que lidiar, experimentaba una extraña sensación de paz.

Quería agarrarme a eso durante el tiempo que fuera posible y decidí ir más a menudo. El viaje en tren merecería la pena.

—Venga, vamos.

Me reí.

—Lo dirás de broma. ¿Tú sabes lo fría que debe de estar?

—Sé muy bien lo fría que está, llevo nadando en el mar toda mi vida. Venga, no seas cobardica —dijo e intentó animarme, esbozando una sonrisa traviesa.

—No, gracias. Prefiero las piscinas climatizadas o los mares más cálidos.

James se quitó la camisa, dejando al descubierto los tatuajes que tanto interesaban a Risa y a Simone. No podía negar que era atractivo. No tan fibroso como Blake, pero estaba en forma. Seguro que iba al gimnasio un par de horas al día.

—Ya sabes lo que dicen sobre el agua salada.

Tragué saliva, avergonzada por haberme quedado mirándolo como una tonta. Pero una podía mirar los tatuajes, ¿no? Era normal.

—¿Qué dicen del agua salada?

—El mar y las lágrimas son la cura para todo. Un baño en el mar y estarás como nueva.

Estaba delante de mí, medio desnudo con sus pantalones cortos.

Bajé la mirada para trazar una línea en la arena con el pie desnudo. El mar y las lágrimas, ¿eh? Si era cierto, estaría curada de los ríos de lágrimas que había derramado en las últimas semanas.

Antes de que pudiera perderme en mis pensamientos otra vez, James me echó sobre su hombro como si fuera un saco de patatas y empezó a correr.

—¡Suéltame! —grité, intentando parecer enfadada.

Empecé a reir y a chillar cuando llegamos al agua. Mis chillidos se convirtieron en carcajadas mientras pataleaba e intentaba librarme de su presa. Ahora el agua le llegaba a la cintura y empezaba a preocuparme. No iba a tirarme, ¿verdad?

—James, no te atrevas. Suéltame ahora mismo.

—Lo que tú digas, jefa.

Después de decir eso me soltó… y caí de cabeza al agua fría del Atlántico. Me hundí hasta tocar el suelo arenoso, pero las olas y mi tendencia a flotar me devolvieron a la superficie un momento después.

Llené mis pulmones de oxígeno mientras James se alejaba nadando. Riendo, nadé tras él todo lo rápido que me era posible. Se iba a enterar.

Cuando llegué a su lado me apoyé en sus hombros e intenté hacerle una ahogadilla con todas mis fuerzas, pero no sirvió de nada. Para hacerme reír, él mismo se sumergió bajo el agua.

Me quedé ahí, esperando. Intenté buscarlo, pero lo había perdido y me sentía extrañamente atolondrada. El momento duró lo suficiente como para que empezase a preocuparme. Miré a mi alrededor… pero entonces me agarró por detrás.

Grité de nuevo, riendo. James me dio la vuelta y me deslicé por su cuerpo lenta y, maldita fuera, sugerentemente. No había nada entre nosotros más que el algodón empapado de mi ropa… que dejaba poco a la imaginación.

Dejé de sonreír. Mi corazón se había acelerado y mi cuerpo despertaba a la vida de una forma familiar. El agua ya no me parecía fría. Las olas lamían nuestra piel mientras él me sujetaba con firmeza. El brillante azul de sus ojos se oscureció ligeramente cuando miró mi boca. Estaba jadeando… por el esfuerzo de nadar y la sorpresa de estar en el agua, me decía a mí misma. Pero no podía respirar y la mano que no estaba apretándome contra su cuerpo se deslizó por mi pierna para envolverla en su cintura, mis labios a unos centímetros de los suyos.

—Dios, eres preciosa —murmuró.

Rozó mis pómulos con la punta de los dedos, como había hecho en la oficina después de ver a Daniel. Pero sus ojos ya no estaban cargados de preocupación sino de algo mucho más serio y que empezaba a contagiarme. Deseaba tocarlo, pero resistí la tentación.

Cerré los ojos y vi el rostro de Blake, sintiendo como si un picahielos se clavara en mi corazón.

Hice una mueca mientras me apartaba. Sin esperar su reacción, me lancé al agua como había hecho él y nadé tan rápido como me era posible hacia la playa.

Joder, joder, joder, aquello era lo último que necesitaba.

Salí del agua torpemente, la marea empujándome y haciéndome perder el equilibrio mientras intentaba avanzar en dirección contraria.

Escurrí mi camisa, los pantalones cortos y el pelo como pude. Tumbada sobre la cálida arena, agradecí el calor del sol mientras, con los ojos cerrados, intentaba concentrarme en el sonido de las olas.

Cuando mi respiración empezó a calmarse me pregunté qué demonios estaba haciendo. Aquello era un error, un grave error.

James se tumbó a mi lado y exhaló un tembloroso suspiro. Abrí un ojo. Estaba apoyado en un codo, mirándome, un frunce pensativo en su hermosa frente.

—Ahí está otra vez —dijo en voz baja.

—¿Qué?

—Esa expresión. De verdad esperaba haberla borrado, pero ahí está otra vez.

Suspiré, poniéndome un brazo sobre los ojos. Quería derretirme, irme como la arena con la marea.

—Lo siento.

—¿Qué es lo que sientes?

Debería terminar con esto, dejárselo claro de una vez. No podía hacer daño a dos personas en menos de un mes. De alguna forma, tenía que hacerle entender que solo podíamos ser amigos. Pero ¿y si él no quería mi amistad?

Lo miré.

—Tenías razón. Estoy hecha polvo y ahora mismo el trabajo es lo único que impide que pierda la cabeza por completo. Estoy intentando solucionar un problema y concentrarme en el trabajo es la única forma que conozco de hacerlo.

—Es normal estar hecho polvo de vez en cuando. Eso no significa que tengas que apartar a todo el mundo, especialmente la gente a la que le importas.

Suspiré.

—Lo sé.

James no era el único que intentaba ayudarme, entenderme. Marie no me hacía preguntas, pero yo sabía que estaba preocupada. Además, aún no había llamado a Alli, y la distancia entre nosotras empezaba a preocuparme, pero solo era capaz de enviarle algún mensaje de texto. Mi amiga estaba demasiado cerca de Heath, y por lo tanto de Blake, y ahora mismo necesitaba distanciarme de él todo lo posible para mantenerlo a salvo.

—Esto no ha estado tan mal, ¿no?

Intenté esbozar una sonrisa.

—Ha sido divertido, sí. Me siento un poco mejor.

Quería decir algo más, pero a pesar del consejo que James acababa de darme, decidí callar. Una parte de mí quería reconocer el intenso, aunque breve, momento que habíamos compartido en el agua, pero sería un error. Si le decía eso, también tendría que decirle que seguía locamente enamorada de mi ex, que seguramente en ese momento estaba atando a Sophia al cabecero de la cama para follarla hasta dejarla sin sentido.

Y entonces tendría que admitir ante mí misma que seguramente nunca olvidaría a Blake, por mucho que lo intentase.

Como estábamos en el barrio de Trevor, le pedí a James que se desviase un momento antes de llevarme al apartamento y, poco después, reconocí las casas de nueva construcción y los jardines meticulosamente recortados. Cuando detuvo la moto frente a la casa de Trevor me quedé sorprendida al ver el cartel de una inmobiliaria que marcaba la propiedad como vendida. Y el sitio parecía aún más abandonado que antes.

Esa era una mala señal. La única forma de ponerme en contacto con Trevor era aquella casa. Y Blake seguramente no habría encontrado nada importante sobre la empresa de inversiones en Texas, ya que no había vuelto a mencionarlo. Claro que yo no le había dado oportunidad de hacerlo porque antes estaba demasiado ocupada rompiendo con él y ahora intentando evitarlo a toda costa.

—Imagino que la casa no estaba en venta la primera vez que viniste.

Negué con la cabeza.

—No, y esto no me gusta nada.

—Tal vez ha dejado su vida de hacker para empezar de nuevo en otro sitio.

—¿Y hacerse visible por primera vez? Lo dudo, pero me alegra que seas tan positivo.

—No, en serio, no tiene sentido preocuparse. Alégrate de que nos haya dado un respiro y esperemos que haya perdido interés.

—Ojalá tengas razón.

James volvió a arrancar y poco después se detenía frente al apartamento. Bajé de la moto y le devolví el casco, sintiéndome incómoda. Después de lo que había pasado no sabía qué decir.

—Gracias por el respiro.

—De nada. Deberíamos tomarnos un respiro más a menudo.

James esbozó una tímida sonrisa.

No quería desacreditar sus esfuerzos para animarme, pero la atracción entre nosotros era real, aunque yo quisiera quitarle importancia. No sabía si era un efecto colateral de la ruptura con Blake o algo más. Lo único que sabía era que no necesitaba más complicaciones.

—Nos vemos mañana, ¿no?

Le hice un ademán afirmativo y me encaminé hacia mi apartamento.

Unos minutos después estaba en mi dormitorio, quitándome la ropa mojada y buscando en los cajones de la cómoda algo que ponerme.

—Erica.

Lancé un grito al ver a Blake en la entrada del dormitorio, con las manos apoyadas a ambos lados del marco de la puerta.

—¿Qué haces aquí?

Mi corazón se había vuelto loco. Estaba medio desnuda, solo con la ropa interior, mientras él se acercaba.

—¿Quién era? —me preguntó con voz pausada.

—James.

Blake me puso las manos sobre los hombros y me quitó suavemente unos granos de arena. Tuve que tragar saliva. Deseaba secretamente que me acariciase, pero las apartó y se cruzó de brazos.

—Retozar en la playa con James no suena muy inocente.

No lo era, pero no pensaba decírselo.

—¿Te lo estás follando?

Puse los ojos en blanco. Estaba empezando a cansarme su insistencia.

—¿No crees que si fuera así estaría haciéndolo ahora mismo?

—No, a menos que quisieras que le diese una paliza. Si es así, por favor invítalo a subir la próxima vez.

Se acercó un poco más y el calor de su cuerpo provocó una tensión sexual que amenazaba con hacerme perder la cabeza. Todos los progresos que había hecho en esos días acababan de desintegrarse. Deseaba acariciar su pelo, apretarme contra él.

—¿Y Sophia?

Hice la pregunta en voz baja, casi esperando que no me hubiese oído para no tener que escuchar la respuesta.

—¿Qué pasa con Sophia?

Apreté los labios.

—¿Te la estás follando?

No debería interesarme, pero tenía que saberlo.

—¿Eso importa? —Su expresión era impasible, incluso fría.

Sentía unos perversos celos. Entrecerré los ojos. No tenía derecho a enfadarme con él, pero era inevitable. Sophia era una zorra vil y lo único que deseaba era arrancarle los ojos cada vez que la veía. Que ella pudiese darle a Blake lo que necesitaba en la cama solo añadía leña al fuego.

Me di la vuelta, e intenté ignorar la atracción del cuerpo de Blake detrás de mi. Saqué unos tejanos del armario y una camiseta con escote en uve que me quedaba ajustada y destacaba mis tetas. Blake no podía apartar las manos de mí cuando me la ponía...

¿Qué estaba pensando?

Mi cerebro parecía haber dejado de funcionar. Debería marcharme antes de hacer alguna estupidez.

Abrí el cajón de la ropa interior y antes de cerrarlo me di la vuelta, furiosa.

—¿Has estado aquí?

—¿Echas algo de menos? —me dejo sonriendo.

—Me has robado el vibrador. ¿Quién hace algo así?

—Ya te dije que yo sería el único que haría que te corrieses. Y, según parece, eso no ha cambiado, ¿no?

Me quedé sin habla.

Blake se acercó y colocó una pierna entre las mías. Sonriendo, empezó a acariciar mi garganta con un dedo, deslizándolo hasta mis pechos.

—Tengo la sensación de que lo estás deseando. Que ya te toca.

El repentino contacto me dejó sin aliento. Con dolorosa lentitud, me acarició por encima de las bragas. Su roce era eléctrico, casi doloroso. Hice un esfuerzo para apartar su mano, rezando para que me dejase, pero me agarró agresivamente por encima del fino algodón.

—No, Blake, no puedo...

Pero deseaba tanto hacerlo. Deseaba sentir su boca y sus manos sobre mí para terminar con aquella horrible tortura.

Sus dedos presionaban deliciosamente, acariciándome a través de la tela.

—Esto es mío, Erica. Yo soy tu placer y los dos lo sabemos —susurró en mi oído, besando mi cuello y deslizando la lengua por la curva de mi oreja.

«Madre mía.»

—No puedo… no puedo hacer esto.

—Sí puedes. Y quieres hacerlo.

Apartó a un lado las bragas y empezó a acariciarme el clítoris con el pulgar.

—Joder, ya estás húmeda. —Su voz era ronca, casi dolorosa.

Tomé aire mientras contenía un gemido. Sus expertas caricias me ponían como una moto. Eché la cabeza hacia atrás, deseando gritar.

—¿Echas esto de menos? ¿Mis manos sobre ti, el calor de mi cuerpo?

Me mordí los labios porque no quería responder, pero unos segundos después estaba corriéndome y me agarré a sus hombros para no perder el equilibrio cuando la fuerza del orgasmo me consumió entera. Clavé las uñas en su carne mientras los espasmos me estremecían, mi mente llena del singular placer que solo Blake podía darme.

Coño, había pasado mucho tiempo. «Necesito esto, te necesito a ti.» Deseaba tanto decírselo.

Blake besaba suavemente mi cuello y mis hombros mientras los temblores iban disminuyendo.

—¿Más?

La vibración de su voz casi hizo que volviese a correrme. Deslizó los dedos por mis pliegues hasta llegar a la entrada de mi coño, ejerciendo una ligera presión, como si quisiera introducirlos. Podría hacerlo tan fácilmente… y luego su polla. La cama estaba allí mismo. Podríamos robar un momento y nadie lo sabría.

Pero una indiscreción llevaría a otra… no, tenía que recuperar el control. Sacudí la cabeza y respiré hondo para calmarme.

—No —conseguí decir con voz frágil, casi implorante.

Aparté su mano y di un paso atrás. Me movía con paso vacilante hacia la cama, donde estaba mi ropa. Mi cabeza daba vueltas mientras me vestía a toda prisa. Él me miraba con expresión aparentemente tranquila, pero había una tormenta en sus ojos.

Y yo conocía esa expresión. Solía mirarme así segundos antes de tenerme apretada contra alguna superficie dura, follándome o haciéndome desear que lo hiciera.

Se apoyó en la cómoda, cruzando los tobillos, y se chupó los dedos. Los tejanos se tensaban sobre una erección que él no hacía el menor esfuerzo por disimular.

Qué coño. Aparté la mirada mientras intentaba abrochar el botón de los tejanos, pero me temblaban demasiado las manos. Por fin lo conseguí y me detuve un momento frente al espejo para mirarme el pelo alborotado y lleno de arena. No podía arriesgarme a entrar en la ducha en ese momento. Alborotado y lleno de arena tendría que valer.

Haciendo un esfuerzo, sostuve la mirada de Blake.

—Tengo que irme.

—¿Con él?

—No, me voy a casa.

—Esta es tu casa.

16

*P*asé la mayor parte del día vacilando entre fantasear con las caricias de Blake y regañarme a mí misma por haber dejado que me tocase.

Sus palabras me habían afectado de verdad. Sin casa y sin raíces, estaba flotando por la vida desde que lo dejé. Era un satélite en órbita sin destino ni propósito. El suelo más sólido para mí estaba con Blake, pero había tenido que abandonarlo porque nuestras vidas estaban en peligro.

Ese encuentro en el apartamento había sido breve, pero estaba pisando una línea muy peligrosa. ¿Y si Blake volvía a buscarme? Por fin había conseguido que Daniel y Connor lo dejasen en paz, y allí estaba, bailando con el peligro otra vez.

Sonó la campanita de mi móvil que anunciaba un mensaje entrante.

Alli: ¿Podemos hablar?

Esperé unos minutos antes de responder, como si estuviera muy ocupada.

E: Estoy muy liada. Hablaremos más tarde.
A: Ya he oído eso antes. Eres como un disco rayado.

Dejé el móvil sobre la mesa y miré el reloj. Alli debía de estar en su pausa del almuerzo, de modo que tenía un tiempo limitado. Si pudiese aguantar la próxima media hora estaría fuera de peligro hasta que saliese de la oficina, y siempre salía tarde.

Di un respingo cuando sonó el móvil. Estaba llamándome.

Bajé el volumen y dejé que la llamada fuese al buzón de voz. No podía hablar con ella en ese momento. No sabía lo que Heath le había contado o qué podría decirle. Prefería no decir nada que mentir a mi mejor amiga.

Alli: Si no me llamas pronto voy a perseguirte. Lo sabes, ¿no?

Sonreí. Alli y sus vanas amenazas.

Abrí la aplicación de fotos y busqué las últimas que había hecho, una serie de *selfies* con Blake en la limusina, de camino a la gala. Él estaba tan guapo con su esmoquin… y poniendo caras en la mitad de ellas, fingiendo atacarme por detrás.

Reí, con el corazón encogido, y me llevé una mano al pecho, como si así pudiese controlar el dolor. Mi corazón, ese sitio vacío, había empezado a latir de nuevo. Desde que me fui del apartamento el día anterior no dejaba de recordar lo feliz que había sido con Blake, tan feliz como en las fotos. La última vez que había sentido algo así fue en la playa, con James, pero había sido muy breve. Por algún milagro, me había hecho reír y olvidar mi realidad. Tenía que darle crédito por eso.

Solté el móvil. Tenía que dejar de torturarme. Me había esforzado mucho para mantener a Blake alejado, más de lo que podía soportar. Ahora iba en un tren sin frenos, dejando que los momentos adictivos que había compartido con él se apoderasen de mí una vez más.

Miré el reloj. Hora de intentar comer algo. Lo que de verdad me apetecía era una copa, pero eso tendría que esperar.

Bajé a Mocha y miré un menú sin mucho interés.

—Hola, chica.

Simone se dejó caer en una silla frente a mí.

—Hola.

—¿Qué tal?

—Bueno, ya sabes, lo de siempre, muy ocupada.

—¿Ah, sí? ¿Y el inversor? —preguntó y frunció los labios mientras apoyaba la barbilla en una mano. Parecía tener ganas de cotillear y eso me preocupaba porque yo no tenía la menor intención.

—Está bien.

—¿Y James? Imagino que sigue loco por ti.

—Yo no diría eso.

—¿Quiere sexo? —preguntó, levantando las cejas.

—No, no es eso. Es un buen tipo. No sé, hay cierta atracción entre los dos.

—¿Estás pensando en dejar al inversor por él?

Negué con la cabeza.

—Blake y yo hemos roto, pero no estoy preparada para salir con nadie. Me gusta ser amiga de James, pero no estoy siendo justa con él porque sé que quiere algo más. ¿Crees que soy una guarra?

Simone se encogió de hombros.

—Es mayorcito. Si para ti solo es un amigo, tendrá que entender que no estás preparada para otra relación. Si insiste y se arriesga a que lo rechaces es cosa suya.

Suspiré.

—Tal vez tengas razón, pero no quiero que esto me explote algún día en la cara.

—Siempre existe esa posibilidad cuando mantienes una relación con alguien del trabajo.

—Lo sé, pero creo que es demasiado tarde. No puedo decirle que solo podemos ser amigos sin provocar mucha tensión.

—Parece que ya tienes tensión suficiente.

Suspiré de nuevo.

—Lo sé. Uf, qué lío.

—Bueno, no le rompas el corazón porque cuando lo dejes yo pienso lanzarme sobre él como una loca.

Intenté sonreír.

—¿Y a qué esperas? Me harías un favor.

—Lo creas o no, Erica, te considero una amiga y no pienso liarme en un triángulo amoroso contigo.

—Eso debería ser fácil porque no estoy enamorada de James y no espero estarlo nunca.

—¿Y si él estuviese enamorado de ti?

Negué con la cabeza.

—Eso es imposible.

Nos habíamos conocido solo unas semanas antes. Además, James trabajaba para mí. Claro que unas semanas después de conocer a Blake ya estaba loca por él. Pero James y yo no nos acostábamos juntos. Nada era tan intenso como el principio de mi relación con Blake. Había intentado alejarme tantas veces, solo para encontrarme de vuelta en sus brazos, y más feliz que nunca. Una pena que nuestra felicidad hubiera sido tan breve...

—¿En qué estás pensando?

Fruncí el ceño.

—¿Por qué lo preguntas?

—Porque tenías una expresión tan soñadora. Necesito saber en quién estabas pensando ahora mismo.

—En Blake.

Simone sonrió.

—Pues ahí lo tienes.

Hice una mueca. Aquella chica era como un sabio sufí.

—Ojalá fuese tan sencillo, de verdad.

—No te preocupes. Ya encontrarás la solución. No sé qué decirte sobre Blake, pero en lo que se refiere a James... sé sincera con él. Eso es lo único que puedes hacer.

—Lo sé. Tienes razón.

—Venga, decide qué quieres comer antes de que te desmayes.

—Sí, claro.

Tomé la carta, esperando que algo despertase mi apetito.

James apareció en mi despacho al final del día con una sonrisa en los labios.

—Hola, mañana iré al gimnasio después del trabajo ¿Te apetece venir conmigo?

Me reí un poco.

—¿Estás intentando decirme algo?

Sus ojos se agrandaron por un segundo.

—¿Qué? No, no, en absoluto. Tienes un cuerpo precioso, pero había pensado que tal vez te gustaría desahogarte un rato. A mí me ayuda cuando estoy estresado.

El cumplido hizo que me pusiera colorada. Tenía que dejar de decirme esas cosas. Debería haber hablado con él, pero no lo había hecho.

—¿Estás estresado?

—No lo sé, tal vez.

Cambió el peso del cuerpo de un pie a otro, como si la pregunta lo hubiese incomodado y yo intenté ignorar la vocecita interior que me decía que seguramente era culpa mía.

—¿Qué dices?

La voz de James interrumpió mi vocecita interior.

—Estás decidido a curarme, ¿verdad?

Él esbozó una sonrisa.

—Sí, me gusta la Erica feliz. Y también me gusta la Erica borracha. Deberíamos salir a tomar una copa alguna vez.

Recordé entonces la noche en el bar, cuando no podía apartar sus manos ni sus ojos de mí.

—Mejor nos limitamos al gimnasio.

—Muy bien.

Llevaba algún tiempo sin ir al gimnasio y al día siguiente, cuando llegó el momento, quise echarme atrás. Pero James tenía razón. Necesitaba desahogarme y tal vez si me cansaba lo suficiente podría dormir de un tirón para variar.

Fuimos a un gimnasio al final de la calle del que acababa de hacerse socio y, mientras él se quedaba haciendo mancuernas, encontré una cinta libre y la programé a un ritmo que me pareció agresivo. Quería sudar, quemar calorías, y ver si tenía suficiente fuerza mental para agotarme del todo. Tal vez así podría extirpar el dolor.

Me puse los cascos y empecé a pillar el ritmo, casi contenta con el reto.

No me di cuenta de que otra persona subía a la cinta de al lado. Estaba intentando concentrarme en la música y en el ritmo de la carrera cuando alguien me quitó los cascos y casi perdí el equilibrio.

Blake estaba a mi lado y, como siempre, me quedé sin aliento. Pensé que pasaría más tiempo antes de volver a verlo.

—¿Qué haces aquí?

—Vengo a este gimnasio. ¿Quieres que echemos una carrera?

Sonreía, recordándome al amante juguetón con el que solía despertar cada mañana. También me recordaba todos los orgasmos que no estaba teniendo desde que rompí con él, salvo ese error en el apartamento.

—Eso no me parece justo.

—Tal vez no, pero la verdad es que no estoy muy en forma. Ya no aguanto tanto como antes.

Si su resistencia había sufrido un palo, la mía había sido pulverizada. Él estaba en forma; era una máquina bien engrasada, fibrosa y fuerte. Yo, en cambio...

Puse los ojos en blanco, deseando que me dejase en paz, pero sabiendo que no iba a hacerlo.

—Pensé que te gustaban los desafíos.

Sin esperar mi respuesta, que habría incluido alguna palabrota, se inclinó para cambiar el programa de mi cinta y poco después los dos corríamos a toda velocidad. Quería soltar algún taco, pero tuve que ahorrar aliento para la carrera que, estaba segura, me pondría a prueba enseguida.

¿Cómo se me había ocurrido? Llevaba varios meses sin hacer ejercicio fuera del dormitorio o en un estudio de yoga. Y no recordaba la última vez que había dormido ocho horas. Estaba corriendo a base de irritación. Me quemaban los pulmones y me dolían todos los músculos mientras intentaba seguir la marcha. Solo el orgullo evitaba que admitiese la derrota. No iba a darle esa satisfacción, ni siquiera ahora, cuando apenas importaba.

Unos minutos después estaba rezando para no caer rendida, sin saber hasta dónde podrían llevarme las piernas. Sudando y agotada, por fin cambié el programa de la máquina y empecé a caminar. No podía más.

Blake saltó de la cinta como un atleta. Yo apenas podía mantenerme en pie, pero por suerte conseguí que no se me doblasen las piernas mientras bajaba, preguntándome cómo iba a arrastrarme hasta mi casa en tan lamentable estado.

—¿Qué tal las piernas?

Me daban ganas de borrarle la sonrisa de su bonita cara de un bofetón.

—Que te jodan —conseguí decir con la respiración entrecortada antes de tomar un largo trago de agua.

Nuestra pequeña competición no había tenido el mismo efecto en él, que apenas parecía cansado.

—Ya me gustaría, pero tú pareces agotada. Espero que no tuvieras planes para esta noche.

Levantó el bajo de su camiseta para secarse el sudor de la frente, mostrando descaradamente sus abdominales, que eran tan fabulosos como siempre. No estaba dejándose ir desde que rompimos.

—Oye.

James apareció entonces y ensanchó el torso al ver a mi acompañante.

Blake lanzó sobre él la clase de mirada que reservaba para los desafortunados mortales que cometían el error de acercarse demasiado a mí. Puro desdén, como si su mera existencia lo ofendiese.

Aquello no era bueno en ningún sentido. Aunque le había dicho que James y yo no nos acostábamos juntos, Blake tenía una asombrosa propensión a encontrarnos en el mismo sitio al mismo tiempo.

—¿Has terminado? —le pregunté para romper la tensión.

—Sí, estaré listo cuando quieras —respondió él, con la mirada clavada en su objetivo.

—Nos vemos otro día, Blake.

Empujé a James suavemente hacia la puerta y cuando miré hacia atrás observé la tensa expresión de Blake, que tenía los puños apretados.

17

El viernes era el día que tenía que verme con la gente de la campaña de Daniel y elegí un vestido ancho de color chocolate y escote de pico, con un cinturón fino para marcar cintura y zapatos de color *nude*. Era un *look* sofisticado, acorde con la directora de una empresa de internet. Me negaba a ponerme un traje de chaqueta para acudir a una falsa entrevista de trabajo.

Aún faltaban un par de meses para las elecciones, pero había gente correteando por las oficinas del cuartel general como si aquel fuera el gran día, carteles con la fotografía de Daniel en todas las ventanas y papeles por todas partes, sobre los escritorios y amontonados en cualquier superficie. Una docena de personas hablaban por teléfono, sus voces mezclándose en un caos ininteligible.

Jóvenes de mi edad de ambos sexos pasaban a mi lado, moviéndose por la oficina como si estuvieran coordinando un alunizaje o algo así. La sensación de urgencia me ponía nerviosa.

Estaba mirando alrededor un poco tontamente cuando un joven alto salió de uno de los despachos y se acercó a mí.

—¿Erica?

—Sí, soy yo.

—Soy Will, el ayudante del director de la campaña. Ven conmigo, vamos a charlar un rato.

Entramos en su despacho, un cubículo con ventanas a ambos lados, y cuando cerró la puerta y el estruendo de la sala principal se esfumó dejé escapar un suspiro de alivio.

Me gustaba la tranquilidad de mi oficina. Incluso en la de Blake, en la que había mucha gente, el ritmo no era tan frenético.

Will se sentó tras su escritorio y empezó a rebuscar entre sus papeles. Debía de tener treinta y pocos años y era atractivo, con el pelo rubio oscuro ligeramente desgreñado y largo. Parecía una versión más madura de los voluntarios que estaban en la sala e irradiaba una energía que, yo sabía por experiencia propia, era debida a copiosas cantidades de café y mínimas horas de sueño.

—Gracias por venir. Tengo entendido que conoces al señor Fitzgerald.

—Así es —respondí, incómoda. Claro que nos conocíamos, pero Daniel no me había dicho cómo debía hablar sobre nuestra relación—. Nos conocemos por temas de trabajo.

Esperaba haber sido lo bastante ambigua como para que no insistiera sobre ese tema.

—Eso está muy bien. Imagino que conoces los requisitos del puesto.

—Sí, claro, pero me gustaría saber qué estáis buscando exactamente.

Durante los siguientes diez minutos me habló de la estructura de su equipo de marketing, de los fallos y preocupaciones y de cómo esperaban mejorar. Yo escuchaba atentamente, tomando notas.

—Seguramente no debería decir esto en una entrevista, pero no tenemos mucho tiempo para ir de puntillas. El señor Fitzgerald parece especialmente interesado en encontrar alguna forma de colaborar contigo e imagino que tú piensas lo mismo.

Vaya pregunta capciosa. Jugué con el bolígrafo. Mi parte testaruda quería gritar ¡No!, pero en lugar de hacerlo sonreí amablemente mientras sacaba un grueso documento del bolso. El tamaño rivalizaba con el plan de marketing que Daniel me había dado la semana anterior.

Lo lancé sobre el escritorio

—Bueno, la verdad es que tengo una propuesta para ti.

*L*a reunión con Will fue bien, pero no sabía cómo o cuándo reaccionaría Daniel a mi propuesta. Tenía la impresión de que no le haría gracia y, aunque había elaborado un plan que sería beneficioso para todos los involucrados, seguramente él lo vería como un gesto de desobediencia. Pero tenía que intentar convencerlo como fuera.

Mark había muerto, pero mientras Blake estuviera a salvo, pensaba plantarle cara porque la clase de vida que tenía planeada para mí no me interesaba. Al menos por el momento, estaba dispuesta a enfrentarme con las consecuencias.

Dejar que otra persona dirigiese mi vida era insoportable para mí y estaba cansándome de que Daniel quisiera manipularme usando la violencia y el miedo. A la larga, nadie saldría ganando. Si obedecía ciegamente, mi talento y mis ganas de vivir pronto serían aplastados.

Intenté olvidar mis temores. Daniel me diría lo que pensaba tarde o temprano y, mientras tanto, intentaría no preocuparme.

De vuelta en la oficina, estaba hablando con Chris y Sid cuando algo llamó mi atención. El Tesla de Blake había pasado volando bajo la ventana y mi corazón dio un vuelco.

Pero el dolor fue rápidamente reemplazado por una oleada de cólera al verlo ayudar a Risa a salir del coche. Ella le sonreía coqueta mientras ponía una mano en su torso.

«No, joder, esto no.»

Cuando por fin pude moverme corrí escaleras abajo reuniéndome con ellos a los pocos segundos.

—Hola, Erica.

Risa se quedó inmóvil, agarrando el bolso como si fuera un salvavidas.

La miré de arriba abajo, desesperada por encontrar un cabello fuera de su sitio, alguna indicación de lo que había pasado entre ellos durante la hora del almuerzo. Y no dejé de mirarla, implorándole que me diera una excusa.

—Blake quería repasar las cifras de marketing conmigo, así que hemos decidido comer juntos.

—¿Ah, sí?

Ella asintió con la cabeza, claramente nerviosa. Seguí mirándola durante unos segundos. No podía soportar las imágenes que aparecían en mi cabeza.

Que Blake intentase conseguir información sobre el negocio a mis espaldas era una cosa. Coaccionar a Risa para acostarse con ella, presumiblemente sin hacer un gran esfuerzo, otra muy diferente.

—Debería volver a la oficina —murmuró.

—Sí, deberías.

Me volví hacia Blake, que me miraba con una sonrisa de satisfacción. Pero antes de que pudiese decir nada subió al coche y arrancó a toda velocidad mientras yo me quedaba en la acera, intentando entender qué demonios estaba haciendo.

Furiosa, volví a la oficina, pensando en todo lo que iba a decirle a Risa. Intentar separar la vida profesional de la personal podría ser una causa perdida en ese momento.

James salió al descansillo y me miró con cara de preocupación.

—¿Qué ocurre?

—Blake acaba de dejar a Risa después de un «almuerzo de trabajo».

—¿Y qué?

—No tiene derecho a verse con una de mis empleadas a mis espaldas… y te puedo asegurar que la reunión no ha sido nada inocente. Primero tengo que decirle que te deje en paz a ti y ahora parece haber puesto los ojos en Blake. Es que no para la tía. La cara que tiene, apareciendo así… —Hablaba a toda velocidad, sin pensar lo que decía—. Esto no puede ser. Hay mucha gente ahí fuera buscando trabajo y Blake tiene que dejar de meterse en mis cosas.

Risa sabía cómo conseguir lo que quería y eso había estado muy bien… hasta ese momento.

Y Blake lo había hecho a propósito.

Empecé a pasear por el descansillo. Pues no, no iba a salirse con la suya.

—Entra, James, volveré enseguida.

Me volví hacia la escalera, pero antes de pisar el primer peldaño, me tomó del codo y me giró hacia él.

—¿Adónde vas?

—A decirle lo que pienso.

—¿Por qué no esperas un poco y te tranquilizas? Te lo estás tomando como algo personal.

—No. Esto es totalmente inaceptable.

—¿Por qué dejas que te moleste? —James frunció el ceño, genuinamente enfadado.

Me daba igual, estaba furiosa.

—No voy a dejar que se acueste con mis empleadas, ¿vale? No creo que eso sea normal.

James dio un paso adelante y aparté la mirada de sus penetrantes ojos para concentrarme en la pared, intentando no pensar en cómo me hacía sentir cuando estaba tan cerca.

—No sabes si se la está tirando o si tiene intención de hacerlo —dijo en voz baja, directo al grano—. Lo que pasa es que no puedes alejarte de él.

Cerré los ojos, buscando fuerzas para soportar ese momento y el resto del día sin perder la cabeza.

—Erica.

—¿Qué?

No podía mirarlo. No podía darle lo que quería. Apenas era capaz de sobrevivir después de mi ruptura con Blake. No me quedaba corazón para dárselo a nadie.

—¿Quieres escucharme antes de ir corriendo tras él?

Me irritó ese comentario.

—¿Qué tienes que decir?

Su expresión se suavizó un poco, como si hubiese notado mi enfado.

—Sé que es complicado. Tú y yo… aunque quieras ignorarlo, hay algo entre nosotros. Yo lo noto y sé que tú también. Me importas y no puedo soportar ver que ese tipo te tortura, que te está rompiendo el corazón.

Suspiré.

—Créeme si te digo que no sabes por lo que estoy pasando.

—Lo único que no entiendo es por qué no puedes admitir que sientes algo por mí. ¿Por qué te niegas a aceptarlo?

No podía responder a esa pregunta.

—No estoy tan ciego como para no verlo.

Me acarició la mejilla con el pulgar y tuve que tragar saliva.

—Tal vez estás sobrestimando el efecto que ejerces en las mujeres.

Era mentira. Ejercía un efecto en mí. Desde que conocí a Blake no me fijaba en otros hombres, pero me resultaba imposible ignorar a James.

Él rió suavemente.

—Te pones colorada cada vez que estamos cerca y tienes que contener el aliento —murmuró, rozando mis labios—. Tengo que hacer un esfuerzo sobrehumano para no besarte ahora mismo y sé que tú también lo deseas.

Se apoderó de mis labios en una tierna caricia que me robaba el aliento. Me quedé inmóvil, esperando que la vocecita en mi cabeza empezase a dar gritos, pero no fue así. Tal vez estaba tan cansada de luchar como yo y algo dentro de mí se liberó. A pesar de todas las dudas, me entregué, me di permiso para desear a James en ese momento, durante el tiempo que durase.

Cuando se pegó a mí, le eché los brazos al cuello.

—James…

Susurré su nombre intentando no pensar en lo diferente que era de Blake. Su olor, cómo encajábamos, como si estuviéramos hechos el uno para el otro.

—Te haré olvidarlo. Hazme un sitio en tu vida, Erica —susurraba entre besos.

Sus manos estaban por todas partes, suaves, tímidas, pero en lugar de fuego, dejaban un rastro helado sobre mi piel.

Temblé al recordar sus palabras: «Hazme un sitio en tu vida».

«No.»

La vocecita había conseguido reunir energía suficiente para hacerse oír. Los labios de James intentaban en vano abrir los míos, pero el momento había pasado. El fuego que había despertado en mis sentidos se había apagado de repente.

Y fue entonces cuando lo supe. Blake era el único hombre que tenía un sitio en mi vida. De alguna forma, había echado raíces en mi alma, y ningún momento de deseo, ningún encuentro fortuito con James podría cambiar eso.

—¿Qué pasa?

Sacudí la cabeza.

—No puede ser.

—¿Qué tengo que hacer? Por favor, dímelo.

—No tienes que estar con alguien como yo. Dios sabe que yo no quiero estar conmigo misma la mitad de los días.

Di un paso atrás para poner distancia entre los dos.

—¿Por qué no dejas que eso lo decida yo?

—No hay nada que hacer, James. No puedo ser lo que tú quieres que sea. Esto... no es justo para ti.

—¿Quieres dejar de decir eso? No me apartes porque te da miedo lo que me haces sentir. Yo sé cuidar de mí mismo.

—A lo mejor tengo miedo por mí misma entonces. Tienes razón, me siento atraída por ti. No voy a negarlo, pero debes saber que yo no puedo amarte.

La verdad de esas palabras me sorprendió. No era capaz de amar a nadie en aquel momento, o tal vez nunca, por fabulosa que fuera una persona.

—No te estoy pidiendo que me ames, te estoy pidiendo que nos des una oportunidad. No sabes adónde puede llegar esto porque no dejas que pase nada.

Cerré los ojos otra vez. Durante semanas había estado conteniéndome con el equivalente emocional de una cinta adhesiva. Lo único que quería era que alguien me ayudase a reunir los pedazos otra vez, pero James no era esa persona.

—Lo deseas —murmuró—. Vas a ir corriendo tras él.

Me miró durante largo rato, su rostro crispado de frustración.

—No voy a ir corriendo tras él.

—Es patético verte hacer eso —replicó—. Ir tras él cuando yo estoy aquí mismo. Te deseo, estoy perdiendo la cabeza por ti y tú solo puedes pensar en tener otra oportunidad con él.

Ese comentario me enfureció.

—No voy a correr tras él, James. Fui yo quien rompió la relación. ¿Te enteras? Yo me he roto el corazón. Esto es culpa mía y tú no entiendes nada, así que apártate de mí, de mi cabeza y de mi corazón, y guárdate tus putos juicios para ti mismo.

Apreté las manos para que dejasen de temblar y él bajó los hombros ligeramente, suspirando.

—No entiendo por qué quieres a un hombre que te ha pegado.

—¿Qué?

Fruncí el ceño, sorprendida. ¿Lo había oído bien?

—Mi padre también era de los que levantaban la mano. Los conozco en cuanto los veo, te lo aseguro. Y no puedo entender que lo toleres, por mucho que lo quieras.

—Dios mío, James, aquel día... ay, mierda.

Enterré la cara entre las manos. Había estado tan obsesionada con mis propios sentimientos que no se me había ocurrido pensar en lo que él podría haber imaginado al verme con la cara amoratada. Era lógico que odiase tanto a Blake.

Di un paso adelante y puse las manos sobre su torso. No quería pelearme con él. Además, tenía que creerme.

—Blake nunca me ha pegado, te lo prometo. Por favor, créeme si te digo que esta situación es más complicada de lo que tú puedes llegar a entender.

Mi declaración no tuvo el efecto deseado porque James se apartó con gesto serio.

—Lo que tú digas, Erica.

Su expresión derrotada añadió un horrible sentimiento de culpa a mi desolación.

Se dio la vuelta y desapareció por el pasillo para entrar en la oficina.

No sabía exactamente lo que iba a decirle a Blake si lo encontraba en su oficina, pero le diría cuatro cosas de una forma o de otra.

Atravesé la sala de trabajo con tal velocidad y propósito que todos volvieron la cabeza al escuchar el repiqueteo de mis tacones. Entré como una tromba en su despacho, sin prestar atención al saludo de Cady, y cerré la puerta en cuanto lo vi frente a su escritorio.

Él se giró en su sillón.

—Erica, no te esperaba tan pronto.

—¡Que te jodan! —dije y me acerqué al escritorio, dispuesta a decirle lo que pensaba.

Él se levantó con gesto pausado.

—Pensé que ese tipo de juegos se había terminado cuando rompiste conmigo. Si has cambiado de opinión, admito que sigo interesado.

—¿No estás haciendo progresos con Risa? —le pregunté, enarcando una ceja.

—No tan rápido como me gustaría.

Tuve que apretar los dientes. Sus palabras se clavaban en mi corazón como mil cuchillos. ¿Cómo podía haber cambiado tanto? ¿Siempre había sido tan frío? Tomé aire y me preparé para una pelea.

—Puedes acostarte con quien quieras, pero aléjate de mis empleadas.

—Pues tú pareces ser muy liberal con tus relaciones profesionales.

—No sé cuántas veces tengo que decírtelo: James y yo solo somos amigos.

—¿No me digas?

—Te lo digo y te lo repito.

No sabía por qué, pero de verdad quería que me creyese.

—A mí me parece que está locamente enamorado de ti.

Tuve que tragar saliva.

—¿Y estás utilizando a Risa y a Sophia para vengarte de mí, para ponerme celosa? ¿Es eso?

—¿Y tú?

Se acercó, atrapándome contra el escritorio, y tuve que tragar saliva, insegura.

—¿Cuánto tiempo tenía que esperarte, Erica? ¿O solo has venido para echar un polvo?

Deslizó una mano por mi muslo, buscando mis bragas, pero la aparté de un manotazo.

—Antes no te odiaba.

Tuve que tragar saliva para deshacer el nudo que tenía en la garganta.

La mirada fría de sus ojos cambió. Se oscurecieron de emoción.

—Amarme no era suficiente. Me tienes desesperado.

Sacudí la cabeza, desconcertada.

—¿No? Entonces tal vez no era amor.

—Blake…

¿Cómo podía dudarlo?

—No eres capaz de decirlo, Erica.

Abrí la boca, pero las palabras se me atragantaban. Quería decirle que lo amaba, que lo odiaba, que lo echaba de menos desesperadamente. Quería explicarle por qué estaba tan cansada de aquella dolorosa y agotadora separación.

—Dilo —insistió—. Si hay algo por lo que merezca la pena esperar, necesito que me lo digas ahora mismo.

Mis ojos se empañaron.

—¿Por qué ibas a esperarme?

—Porque no puedo evitarlo —respondió él, pasándose las manos por el pelo alborotado—. Dios bendito, ¿de verdad pensabas que iba a dejar de desearte? ¿Creías que todo cambiaría de repente, que ya no sentiría nada?

Cerré los ojos cuando puso la mano en mi nuca para empujarme hacia él, pero los abrí al sentir su aliento en los labios. Mi corazón latía con fuerza contra mis costillas. Su expresión era tensa, airada, por la frustración que yo había despertado.

—Sea lo que sea lo que te ha apartado de mí, yo lo arreglaré. Te lo prometo.

—Esto no puedes arreglarlo, Blake.

—¿Cómo que no? Haré lo que sea para recuperarte, ¿lo entiendes? Lo que tenga que hacer.

Las lágrimas empezaron a rodar por mis mejillas. La determinación en sus intensos ojos pardos parecía envolverlo todo. El dolor que había en ellos penetraba en mi alma. Su expresión se suavizó mientras secaba mis lágrimas, besando el rastro que me habían dejado en el rostro.

—Tú eres la única, Erica. Nunca ha habido nadie más.

—Pero…

—Ni Risa ni Sophia. Ninguna de ellas eres tú, nadie puede acercarse. Créeme, nadie lo hará nunca. Si no podemos hacer que esto funcione… —Me apretó con más fuerza—. No puedo ni pensarlo. Que Dios me ayude, seguiré intentándolo hasta que consiga recuperarte. Dime que me quieres, por favor.

El ruego, hecho en voz baja, me rompió el corazón.

—Dilo —repitió, besándome con toda suavidad.

—Te quiero.

Las palabras salieron de mi boca como un sollozo y tragué saliva, aliviada al pronunciarlas por fin.

—Te quiero tanto.

Él respondió tomándome por la cintura para sentarme sobre el escritorio.

—Entonces no renuncies a esto. Ámame, maldita sea. Por favor, cariño. Deja que yo te ame.

Deslizó las manos por mis muslos, levantando la tela del vestido al hacerlo, y silenció cualquier intento de protesta con un beso profundo, devorando mi boca con caricias hambrientas, urgentes. Enredé las manos en su cuello, sin poder esperar más.

—Dios, te necesito tanto.

Con un gesto rápido, se desprendió de la camiseta y me quitó las bragas.

—Blake, estamos en tu despacho —susurré, recordando vagamente la regla de no follar en la oficina.

—Me importa una mierda. Necesito estar dentro de ti ahora mismo más de lo que necesito respirar y me da igual quién lo sepa.

Apartó los papeles del escritorio con un brazo, tirándolos al suelo, y me empujó hacia atrás para colocarse sobre mí, envolviendo mis piernas en su cintura. Me cubría de besos enfebrecidos, chupándome el cuello hasta que empecé a sentir un cosquilleo en la piel. Tiró hacia abajo del escote del vestido para liberar mis pechos y tomó un pezón entre los labios, envolviéndolo con la punta de la lengua.

—Pensé que iba a perder la cabeza cuando te alejaste de mí la otra noche.

—No quería irme, Blake.

—No puedo dormir, te deseo tanto. Quiero enterrarme en ti profundamente, oírte gritar.

El deseo corría por mis venas y me moví ansiosamente debajo de él, desesperada por el contacto. Desabroché la hebilla del cinturón y tiré hacia debajo de los tejanos para liberar su polla. Frenética de deseo, levanté las caderas mientras él se hundía en mí, haciéndome suya, ensanchándome a placer. Me llenaba por completo, sus jadeos al ritmo de los míos.

Nadie me había hecho sentir así y nadie lo haría nunca. Solo él.

Se apoderó de mi boca y mi lengua con aterciopelados roces, hasta que apenas fui capaz de respirar. Gemí cuando se apartó, solo para hundirse aún más profundamente.

—Dilo otra vez. —La orden salió de sus labios como un gruñido estrangulado.

Me agarró por las caderas y empujó de nuevo hasta llegar al fondo.

—Te quiero, Blake —sollocé de placer—. Dios, me gusta tanto. Te quiero tanto.

Como si algo invisible se hubiera roto, la fina capa de control desapareció, como si se le hubiera caído una máscara. Ya no podía ver las familiares arruguitas alrededor de sus labios, solo el intenso deseo animal de poseerme. Me embestía con movimientos rápidos, fuertes, la fricción de sus envites volviéndome loca de lujuria. Me agarraba a lo que fuera, su pelo, sus hombros, el borde del escritorio. Cualquier cosa para sujetarme cuando me deslicé peligrosamente hacia el olvido.

Él me sujetó las manos y me las levantó sobre la cabeza. Mis pechos se alzaban, torturados al sentir la caricia del suave vello de su torso. Gemí y grité cosas ininteligibles. El placer me hacía perder el sentido.

Nuestros cuerpos chocaban, tensos y cubiertos de sudor. La lenta quemazón del deseo era como una tormenta, una locura transitoria apoderándose de mí mientras me cerraba a su alrededor. Sus caderas chocaban implacablemente contra las mías y su boca anclaba mi cuerpo con besos apasionadamente dolorosos y castigadores que yo devolvía como una persona hambrienta.

—Joder, joder, joder, Erica. Vamos, córrete, cariño, no puedo parar.

Sus palabras me llevaron al orgasmo. Dejé escapar un grito mientras mis dedos se enredaban con los suyos. No dejaba de mirarme a los ojos mientras estaba en éxtasis, los tendones de su cuello tensos como cuerdas. De repente, empujó las caderas hacia delante una vez más y un espasmo sacudió su poderoso cuerpo.

Estaba en el paraíso e inhalé su aroma, disfrutando de nuestra repentina y fiera proximidad. Su amor, la posesiva y excitante ola de amor, me tenía atrapada entre sus garras. Todo lo que había intentado olvidar y controlar desapareció de golpe. Frente con frente, intentamos respirar entre lentos y apasionados besos.

Blake se quedó inmóvil un momento antes de levantar la mirada.

—Mierda.

—¿Qué?

—Tengo una reunión en unos minutos. Si no, te llevaría a casa para terminar esto. —Sacudió la cabeza—. Da igual, le diré a Cady que la cambie para esta tarde.

Noté que su polla se hacía más gruesa dentro de mí. Estaba dispuesto otra vez y apreté los labios, abrumada por lo mucho que lo deseaba. Quería disfrutar de todo lo que había echado de menos durante esas semanas.

Pero entonces volví a la realidad. Aquello había sido asombroso, emocionante, pero el sexo no resolvía nada.

Me llevé una mano al pecho.

—Tengo que ir al baño.

Blake se apartó y tuve que morderme los labios para disimular un gemido de pesar al perder el contacto. Con su ayuda, bajé del escritorio y me arreglé un poco antes de escapar de la habitación.

¿Qué íbamos a hacer ahora?

Antes de que pudiera pensar en ello, Blake llamó a la puerta e intenté recuperar la compostura para que no notara mi preocupación.

—¿Todo bien?

—Sí, claro —respondí, nerviosa—. Pero será mejor que te deje volver al trabajo.

Iba a pasar a su lado cuando él me apretó contra su costado.

—¿Y si yo no quisiera dejarte ir?

Evité su mirada, aunque no podía dejar de buscar el calor de su cuerpo.

—Tenemos que vernos esta noche —dijo e hizo una pausa, penetrándome con la mirada.

Sopesé la respuesta durante un segundo. Acababa de desnudarme emocionalmente y mi farol había quedado al descubierto. ¿Qué podía decir para alejarme que él pudiese creer o aceptar en este momento?

—No creo que sea buena idea.

Blake me miró arrugando la frente.

—¿Otra vez estamos con esas?

Suspiré para mis adentros. Nada había cambiado. No podía contarle todo lo que él no sabía.

—Me estás matando, Erica. ¿Después de lo que acaba de pasar no quieres volver a verme?

Pensé en las posibilidades, en todo lo que podría ir mal. En medio de ese duro proceso, Blake me besó y yo le devolví el beso, agarrándome a su camiseta como si así pudiera retenerlo.

—Nos vemos después del trabajo, ¿de acuerdo? Quiero invitarte a cenar.

Asentí sin pensar, borracha de sus besos. Pero antes de que pudiese apartarme, él me apretó la mano.

—Sobre Risa…

Levanté la mirada con cierta aprensión.

—No es lo que tú crees.

—Ah.

«Entonces, ¿qué demonios era?»

—No cuentas con la lealtad de Risa, por cierto —anunció Blake entonces.

—¿Qué significa eso?

—Dijiste que querías cometer tus propios errores y estoy dejando que lo hagas. Haz tus deberes y pronto lo descubrirás.

18

Mientras volvía a la oficina me sujeté el pelo alborotado en una coleta para que no se notase que acababa de echar un polvo sobre un escritorio. Una vez allí, observé la expresión culpable de Risa. No podía mirarla a los ojos.

En cuanto traspasé el umbral, James apareció detrás de mí.

—¿Qué tal ha ido?

Su tono seco me recordó la amarga escena de antes y suspiré, deseando no haber vuelto a la oficina.

—Bien. Ahora nos entendemos.

—Ya lo veo.

James me rozó el cuello con un dedo y sacudió la cabeza antes de desaparecer.

Me senté y abrí el bolso para sacar un espejo. Como imaginaba, Blake me había hecho un chupetón…

Sentí que me ardía la cara. «Maldita sea, Blake.»

Era despiadado con sus celos y ahora James estaba cabreado porque había hecho justo lo que él creía que haría.

Me eché hacia atrás en la silla, enfadada y agobiada. Y pensar que una vez me había preocupado la cultura de empresa… Tendría suerte si James no renunciaba a su puesto antes de que tuviera tiempo de echarle una bronca a Risa por perseguir a mi ex, o lo que fuera Blake oficialmente. En ese momento agradecí enormemente que las vidas de Sid y Chris fueran aburridas y tranquilas. Yo provocaba suficientes dramas por toda la oficina.

Esperé hasta que todos se fueron a las cinco. Por primera vez en mucho tiempo, James no se quedó a trabajar y dejó claro su enfado cuando no se molestó en decirme adiós.

Me levanté para cerrar la puerta y examiné los papeles que había sobre el escritorio de Risa. Todo parecía estar en orden: contratos, notas, material impreso.

Me senté en su silla y moví el ratón. La pantalla de su ordenador se encendió y empecé a buscar en las carpetas de archivos. Todo parecía normal. Esperaba que Blake no me hubiese mentido solo para justificar el almuerzo con ella.

Abrí luego su correo y uno en particular llamó mi atención. Era un correo para Max titulado *Archivos*.

```
Max,
Aquí están los archivos que me habías pedido.
Un beso,
Risa
```

Los «archivos» eran carpetas con los datos de nuestros usuarios, cuentas de pago y documentos confidenciales que había compartido con ella cuando quedamos con Alli semanas atrás...

Me quedé boquiabierta. Yo había contratado a Risa, le había enseñado todo lo que sabía y le había dado la oportunidad de ser alguien importante en la empresa. Sí, teníamos algún conflicto de personalidad, pero aquello era inaceptable.

Llamé a Sid inmediatamente.

—¿Puedes cambiar la contraseña del ordenador de Risa?

—Sí, claro. ¿Qué pasa?

—Aún no lo sé, pero parece que está compinchada con Max, el tipo que debería habernos conseguido los fondos de Angelcom.

—No lo entiendo.

—Ha volcado la base de datos con todas las direcciones de nuestros patrocinadores, información confidencial y una tonelada de documentos contables que le pasé cuando empezó a trabajar con nosotros.

—Vaya. ¿Por qué?

—No tengo ni idea, pero esto me da muy mala espina.

—¿Has hablado con ella?

—No, aún no. Envíame la nueva contraseña y esta noche me pondré a investigar. Quiero descubrir todo lo que pueda sobre este asunto antes de hablar con ella, pero te aseguro que está despedida.

—Muy bien.

Corté la comunicación y seguí echando humo por las orejas. Esa tarde me había cabreado con ella por algo personal, pero Risa había cruzado el punto sin retorno y ya no había marcha atrás.

*D*espués de ducharme a toda prisa en el apartamento, busqué algo que ponerme. No sabía dónde íbamos, así que elegí un top sin mangas y una falda corta de flores que Alli había olvidado allí. Con el pelo suelto porque Blake me había dejado marcada con un chupetón, me puse un poco de maquillaje y usé el rizador para crear unas ondas playeras que no me quedaban nada mal.

Miré la calle bajo la ventana, dando rienda suelta a mi paranoia. Estaba convencida de que Connor seguiría agazapado, pero no vi el Lincoln por ninguna parte. Tal vez todo habría terminado y, si así fuera, podría robar algún momento con Blake, pero probablemente él no estaría interesado en una relación furtiva sin recibir una explicación.

Las cosas entre nosotros estaban cambiando de nuevo y yo no era capaz de controlar nada.

Le envié un mensaje diciendo que estaba en el apartamento y él bajó unos minutos después. Abrí la puerta cuando llamó y me tomó en brazos antes de que pudiese decir una palabra, inclinando la cabeza para besarme con una sonrisa contagiosa. Me mantuvo cautiva con sus besos, enredándome en las apasionadas caricias de su lengua hasta dejame sin aliento.

Por fin me dejó en el suelo, pero sin apartarse.

—Estás perfecta.

Sentí que me ardían las mejillas. Me sentía de todo menos perfecta en ese momento. ¿Cómo podía pensar él que lo era?

—¿Adónde vamos? —pregunté para apartar el foco de mis supuestas cualidades.

—Ya lo verás. Venga, será mejor que nos demos prisa, es un corto viaje en coche.

Siendo fin de semana, había mucho tráfico, pero por fin llegamos a la costa, en dirección al Norte. Poco a poco, la ciudad iba quedando atrás y el paisaje cambiaba por completo. En Cabo Cod había casas unifamiliares con tejados de madera de cedro, pero las de la costa al Norte de la ciudad eran más históricas y pintorescas. Cuanto más nos alejábamos, más impresionantes eran. Salimos de la autopista en Marblehead Neck, un exclusivo barrio residencial colindante con el mar. Cada casa era majestuosa por derecho propio. Tanto por su tamaño como desde el punto de vista arquitectónico.

Blake detuvo el coche en una rotonda, frente a una gran casa de ladrillo desde la que se veía el mar y el perfi recortado de Boston. Había otros coches aparcados a un lado.

Nos quedamos sentados un momento y Blake me apretó la mano.

—¿Vas a decirme dónde estamos?

—Es la casa de mis padres.

Enarqué una ceja.

—Ah.

—Llevan tiempo queriendo conocerte y he pensado que este era tan buen momento como cualquier otro.

Me miré en el espejo. Aquello era tan repentino.

Blake esbozó una sonrisa.

—Estás perfecta, cariño. No te preocupes, les vas a encantar.

Salió del coche para abrirme la puerta y recorrimos juntos el camino de ladrillo hasta la entrada. La madre de Blake salió al porche un momento después.

—¡Tú debes de ser Erica! —Me abrazó, sonriendo.

—Erica, te presento a mi madre, Catherine.

Catherine era una mujer bajita de pelo rubio, bronceada por el sol, con unos ojos azul pálido que me recordaban a los míos. La mujer dio un paso atrás, sin dejar de sonreír.

—Estábamos deseando conocerte. Blake te tenía escondida. —Le dio una palmadita en el brazo antes de tomar mi mano—. Venga, entra. Quiero que conozcas a Greg.

Nos llevó hasta una cocina grande donde el padre de Blake, en camiseta y con un delantal sobre los tejanos, estaba sacando bandejas del horno. Ahora entendía de dónde había sacado Blake su sentido de la moda.

—Greg, ven a saludar a Erica.

El hombre se quitó los guantes y el delantal para saludarme. Alto, de pelo castaño con canas en las sienes, era atractivo y tenía una sonrisa amable. Sus ojos brillaron cuando se encontraron con los míos. Veía tanto de Blake en él...

—Qué afortunado eres, hijo. —Rió efusivamente mientras me daba un abrazo de oso—. Encantado de conocerte por fin. Blake solo tiene cosas buenas que decir de ti.

Yo estaba atónita, incapaz de articular palabra. De hecho, no había podido decir nada desde que entré en casa de los Landon. Todo aquello era una sorpresa total.

—Espero que te guste el pollo a la parmesana —dijo Greg.

—Me encanta.

Le sonreí con calidez.

—Ah, espera, Blake nos ha contado que eres una cocinera estupenda. Demonios, espero estar a la altura.

Blake rió mientras sacaba dos cervezas de la nevera.

—Venga, chicos, ya está bien. ¿Quieres tomar el aire? Si no, estos dos te van a sofocar con preguntas y cumplidos.

—No me importa —bromeé.

Los padres de Blake eran encantadores, aunque me sentía algo abrumada, la verdad.

—Venga, salid al porche. Todos los demás están allí —nos animó Catherine.

Blake tomó mi mano para atravesar un gran salón antes de salir al porche, que rodeaba toda la casa y tenía vistas al mar.

Heath y Alli, que estaban apoyados en la barandilla, se volvieron para mirarnos.

—¡Tú! —exclamó mi amiga, cruzándose de brazos en un gesto airado.

«Ay, mierda.» De modo que hablaba en serio cuando dijo que iba a perseguirme.

—Hola —murmuré tímidamente.

Alli se apartó de la barandilla y se acercó, señalándome con un dedo.

—A mí no me vengas con esas, Erica. Te la has cargado, rica. ¿Tienes idea de lo preocupada que estaba por ti? ¿Quién deja de llamar a su mejor amiga durante semanas? No, en serio…

—Cálmate, cielo. Acaba de llegar —intervino Heath, pasándole un brazo por los hombros.

Di un pasito atrás para apoyarme en el cuerpo de Blake, esperando que él pudiera salvarme de la ira de Alli. Estaba exagerando y arruinándome la fiesta.

—¿Quieres seguir desahogándote? Ahora es el momento —le dije, solo a medias en broma.

Alli esbozó una media sonrisa.

—Esa falda te queda ideal. Quiero que me la devuelvas.

Solté una carcajada y, antes de que pudiese decir nada, Alli me dio un abrazo que le devolví pensando cuánto la había echado de menos.

—No vuelvas a hacerlo.

—Lo siento —susurré sobre su hombro.

Le estaba escondiendo la verdad a tanta gente y durante tanto tiempo que a veces no sabía ni quién era.

—Acepto la disculpa. —Alli dio un paso atrás—. Y ahora, ¿quieres contarme qué demonios está pasando?

Miré a Blake y luego a ella de nuevo.

—Hablaremos más tarde, ¿te parece? No creo que a los padres de Blake les interese mi pequeño drama.

—Yo no diría eso —intervino Heath de nuevo—. Te lo advierto, tendrás suerte si podemos cenar sin que te hagan un tercer grado. No entienden por qué Blake y tú ya no estáis juntos.

Tragué saliva, nerviosa. Aquello empezaba a parecer una intervención que podría terminar en lágrimas y una cura de desintoxicación para mí también. Nadie podía entender la fragilidad de mis sentimientos durante estas últimas semanas. Estaba angustiada hasta el punto de preguntarme si el estrés me estaría quitando años de vida.

Blake me dio un beso en la mejilla.

—No te preocupes, yo los mantendré ocupados. Tú relájate y pásalo bien —me susurró al oído.

Catherine salió al porche con Fiona tras ella. La hermana de Blake iba, como siempre, perfecta con un top de rayas azul y un pantalón corto de color blanco.

—¡Erica, cuánto me alegro de que hayas venido!

Cuando me abrazó, se me hizo un nudo en la garganta. Demasiados abrazos. No podía entender que toda esa gente estuviera tan contenta de verme. Antes de que pudiese darle demasiadas vueltas, como era mi costumbre, Catherine anunció que la cena estaba lista y todos nos sentamos a una mesa que había dispuesta al otro lado del porche. Por suerte, me colocaron entre Alli y Blake.

—Erica, háblanos de tu familia —me animó Catherine mientras empezábamos a comer.

—Mamá... —la reconvino Blake.

—¿Qué? —Catherine sacudió la cabeza, mirándome con cara de sorpresa.

—No pasa nada. Mi madre murió de cáncer cuando yo tenía trece años. Mi padrastro volvió a casarse mientras yo estaba en un internado, así que no tengo mucha familia.

—Vaya, lo siento mucho.

Me encogí de hombros. No quería parecer particularmente sensible o disgustada. Además, apenas les había contado nada.

—Estoy acostumbrada. Dondequiera que esté, mi familia son mis amigos.

Alli sonrió, inclinándose un poquito hacia mí.

—Cuéntanos qué tal va tu negocio —me animó Greg, mientras servía la ensalada—. Blake nos ha dicho que eres parte de esa rara especie de mujeres expertas en tecnología.

Blake frunció los labios en un gesto de irritación y Greg abrió la boca para decir algo más, pero antes de que pudiese hacerlo Heath se aclaró la garganta.

—Siento interrumpir, papá, pero tenemos que hacer un anuncio.

Vi que Catherine palidecía.

—He decidido mudarme a Boston —dijo Alli entonces.

—Ah, vaya.

Catherine sonrió, llevándose una mano al corazón como si hubiera estado a punto de sufrir un infarto.

Mi propio corazón se hinchó de felicidad por la noticia.

—¿Lo dices en serio?

Ella asintió con la cabeza.

—Es oficial. Heath y yo hemos estado hablando esta semana y me mudaré en cuanto sea posible. Y luego me pondré a buscar trabajo.

—Pero eso es maravilloso. —Catherine no podía dejar de sonreír.

Mientras Greg hacía preguntas sobre el precio de los apartamentos en la ciudad, rocé el hombro de Alli con el mío.

—Necesito un director de marketing. ¿No estarás interesada, por casualidad?

Mi amiga frunció el ceño.

—¿En serio?

—Claro que sí. Las cosas no han funcionado con Risa. Ya te contaré los detalles más tarde, pero baste decir que la quiero fuera de la oficina lo antes posible.

—Ah, en ese caso, por supuesto.

—¿De verdad? ¿Estás segura de que eso es lo que quieres?

—¡Lo dirás de broma! Llevo dos meses trabajando doce horas al día para una pandilla de divas del diseño. Comparado con eso, volver a trabajar en Clozpin será como unas vacaciones en el trópico.

—Pero yo pensaba que querías hacer carrera en el mundo de la moda.

Alli esbozó una débil sonrisa.

—Yo también lo creía. Parece que a veces uno no sabe lo que tiene hasta que lo pierde. He adquirido cierta perspectiva y he aprendido un montón, pero creo que mudarme a Boston es lo mejor. Heath será más feliz aquí, con su familia apoyándolo, y tú estarás a mi lado. No se me ocurren mejores razones para volver.

—No pienso discutir. Estaba deseando que volvieras desde que te fuiste. Y, francamente, después de lo que ha pasado con Risa, creo que no podría confiarle ese puesto a nadie más que a ti.

—No te preocupes, nosotras creamos Clozpin y no hay nadie mejor para convertirlo en un éxito.

—Lo mismo digo. Brindemos por eso.

19

*E*xhalé un suspiro de alivio en cuanto dejamos atrás la animada cena con la familia de Blake para escapar a la playa. Me saqué las sandalias en los escalones de madera y caminamos descalzos por la arena cuando el sol empezaba a ponerse.

—Lo siento, están completamente locos —murmuró él.

—No pasa nada, la verdad es que son encantadores.

El inesperado encuentro con sus padres había hecho nacer una burbuja de felicidad dentro de mí que no podía disimular.

—¿Por qué no me los habías presentado antes? Ya sabes, cuando las cosas no eran tan complicadas entre nosotros.

—Como ha dicho Heath, son cotillas y sofocantes —bromeó él, sacudiendo la cabeza—. Por un lado, no quería compartirte con nadie, y por otro sabía que una vez que te los presentase todo habría terminado.

Se me encogió el corazón.

—¿Qué quieres decir?

—Ahora que te han conocido no van a dejar de insistir. No creas ni por un momento que esta va a ser tu última cena con los Landon.

Tuve que sonreír, absurdamente aliviada.

—No seas quejica. Lo dices como si fueran insoportables. No sabes la suerte que tienes.

Cruzamos nuestras miradas y Blake me tomó la mano cuando comenzamos a caminar.

—No quería decir eso. Siempre han sido unos padres estupendos. Imagino que estaba demasiado fascinado contigo como para darme cuenta de que tú disfrutarías más de estas reuniones que yo.

—No tengo mucho con lo que compararlo, pero daría lo que fuera por tener una familia como la tuya. No te olvides de ellos, Blake. Todo puede cambiar en un momento.

—Sí, tienes razón.

Delante de nosotros, en los lindes de la enorme propiedad, había un cenador. Subimos los escalones de madera para admirar la impresionante vista del mar. La luz del día iba desapareciendo y la brisa era fresca. Me senté al lado de Blake y él me pasó un brazo por los hombros mientras admirábamos el paisaje.

—Tenías razón sobre Risa —dije por fin.

—¿Has descubierto lo que estabas buscando?

—Creo que sí. La cuestión es cómo lo sabías tú.

Él no respondió.

—Blake.

Inspiró lentamente y el aire silbó entre sus dientes.

—No va a gustarte.

—Da igual, cuéntamelo.

De un manotazo, apartó un errante mechón de pelo, que enseguida volvió a caer sobre su frente.

—He entrado en tu cuenta de correo.

—¿Qué?

—Estaba preocupado por ti.

—Pero eso es una invasión de mi privacidad, Blake. ¿Por qué…?

—Confía en mí, yo no era el único que estaba preocupado por ti. Marie llamó para preguntarme qué te había hecho para que estuvieras tan disgustada.

Me quedé boquiabierta. Marie. Maldita fuera.

—Solo quería echarle un vistazo a tu correo para ver si había algo que debiera preocuparme. Y, de paso, comprobé también el correo de Risa y el de Sid, por pura curiosidad, para intentar averiguar por qué habías decidido dejarme fuera del negocio.

—¿Y viste los mensajes que le había enviado a Max?

—No digas que no te había advertido.

—No entiendo de qué va a servirle esa información a Max, francamente.

—La empresa de inversiones de la que me hablaste… la que envía cheques a Trevor. Tardé un tiempo en atravesar todas las capas de secretos corporativos, pero por fin he descubierto quién está detrás.

—¿Y bien?

—Parece que nuestro amigo Max está usando la empresa como tapadera para financiar a Trevor. Básicamente, le paga para que dirija ese grupo de hackers que quiere tocarme los cojones.

—Pero los ataques han cesado.

—Aún no sé por qué, pero supongo que en cuanto se compinchó con Risa, poner en un brete a Clozpin haría más daño que otra cosa. Tal vez pensó que era malgastar esfuerzos.

—Pero ¿para qué quiere información sobre Clozpin?

—No tengo ni idea. ¿Has hablado con ella?

—No, aún no. No sé si me lo contará cuando descubra que está despedida. —Me quedé pensando un momento, intentando reunir todas las piezas—. ¿Fue ella quien te llamó para comer?

—No, la llamé yo.

—Ah.

—Quería tantearla. No me costó mucho convencerla para que dejase tu empresa y trabajase para mí. Incluso hicimos planes para celebrar una cena más íntima este fin de semana. Estaba dispuesta a cambiar de trabajo, a acostarse con tu ex y a meterse en mi negocio incluso antes de que pagase la cuenta del almuerzo.

—Eres un cabrón —dije y empecé a apartarme, pero él me sujetó.

—¿Qué? Evidentemente, estaba poniéndola a prueba. No me interesa en absoluto. Relájate, cariño.

—¿Por qué iba a ser tan evidente? Hace unos días Sophia no paraba de meterte mano y no te vi protestar.

—No tienes que preocuparte por Sophia.

—Ya, claro.

Me levanté para ir al otro lado del cenador y apreté la barandilla con todas mis fuerzas.

—Sophia vino a Boston por trabajo, como te dije. Aparte de mi inversión en su empresa, entre nosotros no hay más que una amistad.

Me volví para mirarlo.

—Tal vez para ti, pero ella está obsesionada contigo. ¿Sabes lo contenta que debió de ponerse al saber que ya no estamos juntos? Seguramente estará contando los días hasta que pueda ser tu pequeña sumisa otra vez. Y, para tú información, no me gusta nada que hayas hablado de nuestra vida sexual con ella.

Blake frunció el ceño.

—¿Qué quieres decir?

—Sophia me contó vuestra pequeña charla.

Intentaba disimular la amargura que eso me producía, pero no podía evitarlo. Que le hubiera hecho confidencias me dolía más de lo que querría admitir.

—¿Te dijo algo?

—Claro que sí. Parecía encantada de que yo no pudiera satisfacer tus perversiones —respondí, sarcástica.

Blake dejó escapar un suspiro.

—Lo siento.

—Sé que no soy la persona más experta en ese estilo de vida, como ella lo llama, pero jamás pensé que tú serías de los que van contando batallitas, especialmente a ella.

—Me preguntó por ti. Le dije que habíamos roto y me preguntó directamente si eras sumisa. No entré en detalles, pero en ese momento estaba hecho polvo… Sophia estaba intentando portarse como una amiga.

—¿Una amiga? Lo dirás de broma.

—Lo entiendo. Tienes celos. También ella tiene celos de ti, pero no puedo apartarla de mi vida. Te encontrarás con ella de vez en cuando porque he invertido en su negocio…

Me di la vuelta para salir del cenador, pero él se levantó para impedírmelo.

—Erica, espera.

—No quiero seguir hablando de esto. Volvamos a la casa con los demás.

Blake no se movió, bloqueando la salida.

—No sabía por qué me habías dejado, ¿lo entiendes? Pensé que tal vez había sido demasiado brusco contigo la última noche y una conversación así no se puede tener con mucha gente. Francamente, me sigue preocupando que sea esa la razón por la que quieres romper conmigo.

El recuerdo de esa noche hizo que me ruborizase. Permitir que me castigase, el deseo desesperado de que lo hiciera.

«¿Y si llevo el asunto demasiado lejos y llegamos a un punto sin retorno?»

Esas habían sido sus palabras. Si creía que era por eso por lo que le había dejado podía imaginar cuánto le habría dolido.

Negué con la cabeza.

—No es por eso.

Blake pareció relajarse un poco.

—Ahora entiendo que no debería haber hablado con Sophia y lo siento, de verdad. A partir de ahora, estará completamente fuera de nuestras vidas. Pase lo que pase.

—Pero sois tan buenos amigos. ¿Era por eso por lo que no dejaba de manosearte en la cena benéfica?

Blake hizo una mueca.

—Erica, tú habías roto conmigo y soy yo quien está dando explicaciones.

Tenía razón, de modo que respiré hondo e intenté adoptar un tono menos acusador.

—Dices que quieres estar conmigo, pero si quieres que me lo tome en serio creo que debería saber qué hay entre vosotros.

Se quedó callado durante tanto tiempo que empecé a preocuparme. Me ponía enferma imaginar que hubieran vuelto a follar y no podía responsabilizar a nadie más que a mí misma. Hubiera pasado lo que hubiera pasado entre ellos, era culpa mía.

—Cuando supo que habíamos roto no desaprovechó la oportunidad para intentar engatusarme otra vez. Le dije que no, por supuesto. Pase lo que pase entre nosotros nunca volvería con ella, Erica. Nuestra relación nunca fue satisfactoria para mí. Tú la conoces un poco, así que intenta imaginar una relación con ella. Sería una pesadilla.

No tenía intención de discutir. A menudo me había preguntado cómo podían haber estado tanto tiempo juntos, pero la gente cambiaba, para mejor o para peor. Tal vez no había sido siempre una guarra maliciosa, pero no me apetecía otorgarle el beneficio de la duda.

—Entonces… —dije e incliné a un lado la cabeza, esperando que siguiera.

—Desde que rompimos siempre ha sido así conmigo. Me toca, me acaricia… y nunca le había dado importancia hasta que tú apareciste esa noche. Pero era evidente que tenías celos, así que decidí arriesgarme.

—Querías ponerme celosa.

—No sabía qué hacer. —Me acarició la mejilla con un dedo—. Y parece que ponerte celosa funcionó. Tendré que recordar eso la próxima vez que digas necesitar «tu espacio».

Se me escapó una sonrisa, pero enseguida desapareció. Blake estaba hablando de todo eso como si fuera el pasado, pero nuestros problemas seguían ahí, no había resuelto nada.

Tenía que hacerle entender e intenté encontrar las palabras adecuadas.

—Blake…

—Tengo la impresión de que vas a decir algo que no quiero escuchar. ¿Qué tal si en lugar de hablar dejas que te bese?

Lo hizo sin esperar que le diera permiso y yo se lo permití. Saboreé la dulzura de su lengua, respirando su olor junto con el olor salado del mar, y dejé que el sonido de las olas se llevase todas las cosas que él no quería escuchar y de las que yo no quería hablar. Nos quedamos así durante lo que me pareció una eternidad, besándonos, acariciándonos. Por el momento, me contentaba con estar cerca de él. Podría estar así toda la vida.

La noche había caído casi del todo, y oímos voces acercándose.

—Hola, tortolitos —nos saludó Heath—. Mamá va a venir a buscaros en cualquier momento. El postre está listo.

Blake puso los ojos en blanco y yo me reí, apoyada en su hombro, tímida y demasiado excitada como para estar presentable.

—Necesito un minuto —susurré.

—No me digas. Yo estoy tan duro que me duele.

—Tengo una cura para eso.

Me apreté contra él, su erección presionando suavemente mi cadera.

—No me estás ayudando nada. Mi madre nos va a pillar.

Me aparté con desgana y, un minuto después, salimos del cenador.

Las olas del océano rompían cerca del muro de contención al subir la marea.

Alli y Heath paseaban de la mano hacia la casa, delante de nosotros. Estaba tan contenta de que Alli volviese a trabajar conmigo. Podríamos hacer esto más a menudo, los cuatros juntos. Tal vez.

—¿Dónde os habíais metido? —preguntó Catherine cuando volvimos a la casa.

—Estaban morreándose en el cenador —respondió Heath.

Blake le dio un puñetazo en el hombro y cuando Heath se lo devolvió empezaron a pelearse en el suelo del porche como dos animalillos salvajes.

—¡Chicos, chicos! ¡Por favor, Greg, ven a controlar a estos niños!

Catherine se había puesto colorada, pero Alli, Fiona y yo nos partíamos de risa mientras los dos seguían con su pelea a una distancia segura. Greg apareció en el porche, con una cacerola llena de agua y cuando la arrojó sobre ellos se separaron por fin, soltando palabrotas.

Blake volvió a mi lado con una sonrisa tonta y adorable en los labios y se inclinó para darme un abrazo.

—¡Blake, no! ¡Estás empapado!

—Solo estaba intentando compartirlo contigo.

Mi móvil sonó en ese momento y, riendo, me aparté para sacarlo del bolso. Me quedé helada al ver el nombre en la pantalla.

Daniel.

Miré alrededor, casi esperando ver a Connor, pero estábamos alejados de la carretera. Seguramente llamaba para quejarse por la entrevista, pero eso era lo último en lo que yo quería pensar en ese momento.

No respondí a la llamada, pero tenía que solucionar el problema de algún modo. Blake y yo habíamos vuelto a hacer lo de siempre, a retomar el ritmo normal de nuestra relación. Por Dios, estaba en casa de sus padres, pasando una noche estupenda en compañía de su familia. Aquel no podía ser un comportamiento aceptable para Daniel.

Volvió a llamar y apagué el móvil. Me daba igual. Había tanto

amor a mi alrededor en aquel momento… entre Blake y yo, Heath y
Alli, y esa cálida y encantadora familia.

¿Cómo podía la maldad de Daniel ensuciar algo que parecía tan
limpio, tan bueno? Lo aparté de mi mente para no dejar que estropea-
se el mejor día desde que rompí con Blake. No quería pensar en esa
parte de mi vida, al menos en aquel momento.

Pasamos el resto de la noche hablando y riendo cuando los padres
de Blake empezaron a contar anécdotas embarazosas de sus hijos. Be-
bimos y disfrutamos de la estupenda noche. Blake no se apartaba de
mi lado, apretando mi mano sobre su regazo posesivamente, como si
temiera soltarme. Y no me importaba porque yo sentía lo mismo.

Un poquito borracha, me despedí de todo el mundo varias horas
después. Alli, Fiona y yo anunciamos que nos queríamos al menos doce
veces. Heath era el testigo que, en su paciente sobriedad, refrendaba
tales afirmaciones.

Catherine me dio un abrazo que pareció durar para siempre. Se
lo devolví, encantada. Era tan agradable que la familia de Blake tuvo
que separarnos. Salimos de la casa y tropecé mientras iba hacia el
coche.

Una vez dentro, me pegué al costado de Blake para morderle una
oreja.

—Te deseo.

—Estás borracha, así que voy a aprovecharme de ti. Son circunstancias atenuantes.

Reí.

—Deberías parar en el arcén y follarme en el coche.

—Sigue hablando así y puede que lo haga, cariño. Pero antes, vamos a ponernos el cinturón ¿eh? —Blake arrancó, riendo—. Y ahora
quítate las bragas.

Sonreí mientras las hacía rodar por mis piernas, entusiasmada por
el plan que tuviese en mente, cualquier plan.

Levanté la mirada cuando por fin logré ponerme el cinturón, a
tiempo para ver un coche negro aparcado al otro lado de la carretera.
Tragué saliva en el instante mismo en que los faros se encendieron y
empezó a seguirnos. Miraba fijamente el espejo retrovisor, parpa-

deando furiosa para intentar sacudirme la borrachera. No estaba imaginando cosas. El coche nos seguía a cierta distancia.

—¿Te encuentras bien? No has estado tan callada en toda la noche.

Mi corazón se aceleró cuando la fría realidad de la situación se hizo evidente. Mi indiscreción con Blake había sido detectada. Entre eso e intentar manipular la entrevista en la sede de la campaña, Daniel debía de estar furioso. Encendí el móvil y comprobé que había llamado dos veces más, sin dejar ningún mensaje.

Mi alegría se esfumó. Todos mis miedos podrían hacerse realidad porque no era capaz de alejarme de Blake. El pánico se apoderó de mí y empecé a temblar de forma incontrolable. Aquello podría ser una catástrofe.

—¿Qué ocurre? ¿Quieres que pare?

—¡No! —grité—. Vámonos de aquí.

«Que Dios me ayude.» «¿Qué he hecho?»

Blake apretó el volante con una mano y alargó la otra para estrechar la mía.

—Bueno, vamos a ver. Tienes que contarme ahora mismo qué pasa o vuelvo a casa de mis padres. —Se detuvo en una señal de stop.

—Sigue conduciendo. No pares… está siguiéndonos. ¡Venga, pisa el acelerador!

Aquella sería la peor forma de matar mi borrachera, especialmente si acabábamos muertos de verdad.

Blake pisó el acelerador a fondo mientras miraba por el espejo retrovisor.

—¿Quién nos está siguiendo?

Sacudí la cabeza, abrazándome a mí misma como si fuese a partirme por la mitad.

—Joder, Erica, ¿quién nos está siguiendo?

—Daniel —respondí por fin en un susurro—. Ha estado vigilándonos.

Blake pisó el acelerador cuando llegamos a la autopista. Iba por encima del límite de velocidad, pero por suerte no nos paró la policía. Una vez fuera de la autopista zigzagueó por calles estrechas hasta que llegamos a la nuestra. Después de aparcar, me ayudó a salir del coche y subimos a su apartamento.

Habíamos logrado darle esquinazo a Connor. O eso, o sencillamente había dejado de seguirnos. Aunque ya daba igual porque sabía que había estado con Blake.

Entramos en el apartamento y, después de dejarme en el sofá, me llevó una botella de agua. Mis nervios se habían calmado un poco, pero estaba desesperada. Daniel no iba a perdonarnos. Y lo pensaba en plural, porque si algo le ocurría a Blake no sabía si podría seguir adelante.

Mientras bebía agua, Blake hizo una breve llamada desde la cocina. Luego volvió al salón y se sentó frente a mí sobre la mesa, acariciando mis muslos.

—¿Podemos hablar ahora?

Ya no había nada más que perder, de modo que podía contarle la verdad. Tenía derecho a protegerse ahora que lo había puesto bajo el punto de mira de Daniel.

—Daniel mató a Mark.

No hubo ningún cambio en su expresión.

—Esa es una conclusión a la que yo ya había llegado solo, Erica.

—Tú lo amenazaste y Daniel no está dispuesto a tolerarlo. —Me mordí los labios para contener las lágrimas, que amenazaban con hacer su aparición.

—No me preocupa Daniel.

—Pues debería preocuparte. ¡Va a matarte, Blake! Me dijo que tenía que romper contigo o se encargaría de «despacharte de forma definitiva». Ahora sabe que estamos juntos y... esto es tan terrible. Tú no puedes entenderlo.

—Entonces esa es la razón. Es por eso por lo que rompiste conmigo —murmuró, su mirada clavándose en mi alma.

Asentí en silencio.

—¿Por qué no me lo habías contado?

—Tú no conoces a Daniel. Es violento, implacable. No tienes ni idea de lo que es capaz. Mató a su propio hijo, por Dios. Tenía que alejarme para protegerte, Blake.

—Yo tengo información comprometedora no solo sobre Mark sino sobre él. No sabía que iba a matar a su hijastro, aunque no voy a decir que me entristezca su desaparición. Pero de haber sabido que iba a hacer algo así probablemente no habría hablado con él.

—¿Qué información?

Blake exhaló un suspiro.

—Parece que ya no sientes ningún afecto por él, así que puedo contártelo.

—¿Qué es?

—Daniel encubrió los abusos de Mark durante años. Tú no lo denunciaste a la policía, pero otras mujeres sí lo hicieron. Encontró policías corruptos que aceptaron sus sobornos, pero no consiguió que desaparecieran todas las denuncias porque Mark era muy «prolífico». Y cuando le dije que podía hacer llegar cierta información a la prensa, entenderás que no le hiciera ninguna gracia.

—Más razones para matarte. Por el momento no te ha tocado porque quiere manipularme y obligarme a participar en su campaña. Quiere que forme parte de su puta campaña electoral... de forma extraoficial, claro. Y también quería ayudarme a pagar el dinero que tú invertiste en Clozpin para que vendiese la empresa.

—¿Y tú aceptaste?

Me miraba como si hubiera perdido la cabeza. Y tal vez así fuera.

—Yo... no me ofrecía ninguna alternativa, Blake. Amenazó con matarte. Desde entonces he estado intentando encontrar una salida, pero no me lo ha puesto fácil. Es horrible... y puede ser muy persuasivo.

Me eché hacia atrás en el sofá, sin querer contarle que había sido violento conmigo.

—Bebe.

Tomé un par de tragos de agua, intentando calmarme.

—Yo hablaré con él, Blake. Intentaré convencerlo de que esto no es lo que parece. Él sabe que tenemos que encontrarnos alguna vez. Intentaré hacer que lo entienda, me inventaré una excusa. Y luego tendremos que dejar de vernos durante un tiempo...

—No pienso esconderme para verte.

—Entonces, ¿qué hacemos?

—Él esperaba que reaccionases como lo has hecho porque sabe que me quieres. Lo que no se espera es que yo le ponga tantas zancadillas a su campaña que estará demasiado ocupado como para pensar en otra cosa.

—No te entiendo.

—Haré pública la información que tengo, así de sencillo.

—Pero...

Tragué saliva, de repente en guerra conmigo misma. Daniel me importaba lo suficiente como para que la idea de arruinar su campaña me preocupase. ¿Por qué? ¿Por qué me importaba cuando había convertido mi vida en un infierno? Y había amenazado con matar a Blake.

—Tiene que haber otra manera.

—Entonces, anuncia públicamente que eres su hija.

—Pero eso arruinaría su carrera política.

—Tener una hija ilegítima de cuya existencia no sabía nada sería menos dañino que ocultar las múltiples violaciones de su hijastro. Podríamos llegar a un acuerdo amistoso. No estarías chantajeándolo ni nada por el estilo.

—Pero...

—Luego podríamos casarnos y él tendría que portarse bien porque yo sería su yerno. ¿Qué te parece?

Lo miré con los ojos como platos.

—¿Qué?

Blake esbozó una sonrisa.

—¿Te parece una locura?

—Sí, me parece una locura. No puede ser.

Mi corazón latía como loco. Entre el miedo a Connor y la asombrosa proposición estaba completamente sobria.

—No me apetece salir a la calle sabiendo que Daniel ha pagado a alguien para que me pegue un tiro, Erica, pero podemos ganarle la partida. Hará lo que sea para evitar que esa información se haga pública. Por eso mató a Mark...

—Dijo que lo había hecho por mí. —Sonreí con amargura—. Creo que pensaba que me quedaría impresionada. Es horrible, ¿verdad?

—Seguramente lo hizo por ti, pero los dos sabemos cómo es. No haría algo así sin haber calculado todos los riesgos y las ventajas.

Me acerqué a la ventana para mirar el cielo nocturno iluminado por las luces de la ciudad. ¿Íbamos a seguir siendo prisioneros para siempre? ¿Cuándo volvería a ser seguro salir a la calle?

Blake se inclinó hacia delante y me deslizó un dedo por la mejilla.

—Nada ni nadie volverá a interponerse entre nosotros a partir de ahora, cariño.

Sus ojos eran oscuros y serios. Asentí con la cabeza porque eso era lo que yo quería.

—No puedo perderte otra vez. Me volvería loco.

—Yo también.

Aunque más de uno podría decir que me había vuelto parcialmente loca en su ausencia.

—Cuando decidamos qué vamos a hacer con Daniel, quiero que te mudes aquí conmigo, ¿de acuerdo? O podemos mudarnos a tu apartamento, como quieras.

Callé un momento.

—¿Puedo quedarme en mi apartamento, como antes?

—Allí no estarías lo bastante cerca. Me debes eso después de desaparecer y destrozar mi vida estas últimas semanas.

Yo quería protestar, pero la verdad es que no podía separarme de él ni un minuto más.

—¿Cómo vamos a salir de este embrollo? No puedo soportarlo. No puedo perderte, Blake.

—No vas a perderme porque no pienso ir a ningún sitio. Contrataré un equipo de operaciones especiales si hace falta, ¿de acuerdo? No vamos a pensar en eso. Solo quiero que pienses en estar aquí conmigo, ahora.

Respiré hondo.

—Venga, vamos a la cama. Daniel no va a venir a buscarnos esta noche. Antes tendría que pegarse con Clay y sus amigos.

Asentí de nuevo, intentando calmarme. Me gustaba Clay y detestaba a Connor, así que casi agradecía imaginar una pelea entre ellos.

Blake iba a levantarse, pero le eché los brazos al cuello y lo apreté

con fuerza, como si alguien fuese a aparecer de repente para arrancar-
lo de mi lado. Respiré su aroma y el alivio de tenerlo conmigo otra vez
se mezclaba con el miedo a perderlo.

Le crucé la pierna sobre el cuerpo para que no pudiera marcharse.

—Lo siento —dije con voz ronca—. Todo esto es culpa mía.

Tuve que cerrar los ojos para contener las lágrimas.

—Calla, cielo. No digas eso. Todo va a salir bien. —Me apartó el
pelo de la cara—. Ahora sé que estabas intentando protegerme y te
agradezco el esfuerzo, pero hemos tenido que sufrir tanto. Tú no quieres que dirija tu vida y yo no quiero que tomes decisiones tan importantes como esa sin antes consultarlas conmigo. Así que tal vez podríamos ponernos de acuerdo para decidir estas cosas en común. ¿Qué te
parece?

Me separé un poco y él apartó una lágrima errante con el dedo.

—Ámame, Blake.

Sin decir nada, me desnudó y me tumbó en el sofá, mirándome
con los ojos cargados de deseo y los labios ligeramente separados.

—Te deseo así, cada noche. Desnuda y esperándome.

Se quitó la camiseta y tiró hacia abajo de los tejanos, revelando al
hombre esculpido que había bajo la ropa. Me quedé admirando descaradamente el cuerpo que había aprendido a amar, a desear con todas
mis fuerzas.

Se inclinó para colocarse entre mis muslos, su dura erección rozando mi vientre mientras me besaba el cuello de forma reverente,
dejando un rastro de fuego a su paso.

—Quiero tenerte dentro de mí —dije sin aliento.

Agarré la ardiente carne erecta para colocarla en mi entrada y noté
que contenía el aliento mientras empujaba lentamente hacia delante.
Deslicé los dedos sobre la curva de sus pectorales, rodeando los suaves
discos de sus pezones hasta que se pusieron duros. Cuando empujó un
poco más, deslicé las manos hasta su trasero y clavé las uñas en la carne firme.

—Ay Dios…

Se movió hacia delante, enterrándose firmemente dentro de mí.

Gemí mientras me arqueaba hacia él.

Arrugó el ceño, empujando de nuevo suavemente mientras me reseguía con la lengua el contorno de la oreja.

—Eres una chica mala.

—A ti te gusta que sea mala.

—Pensé que querías que te hiciera el amor.

—Cuando estás dentro de mí me amas y yo te amo a ti. ¿No es así como funciona?

Se apoderó de mis labios con un beso profundo y apasionado, devorándome con su boca mientras se clavaba en mí con firmes embestidas. Sin poder evitarlo, apreté los músculos internos para retener su polla, enfebrecida, levantando las caderas.

Entonces me levantó para colocarme a horcajadas sobre su cintura, sin apartarse.

—Mierda...

Contuve el aliento. Estaba tan dentro en esa postura. Una fina capa de sudor me cubría la piel y apreté sus caderas para tener algo en lo que apoyarme.

—Pensé que no te gustaba así.

—No me estoy aburriendo precisamente.

Sonreí.

—¿Seguro?

Blake se pasó la lengua por los labios y me incliné para morderla y chuparla fervientemente. Gruñendo, se apartó un poco, dejando solo la punta dentro de mí... para volver a empujar con fuerza, llenándome por completo. Oía sus jadeos mientras sentía el dulce taladro de su polla rompiéndome por la mitad.

—Oh, Dios... —Intenté mantener el equilibrio poniendo las manos sobre sus hombros—. Estás tan dentro.

Tiró de mi nuca para besarme, follándome suavemente con la lengua, y luego agarró con fuerza mis caderas para enterrarse del todo.

—No puedo vivir sin esto, Erica. Sin ti.

Se tragó mi aliento con otro beso devorador.

—No tendrás que hacerlo, te lo prometo. Te lo juro. —Enredé los dedos en su pelo, apretando los pechos contra su torso—. Te quiero, Blake. Tú eres el único para mí. Mi único amor.

Entonces empujó hacia arriba, casi hasta rozar mi útero, su rostro tenso por el esfuerzo. Me levantó una vez más para dejarme caer sobre su polla una y otra vez hasta que mis muslos temblaron.

—Blake… —Mi voz era un ruego—. ¿Estás cerca? Quiero correrme contigo.

Sus pómulos se cubrieron de un rubor oscuro y apretó el mentón mientras seguía penetrándome.

—Ahora… cariño. Siente cómo me corro dentro de ti.

Sus palabras me mataron y, al sentir que se liberaba en mi interior con un ardiente chorro de placer, todo mi cuerpo se sacudió de gozo. Mi cabeza cayó hacia atrás y el empujón final nos llevó a los dos al precipicio.

20

Desperté con el cuerpo cálido de Blake apretado contra el mío. Me estiré mientras él depositaba besos lentos, perezosos sobre mi torso. Había dormido de verdad, un sueño sin pesadillas, y despertar con las manos y los labios de él sobre mí era como estar en el cielo.

Cuando empezó a besarme el cuello me aparté un poco.

—No me hagas otro chupetón —le advertí.

Él rió.

—No sabía si iba a volver a verte. Tenía que dejar una marca.

—Sí, ya lo sé. Y la dejaste.

Él se quedó inmóvil, mirándome.

—¿James se dio cuenta?

—Sí.

Su expresión era imperturbable, pero vi una tormenta de emoción en sus ojos.

—¿Qué significa James para ti exactamente?

Me mordí los labios, sin saber qué decir para no provocar en Blake un exacerbado ataque de celos.

—Acéptalo como si fuera mi Sophia. Es un amigo que quiere algo más, pero solo un amigo.

—Si te desea, quiero que desaparezca. Puedes encontrar a otra persona que haga lo que él hace.

Puse los ojos en blanco.

—Y yo quiero que Sophia desaparezca de tu vida, así que probablemente esto va ser una frustración constante para los dos.

—Sophia vive en Nueva York, pero tú trabajas todos los días con ese tipo. Si yo tuviese en la oficina a alguien que quisiera follarme, te volverías loca.

Suspiré.

—Entre James y yo no hay nada. Es una buena persona y su intención no es alejarme de ti.

Al menos eso quería creer, aunque James no era precisamente fan de Blake.

—¿Podemos dejarlo por ahora?

—No puedo soportar que te tocase.

—Pues entonces no lo pienses, porque no tiene importancia.

Levanté la cabeza para buscar sus labios, rezando para que nunca supiera que James me había besado. Me eché hacia tras y repasé su mentón con un dedo. Su expresión parecía más plácida, descansada. Tal vez tampoco él había podido dormir sin mí.

—Por cierto, debería hablar con Risa para aclarar la situación.

—¿Eso no puede esperar hasta el lunes?

—Tal vez, pero seguramente estará preguntándose por qué no puede entrar en su cuenta de correo. Sé que trabaja fuera de las horas de oficina.

—Deja que se lo pregunte y concéntrate en mí. Tenemos que compensar el tiempo perdido.

—¿Ah, sí? ¿Y cómo vamos a hacerlo?

—Estaba pensando besarte de la cabeza a los pies hasta que me supliques que pare. Y necesito una hora al menos para lamerte el coño. —Deslizó una mano para cubrir con ella mi monte de Venus—. Sí, al menos una hora. Vamos a ver, ¿qué más...?

Solté una carcajada.

—Vale, lo he entendido, pero debería bajar a mi apartamento a ducharme.

—Tonterías, puedes ducharte aquí y no necesitas ropa. Te quiero desnuda en mi cama todo el día. Te ataré si es necesario y ya sabes que hablo en serio. —Había una sombra de sonrisa en sus labios.

—Tendremos que enfrentarnos con la realidad tarde o temprano, Blake.

—No.

Inclinó la cabeza para envolver un pezón con los labios, dando golpecitos con la punta de la lengua hasta que sentí un calor familiar en el vientre.

MEREDITH WILD

Contuve el aliento, arqueándome hacia él mientras enterraba los dedos en su pelo. Blake introdujo un dedo en mi coño, empujando hacia arriba para rozar el sitio que me volvía loca.

—Aún no he usado ningún juguete contigo y no te la has cargado por todo lo que me has hecho estos días.

Levanté las caderas para seguir disfrutando de la penetración. Quería al Blake dominante y allí estaba.

Mi móvil empezó a sonar, interrumpiendo el momento. Sin apartarme de los brazos de Blake, alargué una mano para responder. Era Sid, no Daniel. Gracias a Dios.

—Hola.

—Oye, hay dos policías en el apartamento.

—¿Qué?

—Quieren hacerte preguntas sobre ese tío, Mark MacLeod. Dicen que lo conocías.

—Mierda. Diles… que bajo enseguida.

Blake introdujo otro dedo dentro de mí mientras clavaba suavemente los dientes en el pezón. Mi cerebro parecía derrapar, intentando decidir en qué dirección moverse. Intenté apartarlo, pero era inamovible, sus ojos brillando, traviesos.

—Ah, ¿estás aquí? —Escuché la voz de Sid por el móvil.

Me había olvidado por completo.

—Sí… estoy en el apartamento de Blake. Bajaré en cinco minutos.

Corté la comunicación y Blake tomó el otro pezón con los labios, sus mejillas ahuecándose mientras daba un largo y delicioso tirón.

Lo empujé con suavidad.

—Apártate, tengo que irme.

—¿Por qué? ¿Quién lo dice?

Conseguí zafarme y ponerme la ropa de la noche anterior a toda prisa. No sabía qué pensar. Daniel había dado a entender que la investigación pronto se daría por concluida.

«¿Qué demonios estaría haciendo la policía en mi apartamento?»

—Sid —respondí—. La policía está abajo. Quieren hablar conmigo.

Blake se sentó de golpe en la cama.

—¿Quieres que vaya contigo?

—No.

—Erica, este es uno de esos momentos en los que debería estar a tu lado.

—No, Blake. No quiero que bajes. Por favor, promete que vas a hacerme caso.

Él vaciló.

—¿Por qué crees que habrán venido? Van a preguntarte por Daniel. ¿Y qué vas a decirles?

—Ya lo decidiré, ¿de acuerdo?

*I*ntenté en vano calmar mi nerviosísimo antes de entrar en el apartamento. No debía tener un aspecto estupendo después de la noche anterior, pero imaginaba que eso no les importaría. Recé para que Blake respetase su promesa de no intervenir porque temía que dijese algo que no debería delante de la policía.

Cuando entré, dos hombres me saludaron. Uno era alto y delgado, con el pelo de un castaño soso, y el otro más bajito y fornido, con barriga, y el pelo casi gris. Los dos parecían agradables, algo que agradecí de corazón porque tenía pánico a un interrogatorio.

El alto habló primero:

—Siento que hayamos venido tan temprano. Soy el detective Carmody y él es el detective Washington. Esperábamos poder hablar con usted sobre su relación con Mark MacLeod.

—¿Mi relación? ¿Qué quiere decir?

Washington metió una mano en el bolsillo de la chaqueta y sacó un sobre con fotografías que parecían haber sido tomadas en la gala. En ellas, Mark y yo estamos bailando, sus brazos apretando mi cintura. Yo estaba de espaldas a la cámara. En otra, su boca se encontraba a un centímetro de mi oreja y sonreía con gesto desdeñoso. Ese era el rostro que me alegraba de no volver a ver nunca más.

Tuve que disimular una mueca al recordar su voz, su aliento en mi piel esa noche, mientras levantaba la mirada intentando fingir una tranquilidad que no sentía.

—Fueron tomadas por un periodista antes de su muerte. Los invitados la identificaron ¿Lo conocía bien?

Negué con la cabeza.

—No, no lo conocía mucho. Nos habíamos vito un par de veces porque tenía contactos con el bufete para el que trabajaba.

—Pero en estas fotos parece algo más que un mero conocido —comentó Washington.

—Esa noche estaba tonteando conmigo y me dio pena cortarle mientras bailábamos, pero no volví a verlo después de eso. Parecía un chico agradable, pero yo no estaba interesada.

—¿Cómo actuó esa noche?

—Intentaba ligar conmigo, como he dicho. No parecía estar borracho… no sé. Solo hablamos durante unos minutos y después de bailar con él me fui de la gala porque no me encontraba bien.

Los detectives se miraron. Carmody volvió a guardar las fotos en el sobre y Washington se volvió hacia mí.

Intenté no mostrar mi nerviosismo.

—Estoy un poco desconcertada. Fue un suicidio, ¿no? ¿Están intentando averiguar por qué lo hizo? —Solté la frase de un tirón, con el corazón acelerado.

—Cuando el hijo de una persona importante muere súbitamente, nuestra obligación es concluir el informe. Estamos investigando las posibles causas de su muerte —respondió Carmody.

—Ah, no lo sabía. Pensé que la investigación estaba cerrada.

—No, desgraciadamente, aún no. —El detective se encogió de hombros—. ¿Hay algo más que pueda contarnos?

—No lo creo. Ojalá pudiese… me quedé muy sorprendida ante la noticia.

Y esa era toda la verdad.

—No es la primera persona que lo dice, por eso estamos intentando encontrar a alguien que lo conociese bien.

Asentí.

—Imagino que sus padres estarán desolados.

Intenté mostrar una compasión que no sentía. No podía creer lo fácil que me resultaba meterme en el papel de testigo inocente. Tal vez esas semanas intentando convertirme en alguien que no era me estaban ayudando.

—Así es. Una pena, pero a veces es imposible entender las razones por las que alguien se quita la vida. En fin, gracias por su tiempo y perdone la molestia.

Washington sacó una tarjeta del bolsillo.

—Aquí tiene. Llámenos si recuerda algo, ¿de acuerdo?

—Sí, claro.

Cuando se fueron, me dejé caer sobre un taburete frente a la encimera, agradeciendo haber sobrevivido al interrogatorio sin perder los nervios. Estaba convencida de que no sospechaban nada. ¿Y por qué iban a hacerlo? Mi «relación» con Mark era algo que solo un par de personas de mi entorno conocía.

En cuanto se fueron, Blake irrumpió en el apartamento.

—¿Qué ha pasado?

—Nada. Tenían fotos de Mark y de mí bailando en la gala y querían saber si lo conocía bien. Les he contado que solo éramos conocidos, que Mark intentaba ligar conmigo esa noche y se han ido aparentemente satisfechos.

—Entonces, ¿no creen que la muerte de Mark fuera un suicidio?

—No podría decirlo con seguridad, pero no parecían muy preocupados por que no lo fuera. Están en un callejón sin salida y a punto de cerrar la investigación, pero no tengo ni idea.

—Muy bien, vamos arriba.

—Espera, deja que me duche. Subiré cuando haya acabado.

Aunque me gustaría estar en la seguridad de sus brazos y a salvo en la burbuja de Blake después de las semanas de separación, necesitaba un minuto para ordenar mis pensamientos.

Se detuvo un momento.

—De acuerdo, no tardes mucho.

Blake se fue después de darme un beso y me metí en la ducha, deseando subir a nuestro escondite. Sí, estar en la cama con Blake todo el día no era exactamente una molestia, pero yo sabía por qué íbamos a hacerlo. Por el momento, la única solución que habíamos encontrado era anunciar que era la hija de Daniel, un anuncio cuyas complicaciones no podía anticipar, o Blake podría informar a la prensa sobre sus turbios tratos con la policía. Sin duda, eso destrozaría la campaña de Daniel, posiblemente toda su carrera en el mundo de la política. Pero me costaba trabajo aceptar cualquiera de las dos opciones como viables.

Me sequé mirando por la ventana. Connor estaba apoyado en el coche, a unos metros del portal. Una oleada de ira se apoderó de mí y, de repente, supe lo que tenía que hacer.

Me puse unos tejanos, una camiseta y unas zapatillas de deporte y, después de escribir una breve nota que dejé sobre la encimera, bajé corriendo a la calle. Clay estaba haciendo guardia frente al Escalade.

—¿Señorita Hathaway?

—Hola, Clay. De vuelta al trabajo, ¿eh?

—Sí, señorita.

—Pues buena suerte. Voy a la tienda un momento, volveré enseguida.

Él asintió y empecé a caminar a buen paso. Solo tenía unos minutos para hacer lo que quería hacer.

Crucé la calle y golpeé la ventanilla del coche con los nudillos. Connor la bajó, mirándome con gesto desdeñoso.

—Llévame hasta Daniel.

—Suba.

Abrí la puerta trasera y dejé que me llevara.

*N*o sabía dónde íbamos hasta que vi los familiares depósitos del almacén Boston Sand and Gravel. Tomamos varias carreteras secundarias bajo la maraña de autopistas hasta llegar a una zona apartada, rodeada por viejos vagones de tren y fábricas de aspecto abandonado.

Daniel estaba apoyado en un Lexus SUV, con un pantalón caqui y una camisa blanca, fumando de nuevo. Debería dejar de fumar, pensé tontamente.

Se apartó del coche mientras yo miraba alrededor. Estábamos solos y en aquel sitio tan apartado nadie me oiría gritar.

Bajé del coche intentando vencer el deseo de salir corriendo en dirección contraria. A pesar de las razones que me había dado para no enfrentarme con él, estaba decidida a hacerlo.

Daniel tiró el cigarrillo y se colocó frente a mí con los brazos cruzados, sus labios en una línea firme que conocía bien.

—Connor me ha dicho que has estado con Landon. Y creo recordar que ya habíamos hablado sobre eso.

—¿También te ha dicho que la policía ha estado en mi casa esta mañana?

Daniel giró la cabeza para mirar a Connor y, por primera vez, vi emoción en el rostro del matón. Parecía... avergonzado.

—Lo siento. No los he visto, señor Fitzgerald.

—No te enfades con él, debía de estar tomando café —murmuré, sarcástica—. Y no te preocupes, ya he tenido una pequeña charla con ellos.

Daniel apretó los labios.

—¿Qué les has dicho?

Esperé, deseando ponerlo nervioso.

—Será mejor que empieces a hablar.

—Tenían fotos de Mark y de mí en la gala.

—¿Y qué les has dicho?

Lo miré a los ojos, manteniendo una expresión tan firme y helada como era capaz.

—¿Qué les has dicho, maldita sea? —gritó y me agarró del brazo.

—¡Suéltame! —Me aparté de un tirón, la descarga de adrenalina dándome valor—. ¡No vuelvas a tocarme en toda tu vida!

Por el rabillo del ojo vi que Connor daba un paso al frente. Parecía estar esperando las órdenes de su jefe.

—Les he mentido, Daniel. He mentido como una profesional. Deberías estar orgulloso de mí. ¿Y sabes por qué?

—No, dímelo.

—Porque aunque he empezado a odiarte, por alguna inexplicable razón aún me importas. Me importa lo que sea de tu vida y me importa tu libertad. Incluso me importa tu puta campaña de mierda. Tengo el dedo en el gatillo y no puedo disparar. —Respiré hondo, intentando controlar los temblores que sacudían mi cuerpo—. Porque yo no soy así. Nunca podría ser como tú. Nunca podría jugar a ese juego avaricioso y enfermizo al que tú juegas.

—Estoy seguro de que esa no es la única razón.

—Es la única razón. Ya no te tengo miedo.

Daniel lanzó sobre mí una mirada helada mientras esbozaba una sonrisa desdeñosa.

—Tal vez deberías.

—Tú no me matarías como yo no te enviaría a la cárcel por asesinato. Ah, y no olvidemos obstrucción a la justicia. Sí, Blake me lo ha contado. ¿Cómo te sienta saber que todo lo que hiciste para salvar el culo de Mark allanó el camino para que pudiese hacer lo que me hizo, como se lo hizo a otras muchas chicas?

Entonces apretó los labios.

—Gracias por eso, *papá*.

Vi que se encogía al escuchar esa palabra. Lo afectaba y eso me envalentonó.

—Las amenazas, las manipulaciones, que intentes involucrarme en tu mundo, toda esa mierda va a terminar ahora mismo, ¿me entiendes?

Él soltó una carcajada amarga.

—¿Por qué crees que voy a hacerlo?

—Cuando mi madre murió no tenía a nadie. Absolutamente a nadie. —Mi voz se rompió, pero tragué saliva para contener la emoción—. Ella me dio todo el amor que podía darme durante el tiempo que estuvo a mi lado, pero desde que murió tuve que arreglármelas sola. Yo dictaba las reglas, tomaba todas las decisiones. Incluso cuando gente como Mark aparecía en mi vida, amenazando con destruirlo todo, logré sobrevivir y tú no vas a robarme eso, Daniel. Me he esforzado demasiado como para tener que vivir bajo las órdenes de nadie. Ni las tuyas, ni las de Blake, de nadie.

Daniel le hizo una seña a Connor, que dio un paso atrás, y me relajé un poco.

—Pareces muy segura de lo que dices.

—Lo estoy.

—Sé que intentas hacerte la fuerte, pero creo haberte dicho ya lo que pienso sobre la gente que me amenaza.

—No te estoy amenazando. Estoy intentando razonar contigo, aunque no sé si eres capaz de hacerlo. Si nuestra relación significa algo para ti, ¿no crees que merezco tener voz y voto?

Su expresión seguía siendo la misma. No iba a ceder tan fácilmente.

—Hoy me he dado cuenta de algo. Me has hecho la vida imposible desde la muerte de Mark y habría dado lo que fuera para evitarlo, pero no podría soportar que fueras a la cárcel. Ni siquiera ver cómo tu campaña se desmorona por mi culpa. Y no puedes matar a tu propia hija. Sé que en algún rincón de ese helado corazón tuyo hay un hueco para mí. Puedes confiar en mí sin tenerme bajo tus órdenes, Daniel. La nuestra no es precisamente una relación padre-hija normal, pero supongo que en alguna versión jodida de la realidad podríamos decir que hay cierto cariño entre nosotros.

Daniel permanecía en silencio, de modo que seguí. Iba a decir todo lo que pensaba porque no tenía nada que perder.

—Sé que quisiste a mi madre. Lo veo en tus ojos cada vez que hablamos de ella.

Él hizo una mueca.

—No me hables de Patty. Tú no sabes nada.

Bajé la voz. Hasta ese momento, casi había estado gritando.

—No sé lo que pasó entre vosotros, pero sí que si hubierais seguido juntos mi vida hubiera sido muy diferente. Ya no podemos cambiar las circunstancias, pero intentar tomar las riendas de mi vida no va a funcionar, te lo aseguro. Si sigues sintiendo aunque sea un poco de cariño por ella, o remordimientos por lo que dejaste atrás, te suplico que reflexiones y seas la clase de hombre que mi madre quería que fueras antes de que la dejases.

Él abrió los labios ligeramente y vi un brillo en sus ojos… era la emoción que me había parecido ver cuando hablaba de mi madre. Estaba arriesgándome, contando con la posibilidad de que siguiera amándola lo suficiente como para quererme a mí.

Daniel dejó escapar un largo suspiro.

—No habríamos llegado a nada... le hice un favor dejándola. No habría sido feliz conmigo.

—Entonces, ¿por qué iba a serlo yo? —Levanté las manos, exasperada.

Daniel se metió las suyas en los bolsillos del pantalón, sin decir nada. Un largo silencio se instaló entre nosotros. Mirar esos fríos ojos azules me llenaba de emociones conflictivas. Supuestamente, deberíamos ser personas importantes en la vida del otro. Un padre y una hija... y allí estábamos, peleándonos y amenazándonos. Nuestros corazones estaban llenos de ira y desconfianza. Debajo de todo eso tenía que haber algo que mereciese la pena proteger, pero era tan tenue, tan profundamente enterrado bajo todo ese cieno que apenas podía creer que existiera.

Entonces apartó la mirada y sacó otro cigarrillo. Le temblaban ligeramente las manos mientras lo encendía.

—Bueno, ya has dicho lo que querías decir. ¿Y ahora qué?

Suspiré.

—No hagas que me sigan. No quiero volver a ver la puta cara de Connor en mi vida. Y nada de amenazas. Aléjate de Blake y de mí hasta que sepa que puedo confiar en ti.

—Supongo que él lo sabe todo.

—No te preocupes por Blake. Sé que no te resulta fácil confiar en mí, pero no tienes otra opción.

—Tal vez sea en él en quien no confío.

—Haciéndote daño a ti me haría daño a mí, y me quiere demasiado como para arriesgarse.

Daniel pareció pensarlo un momento.

—¿Y si dejase de quererte?

Respiré hondo. Había sufrido una agonía temiendo que eso hubiera ocurrido. Le había dado muchas razones para dejar de amarme, pero Blake no se había rendido.

—Nunca le daré razones para que deje de quererme.

—Y el trabajo en la campaña... supongo que también quieres dejarlo.

—Si demuestras que puedo confiar en ti y paras esta locura, te ayudaré. He hablado con Will y se nos ha ocurrido un buen plan que me permitiría trabajar con tu equipo sin dejar mi empresa. Él pareció pensar que era una buena solución, pero antes quería hablar contigo. Veo que no lo ha hecho.

Daniel negó con la cabeza antes de esbozar una sonrisa.

—¿Qué? —pregunté, con el ceño fruncido.

—Francamente, ahora mismo no sé si te pareces más a mí o a ella.

—Sí, a veces también yo me lo pregunto.

Aquella conversación era irreal. ¿De verdad había convencido a Daniel Fitzgerald para que nos dejase en paz?

—Mira, tengo que irme antes de que Blake envíe un equipo de rescate.

—¿No sabe que has venido?

—No, no lo sabe. He tenido que escabullirme del apartamento y dar esquinazo a un guardaespaldas. Seguramente ahora mismo estará asustado.

Daniel hizo una mueca.

—Bueno, parece que no voy a tener que preocuparme de que no cuide de ti.

Solté un bufido.

—Ninguna preocupación en ese aspecto, te lo aseguro.

Él expelió una nube de humo antes de tirar el cigarrillo.

—Muy bien. Dejaremos esto por el momento, pero quiero que volvamos a vernos pronto para hablar de logística.

Vacilé un momento porque su tono autoritario amenazaba con devolvernos al mismo sitio de antes.

—Yo te llamaré. Francamente, necesito tiempo para poner en orden mi empresa y mi relación con Blake después de todo esto.

Él asintió.

—De acuerdo. Connor te llevará de vuelta a tu casa... suponiendo que puedas soportarlo, claro.

—Mientras no piense matarme y lanzar mi cadáver al río...

Llamé a Blake durante el viaje de vuelta. Había intentado contactar conmigo una docena de veces desde que me fui del apartamento y sabía que aquella iba a ser una larga discusión.

—Erica, ¿dónde coño estás?

—De vuelta a casa. Por favor, cálmate.

—¿Dónde has estado? ¿Me dejas una nota diciendo que no me preocupe y luego despareces?

—Llegaré a casa en diez minutos. Dile al equipo de operaciones especiales que se vaya.

—¿Dónde estás?

—Estoy bien. Todo está bien, te lo prometo.

Connor me dejó al final de la calle. Aunque me hubiera gustado ver a Clay y a sus amigos lanzándose sobre él, eso no armonizaba con el espíritu de paz que estaba intentando cultivar con Daniel.

Cuando llegué al portal, Blake estaba paseando de un lado a otro como un loco, gritando a Clay y a otro hombre moreno vestido de negro.

En cuanto me vio se lanzó hacia mí. Esperaba que se pusiera a gritar, pero en lugar de eso me dio un abrazo que me dejó sin aliento.

Se apartó para mirarme a los ojos. Su rostro estaba tenso, la piel tirante sobre sus hermosas facciones. Le temblaban las manos ligeramente mientras me levantaba la cara.

—No vuelvas a hacerme esto, promételo.

Asentí tragando saliva, sintiéndome menos valiente y más culpable con cada segundo que pasaba.

—Promételo, Erica.

—Te lo prometo. Lo siento, tenía que verlo y aclarar las cosas con él.

Blake me miró con los ojos como platos.

—¿Quién?

—Daniel.

Blake dio un paso atrás y se pasó las manos por el pelo.

—No puedes hablar en serio. Por favor, dime que es una broma.

—Todo está solucionado, Blake. He razonado como él —intenté explicarle—. Estaba cabreado, por supuesto, pero creo que por fin ha entendido lo que quiero y va a dejarnos en paz.

—¿Cómo lo sabes? ¿Y si solo estaba apaciguándote? ¿Y si...? ¡Dios bendito, Erica! No puedo creer que hayas ido a verlo sin decirme nada.

Lo pensé un momento. Mi reunión con Daniel podría haber terminado en desastre, pero no había sido así. Blake nunca se habría perdonado a sí mismo si algo me hubiera pasado.

—Es mi padre, Blake. Sé que no es precisamente un hombre admirable, pero no va a hacerme daño. —Suspiré, agradecida de poder dejar de pensar así por fin—. Hemos llegado a un acuerdo y ha prometido dejarnos en paz.

—¿Y tú lo has creído?

—Sí, lo he creído.

*P*asé el resto del sábado contándole a Blake mi conversación con Daniel, intentando hacerle creer que todo iba a salir bien. Él seguía siendo escéptico, pero al menos había logrado convencerlo de que, por el momento, no tenía que hacer pública ninguna información que pudiese dañar a Daniel. Le hice jurar por nosotros que no lo haría.

Risa y yo acordamos vernos en Mocha el domingo por la mañana. Por supuesto, ella ya debía sospechar que ocurría algo, pero tenía que verla cara a cara. Era mi oportunidad para conseguir más información sobre lo que Max y ella habían estado haciendo a mis espaldas.

—Hola.

Se sentó frente a mí, con aspecto fresco y dulce, como siempre.

Incliné a un lado la cabeza para mirarla como si estuviera viéndola por primera vez. Y, en cierto modo, así era. Estaba viendo a la persona que había sido desde el primer día, sabiendo lo que sabía ahora.

—Estoy muy decepcionada contigo, Risa. Eso es lo que pasa.

Ella palideció.

—¿Qué quieres decir?

—Siento curiosidad. ¿Cuánto tiempo pensabas seguir fingiendo que eras parte del equipo antes de pirarte? ¿Solo estabas esperando la primera oportunidad o Max y tú teníais un plan a largo plazo?

Risa vaciló.

—No sé de qué estás hablando.

—He visto los archivos que le has enviado a Max, así que ya puedes empezar a contarme la verdad. Lo que quiero saber es cómo has pasado de amar tu trabajo e involucrarte en la empresa a compartir información confidencial con una tercera persona porque, francamente, no lo entiendo.

Su expresión cambió por completo. De repente, me miraba con una amargura que no podía disimular.

—¿Ah, no? ¿Qué es lo que no entiendes, Erica? Ha sido una pesadilla trabajar contigo desde el primer día. Todo el mundo piensa que eres la gran visionaria que ha levantado este negocio, pero ¿dónde estarías sin gente como yo? Me he partido el culo por ti y ¿para qué? ¿Para que tú te lleves todas las medallas?

Fruncí el ceño.

—Perdona, ¿no era ese tu trabajo?

—Lo será cuando Max y yo terminemos de crear nuestro sitio web. Ya estamos en ello, y vamos a llevarnos a todos tus patrocinadores con nosotros, así que estás advertida.

Solté una carcajada de pura sorpresa. Su traición había llegado más lejos de lo que esperaba.

—Vaya, la verdad es que te has superado a ti misma. Y Max también, al parecer. No se debe subestimar nunca el poder de los celos.

Max no se detendría ante nada para vengarse de Blake y en aquel momento lamentaba haber dudado de sus advertencias.

—Llámalo como quieras. Buena suerte intentando levantar Clozpin a partir de ahora. Te aseguro que vas a lamentar quedarte sin mí.

—Lo que tú no sabes es que el éxito de la empresa no tiene nada que ver contigo. Ni siquiera conmigo. Podríamos irnos todos y Clozpin sobreviviría sin nosotros. Tú eras parte de un equipo, pero parece que no entiendes lo que eso significa. Buena suerte con tu nuevo negocio, con una filosofía de trabajo basada en los celos y en el engaño, querida.

—¡Vete al infierno! —me espetó ella.

Me levanté, dispuesta a marcharme porque ya sabía todo lo que quería saber, pero me detuve en la puerta antes de salir.

—Ah, Risa. Una cosa más.

—¿Qué?

Esbocé una sonrisa que me iluminó la cara.

—Blake me ha pedido que te dijera que no está interesado.

Agradecimientos

*E*sta novela pertenece a mi marido. Gracias por traerme tentempiés y hacerme batidos de proteínas cuando me negaba a dejar de escribir. Gracias por ser tan buen compañero, chef y padre extraordinario para que yo pudiese cumplir otro sueño. Gracias por ser mi mejor amigo, mi mayor fan, y por dejarme hablar sin pausa sobre todo.

No puedo imaginar ser quien soy hoy, y haber hecho todo lo que he hecho, sin tenerte a mi lado a cada paso del camino, ayudándome a creer que todo es posible. En quién nos hemos convertido y la vida que hemos construido juntos es mejor que cualquier vida que hubiera podido imaginar. Por eso, te estaré eternamente agradecida.

En fin. Bueno, secándome los ojos... ¿Quién es el siguiente?

Aunque escribir es una tarea más bien solitaria para mí, cuando salgo de mi cueva hay gente cuyo apoyo y entusiasmo me da el empujón que necesito para seguir.

Gracias a mi madre por su amor incondicional.

Gracias, Susan, por tu amistad, tu apoyo y porque te gusta la ficción picante tanto como a mí.

Un agradecimiento especial a mi editora, Helen Hardt, por no *pasarme ni una* y por inspirarme para hacer el capítulo Diez mucho más «perverso» de lo que había planeado en un principio. Sigo ruborizándome.

¡Lauren Dawes, gracias por tu ojo de águila!

Gracias a mis seguidores de twitter por los *sprints* de escritura que me han ayudado en los puntos más difíciles y a todos mis colegas de las redes sociales, que me hacen sentir popular y querida.

Un enorme agradecimiento a los muchos fans que me han mantenido motivada durante toda este proceso. Vuestro entusiasmo me da propósito y vibraciones positivas cuando más los necesito. Chicas, sois estrellas del rock, así de sencillo.

ECOSISTEMA DIGITAL

NUESTRO PUNTO DE ENCUENTRO

www.edicionesurano.com

2 AMABOOK
Disfruta de tu rincón de lectura
y accede a todas nuestras **novedades**
en modo compra.
www.amabook.com

3 SUSCRIBOOKS
El límite lo pones tú,
lectura sin freno,
en modo suscripción.
www.suscribooks.com

**DISFRUTA DE 1 MES
DE LECTURA GRATIS**

1 REDES SOCIALES:
Amplio abanico
de redes para que
participes activamente.

4 QUIERO LEER
Una App que te
permitirá leer e
**interactuar con
otros lectores.**

 |